清朝奇案丛书

张研／主编　张浩／副主编

黄粱梦 旷古罕见科场案
张永江／著

藤缠树 菜市口斩杀大学士
王立新／著

山西出版集团　山西人民出版社

图书在版编目(CIP)数据

黄粱梦·藤缠树 / 张研主编. - 太原: 山西人民出版社,
2001.3(2009.1重印)
(清朝奇案丛书)
ISBN 978-7-203-03606-7

Ⅰ.黄… Ⅱ.张… Ⅲ.历史故事－作品集－中国－当代
Ⅳ.Ⅰ247.8

中国版本图书馆 CIP 数据核字(2009)第 010864 号

黄粱梦·藤缠树

主　　编	张　研
责任编辑	贾　娟
装帧设计	赵　源
出 版 者	山西出版集团·山西人民出版社
地　　址	太原市建设南路 21 号
邮　　编	030012
发行营销	0351-4922220　4955996　4956039
	0351-4922127　（传真）　4956038（邮购）
E-mail：	sxskcb@163.com　发行部
	sxskcb@126.com　总编室
网　　址	www.sxskcb.com
经 销 者	山西出版集团·山西人民出版社
承 印 者	太原市方正印刷有限公司
开　　本	850mm×1168mm　1/32
印　　张	9.5
字　　数	210 千字
印　　数	3001-9000 册
版　　次	2001 年 3 月　第 1 版
印　　次	2009 年 1 月　第 2 次印刷
书　　号	ISBN 978-7-203-03606-7
定　　价	15.00 元

如有印装质量问题请与本社联系调换

目　录

黄粱梦——旷古罕见科场案

绝塞生还 ……………………………………（3）
　万里望江南/生离死别/良朋爱友/金鸡解严/重来京洛/燕市和歌

祸起都下 ……………………………………（17）
　结队夷齐下首阳/如麻如粟的营求者/铁证：蓝笔书名单/一揭搅起钱江潮/螳螂捕蝉：一千二百两白银

东窗事发 ……………………………………（40）
　人心隔肚皮/穷寇莫追/登天梯与录鬼簿/斩、抄、徒、杀人灭口/"金兰姐妹"/五十两银子的代价

祸兮福兮 ……………………………………（66）
　刑部火房成闹市/谁是真举人/百日小儿为亲王/新"浮士绘"/重返阳界/聪明反被聪明误

风波再起 ……………………………………………… (101)
　　谏官与御史的举报/落第士子闹事/《万金记》与黄莺儿词/
尤侗愤作《钧天乐》/游戏文章达九重

历尽劫波 ……………………………………………… (113)
　　两方同姓不同宗/新科举人"二进宫"/旷世奇才交白卷/
边关万里梦吴台/江南举人"三进宫"/探花不值一文钱/
"真才子"与"老名士"

余波回流 ……………………………………………… (154)
　　群起效尤/欲加之罪/一字千金丁药园/皇帝赐游汤沐邑/
羊裘坐泠千山雪

蓦然回首 ……………………………………………… (162)
　　为治天下揽士心/明末政治的遗产/醉翁之意不在酒/
一石二鸟/科场风波总难平

藤缠树——菜市口斩杀大学士

宦海蓬莱 ·· (171)
　　抢宴／龙门难进／挡不住的诱惑／科场无常

法网初张 ·· (189)
　　鱼和熊掌／负气的提调／水落石出方罢休／供给的黑洞／奖惩分明

满洲优伶 ·· (215)
　　鬼映中秋月／五色笔／家人的本事／戏子中高魁

科场喋血 ·· (228)
　　古道烟尘／走运的案犯／买来的举人／怡亲王妙计／丢车保帅／一品大员之死

野史危言 ·· (251)
　　祺祥故事／昭雪风波／肃顺推服楚贤／欧洲人的头号敌人／名满天下,谤也随之／咸丰帝的如意算盘／胜者王侯败者贼

回天无力 ……………………………………………（281）
　　天朝与天国／出鞘的宝刀／"天下大局尚有转机否"／如此官场／真正的"杀手"

黄粱梦

——旷古罕见科场案

张永江 著

绝 塞 生 还

清朝康熙二十年(1681)十一月初的一天,一个寻常的冬日。关东通往京城的官道上,马鸣风嘶,两辆驿车一前一后行进着。前面的一辆车上坐着八个人。御者为一名旗丁。车前部是一对夫妇,年约五十岁上下,执手依偎在一起。旁边坐着一员拨什库(八旗佐领下属的低级官员),不时用手指点着周围,对一对夫妇说着什么。车中蹲坐着两姐妹,大的有十二三岁,小的只有六七岁。两名兵丁分坐在车的尾部,护卫着他们。后面一辆车上有八人,居中而坐的是一对年轻夫妻。身后一位年近六旬的老妪,怀中拥着一位少女。少女面无表情,只是用双手紧紧护着胸前的一个黑漆木匣。同样,四员兵丁环坐卫护。车后拴着两匹备换的驿马,不时地打着响鼻,一望可知,这是一队远行的人。

车马辚辚前行。男主人灰白的鬓发在初冬塞外寒风的吹拂下不时扬起,疲惫却不乏刚毅的脸上渐呈红色。看得出,他在极力压抑着内心情感的波澜,饶是如此,口中仍喃喃自语。原来,他在不由自主地吟哦着挚友、诗人、太仓吴伟业写给自己的赠诗:

> 人生千里与万里,黯然销魂别而已。
> 君独何为至于此?
> 山非山兮水非水,生非生兮死非死。
> 十三学经并学史,生在江南长纨绮。
> 辞赋翩翩众莫比,白璧青蝇见排诋。
> 一朝束缚去,上书难自理。
> 绝塞千山断行李,送吏泪不止,
> 流人复何倚?
> 彼尚愁不归,我行定已矣。
> 七月龙沙雪花起,橐驼腰垂马没耳。
> 白骨皑皑经战垒,黑河无船渡者几?
> 前忧猛虎后苍兕,土穴偷生若蝼蚁。
> 大鱼如山不见尾,张鬐为风沫为雨。
> 日月倒行入海底,白昼相逢半人鬼。
> 噫嘻乎,悲哉!生男聪明慎勿喜,仓颉夜哭良有以。
> 受患只从读书始,君不见,吴季子!

一歌吟罢,声已呜咽。不知不觉间,泪水打湿了满布征尘的衣襟。他侧首凝视自己的结发妻子,四目相对,不由得泪眼婆娑。

原来,这一队天涯羁旅正是因顺治丁酉科场案牵连而被放逐了二十余载的吴兆骞(字汉槎)一家及其友人。其中有汉槎夫妇、一双爱女、子吴振臣及儿媳叶氏。此外还有坐在后车上的老友张开季的姐姐、开季的女儿。而开季本人却已成为异域之鬼,少女怀抱的正是生父的遗骸。余下的便是承蒙宁古塔将军巴海美意派出的八名护送官兵。

汉槎望着大路两旁缓缓驰过的山川景物,思绪又回到了四个月前。

汉槎一家是在七月奉到还乡诏书的。当时的感受真可谓悲喜交集。二十三年了,他们无日无夜不在盼望着这一天的到来。十七年前,儿子降生在这个世界上时,自己为他取名苏还,不就是寓意着要生还故里的热望么。可是,当这一天真的到来的时候,他却不知该先做什么了。良久才记起,他们的儿子苏还已经十八岁了,该是成家立业的年龄了。他和结发妻子葛氏商议以后,决定为儿子办完终身大事再还乡。其实儿媳早就物色好了的,还在四年前,就已按当地规矩行了"下茶"礼(即内地的彩礼)。儿媳是叶之馨(字明德)的女公子,外秀内慧,颇有大家闺秀风度。叶公本籍四川重庆府巴县,少负才名,是顺治甲午科(1654)川省乡试解元(第一名),名闻巴蜀,曾任云南大理府理刑官。不幸因事忤逆了平西王吴三桂,这不啻是捅破了天,竟被籍没家产,合家流放到这穷荒绝域宁古塔。同是天涯沦落人,再加上彼此志趣相投,互相仰慕对方的才名,很快便成了莫逆之交。叶公的长公子叶长民比苏还大两岁,向学心盛,投到吴氏门下求学问艺。同是患难子弟,吴兆骞视同己出,悉心指教。八年前,吴三桂揭起叛旗,举兵西南的消息传来,叶公精神曾一度为之振奋。这意味着作为吴三桂迫害的官员,他的冤案将有望得到昭雪。但是二十多年的霜刀雪剑严重地损害了这位文弱的西南才子的健康,叶氏夫妇终于没能熬到这一天,相继含愤去世。临终前遗命托孤,把一双儿女托付给了好心的汉槎夫妇。如今,汉槎想到的第一件事就是给儿子完婚,使叶公的女儿成为吴家的一员,合法地离开宁古塔,以不负老友的嘱托。这是夫妇俩考虑再三,唯一能够想出的办法了。

八月十八日"逢三双",是婚嫁的上上吉日。因为行期已近,也只能在这一天了。好在两位亲家已经下世,又没有别的亲戚,一切从简可也。吴家双喜临门,汉槎的受业弟子、文友们络绎不绝,前来祝贺他们河清有日、沉冤出头。汉槎夫妇一一应酬着,历尽沧桑的脸上漾出内心的喜悦。

接下来,就是处理家产,治备行装,筹措盘缠川资,以及与众亲友道别了。川资好办,尽管吴氏二十余年来一直馆谷为业,岁入不过二三十金,并无积蓄,但西门内这处宅院已为河南李闻远看中,出价虽不算高,但也可足一时之用了。再加上诸位亲友、负笈弟子的馈赠,成行不难。倒是朝夕相处的二十余载的故友亲朋,一朝别离,依依难舍。大家心里都清楚,此一去与其说是生离,毋宁说是死别,正是为着这一层缘故,亲友们不惜倾其所有,轮流治办最丰盛的家宴为吴家饯行。倘若再不动身,大雪封山,就无法上路了。九月二十日,一切装束停当,只待就道。

这一天,整个宁古塔镇都轰动了。人们聚在大路两旁,目送着吴门亲友们簇拥着驿车离开城门。汉槎不时地作揖拱手,感谢着故友亲朋的深情厚谊。一家人与亲友们说着话,不知不觉中,来到了二十里外的一朗岗。由宁古塔镇进京的大路已横在眼前。看看日已近午,在汉槎夫妇的执意劝说下,亲友中的内眷们终于停下了脚步。大家久久地拥抱在一起,痛哭失声。男人们则继续相送。这当中有从自己受业多年的患难弟子,如陈昭令、叶长民、孙毓宗、毓章兄弟、许丙午、沐中贞、田景园及吕氏兄弟;也有诗酒往还多年的同谪文友。他们一路走,一路谈,抚今追昔,唏嘘不已。夜半时分,来到了沙岭驿,这里距宁古塔镇已是百里开外。这一夜,大家彻夜聚谈,"喜极而更悲,不觉泪水泻。"但千里搭席棚,没有不散的筵席,翌日,再三互道珍重之后,大家依依惜别。

驿车已经启动,汉槎一步三回首,强作欢颜,挥手致意。望着渐渐模糊的亲友们的背影,汉槎再也抑制不住自己的情感,放声宣泄。此一去,山重水复,二十多年来丁零绝塞,终得生还榆关,不是全靠了这些异乡亲友的接济和扶持么?回首往事,宛在目前,这里不是故乡,却胜似故乡;斯人不是亲人,却胜似骨肉至亲。而今自己苦尽甘来,即将回到杏花春雨的江南故园,而他们还将长留在这冰雪载道的苦寒之地,今生今世再不能看到他们的音容笑貌,听到他们的吟哦和歌……一想到这些,汉槎的心骤然缩紧了。蓦地,他大喊停车,车未停稳,他人已落在地上,众人一时愣住了,不解其意。只见汉槎急步来到车尾,解下备换驿马的缰绳,飞身策马,朝来路驰去。马儿似乎理解了主人的心情,不待加鞭,已绝尘而去。二十多里路只用了片刻时间,便追上了送行回返的人群。大家惊喜异常,如同珍爱的物件失而复得一般,把他拉到路边,再度劳慰话别,直到再次把他扶上马……

患难情真,患难情深呵!汉槎反复咀嚼着这两句话,不觉泪水又打湿了前襟。

山海关越来越近了,大路东侧的欢喜岭已隐约可见。这座大山紧傍闻名天下的长城第一关——山海关。欢喜岭这名字是入关的流人们起的,因为过了山海关就由塞外进入了中原,心情自然欢悦无比。与此相反,出关的流人们则称之为凄惶岭,反映了出关去者心情的悲凉。山下坐落着闻名遐迩的孟姜女庙,望夫石上临风而立的孟姜女仍旧在不知疲倦地向人们述说着千年不绝的哀怨。

薄暮时分,人困马乏,驿车终于停在山下驿舍,在负责护送的拨什库的安顿下,众人分头休息。

一个半月的奔波,四千里的迢遥关山都已被抛到脑后。明天就将进关。想到这里,汉槎激动地不能自已。长夜难眠,他把儿子、女儿、儿媳叫到面前,一一历述二十三年前自己只身出关的情景。听着丈夫的忆述,望着儿辈的面庞,葛氏也不由地沉浸在往事的回忆之中……

眨眼又是几天过去了,吴汉槎终于望见了北京城巍峨的城楼。久违了二十三年的塞内河山,京华风物,吴汉槎一路看来,恰如"马前桃花马后雪",内心的欢悦难以言喻。

诗人生还玉关,同二十三年前遭到放逐一样,再一次轰动了京师。看看当时人们的记载吧,"流人复归本土,玉门之关既入,才子之名大振"。上自王公大臣,下至平民百姓,凡是关心诗人命运,为其坎坷遭际而不平的人们无不额手相庆。"手加额者盈路,亲绪论者满车,一时足称盛事"。亲友们相见,"抱头执手,为悲喜交集者久之"。"执手痛哭,真如再生也"。是呵,包括诗人自己在内,又有几人敢做活着回来的梦呢。参与营救吴汉槎的官员、文友们纷纷前来祝贺。其中有大学士明珠的长公子、著名词人纳兰性德(字容若),有性德的座师、大学士昆山人徐乾学(字健庵),有载誉都下的文坛名士王士祯(号渔洋山人),也有当年偶然引发科场案,如今已白发苍苍的江南老名士尤侗(字西堂)。可以毫不夸张地说,这是当时文坛的一次盛会。官位最高的徐乾学兴奋之余,提议为汉槎排筵洗尘,饮酒赋诗,以志这千载难逢的盛会。这自然是一呼百应。徐健庵当仁不让,先赋贺诗。

席间,王渔洋起身赋诗《和健庵喜汉槎入关》:

丁零绝塞鬓毛斑,雪窖招魂再入关;
万古穷荒生马角,几个乐府唱刀环。
天边魑魅愁迁客,江上莼鲈话故山;
太息梅村今宿草,不留老眼待君还。

最令汉槎感动的是,在这喜庆的时刻,渔洋山人没有忘记最关心汉槎的诗人吴伟业(号梅村)。诗人没能看到汉槎生还玉门,他已于十年前怀着悔恨交加的心情辞世,如今正睡在荒冢枯草之下。然而,正是他的一首绝唱《悲歌吴季子》,把诗人的含冤遭戍的悲剧推向了最高潮,使汉槎名满天下。从此,举世皆知吴季子的才名、吴季子的冤屈,为汉槎的传奇故事留下了最动人的一章。

性德身为潢华贵胄,才名满京华。他极慕汉槎才艺,神交已

久。康熙帝允许汉槎赎还,正是他通过父亲明珠进言获准的。汉槎得归,他喜不自禁,赋诗《喜汉槎归自关外,次座主徐先生韵》:

> 才人今喜入榆关,回首秋笳冰雪间;
> 玄菟漫闻多白雁,黄尘空自老朱颜。
> 星沉渤海无人见,枫落吴江有梦还。
> 不信归来真半百,虎头每语泪潺湲。

二十三年前,正是尤西堂的传奇《钧天乐》引发了丁酉南闱大狱。而今尤氏年已六十四岁,汉槎的平安返乡,终于使他多年愧疚的内心得到了一丝慰藉。他抑制不住内心的喜悦之情,赋诗《吴汉槎自塞外归喜赠二首》:

> 二十三年梦见稀,管宁无恙复来归。
> 余生尚喜形容在,故国翻疑城郭非。
> 燕市和歌宜纵酒,山阳闻笛定沾衣。
> 西风紫塞重回首,不断龙沙哀雁飞。

> 天上金鸡初解严,流人万里望江南。
> 妻孥并载如驰传,亲友相逢为脱骖。
> 野史雅堪收寄象,《秋笳》还足谱伊甘。
> 采莼剩有扁舟在,唱入垂虹百尺潭。

尤侗的诗饱蘸真情,绝非寻常的应景之作。而汉槎在备尝世道艰辛、人情冷暖之后,也由衷地接受了老人的祝愿。他非常感激徐乾学、纳兰性德等友人的仗义援手相救。在《奉酬徐健庵见赠之作》中写道:

　　金灯帘幕款清关,把臂翻疑梦寐间;
　　一去塞垣空别泪,重来京洛是衰颜。
　　脱骖深愧胥靡赎,裂帛谁怜属国还。
　　酒半却嗟行戍日,鸦青江上渡潺湲。

同时,他在致纳兰性德的诗中唱道:

　　年年河朔掩蒿莱,橘社包山梦屡回。
　　今日雨工图上见,却怜侬亦牧羊来。

这首诗中汉槎自比为汉代牧羊塞北的苏武,故乡乔木之思,跃然纸上。

然而,劳慰的人丛中不见自己少年时代的挚友,为营救汉槎出力最多的顾贞观(字华峰,号梁汾)。原来,华峰南下为母奔丧,已离京多日了。他们之间的友情有多深,汉槎最清楚。二十多年前他们在慎交社意气相投,相互砥砺。二十余年来,华峰与他不时鱼雁传书,嘘寒问苦,友人间的书信成为他最重要的精神寄托。当年,汉槎在《寄顾舍人书》中饱含深情,倾诉了自己二十多年来的苦痛和对挚友的眷恋:

　　嗟乎我两人契托,正复何等,越禽代马,各在一方。仅从一纸音书,叙二十年离索,人生到此,能不凄凉!弟朔漠羁踪,兄定未晓,今略书梗概,俾兄知之。弟以己亥夏出榆关,抵沈水之阳,海昌相国(之遴)欲留弟共居一年,沈帅不许。濒行时,其令子子长赠我车马衣裹。六月二十一日渡松花江,时暑甚,因浴于江,遂得寒疾。著毡衣骑马,行大雨中,委顿欲绝。抵大乌稽,送吏以弟垂笃,特憩三日,同行者皆谓不起,忽梦准提而愈。七月十一日至戍所,戍主以礼见待,授一椽于红旗中。旧迁客三四公,皆意气激昂,六博围棋,放歌纵酒,颇有友朋之乐。然一身飘寄,囊无半文,赖许总戎康候,孙给谏汝贤,解衣推食,得免饥寒。癸卯(1663)春,弟妇来携二三婢仆,并小有资斧,因以稍给。甲辰(1664)春,幕府以老羌之警,治师东伐,令流人强壮者,供役军中,文弱者岁以六金代役,于是石壕村吏,时闻怒呼,无昔日之优悠矣,乙巳(1665)以授徒自给,其夏张坦公先生(缙颜)集秣陵姚琢之、苕中钱虞仲、方叔、丹季兄弟,吾邑钱德维及鄙人为七子之会,分题角韵,月凡三集,穷愁中也饶有佳况。其后以戍役分携,此会遂罢。戊申蒙恩绅袍特许优复,弟遂得为塞外散人。……庚戌(1670)诸徒皆散,而岁复早霜,米石十金,副帅安公,雅重文士,怜弟之贫,以米相饷。而合肥(龚)先生,及苕溪、玉峰复有见贻,于是瞖桑饿人,幸免沟壑。癸丑(1673),大帅移镇乌喇,遂失此馆,然持经者亦不乏人,所得仅供薪水耳。弟年来摇落特甚,双鬓渐星。妇复多病,一男两女,薇藿不充。回念老母,茕然在堂,迢递关河,归省无日,虽愈自慰,只益悲辛。课徒之余,间有吟咏,正如哀雁寒螀,自鸣愁恨,安敢与六唐三代竞其优劣哉！前岁原一札来，索鄙制，云欲刊布，弟深感其意，特写致之，可三百篇。塞外之乱，仓皇中失五古七绝二种，怅恨殊甚。今当再抄一册于四五月间寄览。弹指如灵和杨柳，韶倩堪怜，又有如卫洗马言愁，令人憔悴。兄笔墨如此，少游、美成，更当何处生活。别兄二十年，对此如重觏风流。弟出塞时，未携词谱，今得此集，便当按调为之，正恐寿陵之步，未易学耳。弟悲怨之声，虽三峡猿声，陇头流水，不足比我呜咽。穹庐愁坐，极目萧条，夏簟冬缸，泪痕潜拭，安得知我怜我如华峰者，与之促席连床，一倾愤臆乎！弟患难之交，陈子长（之遴之子）最笃，但隔在辽海，不得相见。此君风流文采，不减华峰，意气亦复相类，惜其无命，流落而死，为之痛心。龙眠父子，与弟同谪三年，情好殷挚，谈诗论史，每至夜分。自彼南还，塞垣为之寂寞。钱德维议论雄肆，诗格苍老。山阴杨友声，铁面虬髯，而诗甚清丽。苕中三钱，才笔特秒；不意大者有山阳之痛，而小者复为濮阳之匪。姚琢之诗如春林翡翠，时炫采色。阳羡陈卫玉善谐笑，工围棋，亦嫣秀可喜，弟时与之弈。今弟之棋，视丙申（1656）五月在澄江与华峰赌局时可高六七子许。坦公河朔英灵，而有江左风味。雁群与弟情致特深，唱酬亦富。未殁前数日即嘱弟在其榻前作行状，人琴之悲，至今犹哽。敝门人闽中陈昭令名光启，秀而嗜学，北州少年，此为之冠。与弟居止接近，拥炉啜茗，靡夕不供也。此皆弟塞外文章之友，因兄垂讯，聊复及之。前者婚约为李姨所阻，深用怅叹。承复有幼女之约，极荷雅意，果得生还，则我女兄之子妇也，又何他云！嗟呼，此札南飞，此身北滞，夜阑秉烛，恐遂无期。惟愿尺素时通，以当把臂，唱酬万里，敢坠斯言。

信中情真意挚，感慨悲恻，直如杜鹃啼血，撼人心魄，设非草木，孰不动情！

信到之日，顾贞观正寄居在京郊的一处寺院中，屋外是百丈冰雪。华峰捧读之下，泪飞顿作倾盆雨。稍顷，他铺纸研墨，奋笔疾书《金缕曲》：

季子平安否，便归来，生平万事，那堪回首！行路悠悠谁慰藉，母老家贫子幼。记不起从前杯酒。魑魅搏人应见惯，总输他覆雨翻云手。冰与雪，周旋久。泪痕莫滴牛衣透，数天涯依然骨肉，几家能毂？比似红颜多薄命，更不如今还有；只绝塞苦寒能受。廿载包胥成一诺，盼乌头马角终相救。置此札，君怀袖。

我亦飘零久！十年来，深恩负尽，死生师友。宿昔齐名非忝窃，试看杜陵消瘦，曾不减夜郎僝僽，薄命长辞知己别，问人生到此凄凉否？千万恨，为君剖。兄生辛未吾丁丑，共些时冰霜摧折，早衰蒲柳。词赋从今须少作，留取心魂相守；但愿得河清人寿。归日急翻行戍稿，把空名料理传身后。言不尽，观顿首。

这是用血写就的文字，这是人间最真挚的情感宣泄！华峰暗下决心，无论付出什么样的代价也要救出汉槎！但是，此时的顾贞观已辞官多年，而且，即使不辞官，他一个小小的典吏，又如何能上达天听，使金鸡解严呢？华峰愁苦无奈之际，只好到他的词友,当朝太傅明珠之子性德(原名成德)家造访。读过布满泪痕的两首《金缕曲》,这位皇帝的贴身侍卫已泪湿青衫。顾华峰与吴汉槎之间的生死高谊深深地震撼了他。华峰尚未说完求他代为解救汉槎的意思,侍卫便打断他的话,慨然许下诺言:"山阳思旧之作,都尉河梁之什,并此而三矣!此事三千六百日中,弟当以身任之,不俟兄再嘱也。"然而,汉槎已在雪国里挣扎了二十年,他还能熬过这漫长的三千六百日么。想到这些,华峰扑通一声,双膝跪地,哀咽道:"人寿几何?请以五载。"男儿膝下有黄金!性德急步上前挽起自己的老师,发誓以全力营救汉槎为己任:"绝塞生还吴季子,算眼前此外皆闲事。"据说,此后不久,性德带顾梁汾往见明珠太傅,正赶上太傅宴请宾客。顾氏道明来意后,太傅笑而不答,顺手斟满酒杯,手指巨杯说:"君若满饮此杯,则为你生还汉槎。"性德闻言一惊,他深知自己的老师素不善饮,待要上前劝阻父亲,却见华峰端起巨杯,一饮而尽。然而,霎时间,华峰感到天旋地转,几乎跌倒。太傅朗声大笑道:"我不过是一句戏言而已,何必当真!君即不饮,我岂能不救汉槎?虽然如此,可见是一个有情有义君子!"这绝对不是小说家的杜撰。为了证实这一问题,不妨略加考证。《梁溪诗钞小传》注说:"兆骞既入关,过纳兰成德所,见斋壁大书,'顾梁汾为吴汉槎屈膝处',不禁大恸。"礼亲王昭梿的《啸亭杂录》也说:"侍卫(性德)素嗜丹铅,与诸名士交接。初不预政事,惟吴汉槎谪戍龙江,以顾贞观者人向侍卫乞怜,侍卫乃白太傅,援例赦还。"

梁汾是东林党人的后代,极其崇尚气节。但对朋友则一向是披肝沥胆,不惜受此生前身后之辱,这使得性德为之感佩不已。多年以后,他在为吴汉槎所写的祭文中回忆说:"自我昔年,邂逅梁溪,子有死友,非此而谁!金缕一章,声与泪随,我誓返子,实由此词。"

这一段曲折离奇的故事,其实只需十二个字就可以概括,那就是:公子能文,良朋爱友,太傅怜才!难怪三百年来常为盛传不衰的佳话。

"金兰倘使无良朋,绝塞终当老健儿"。吴汉槎望着熟悉的友人,望着樽前的残酒,望着周围似是而非的景物,二十多年前那一场"扫尽文星"的科场大案又一幕幕地浮现在眼前。

祸起都下

顺治十四年(1657)九月初五。京城,大清早,薄雾依稀笼罩着远近的房屋,但顺天府衙周围已是人山人海。数千名士子将往日空旷开阔的顺天府署围得水泄不通。士子们都明白,今天是规定放榜日期的最后一天,又逢日支甲辰,辰属龙,正是高挂龙虎榜的良辰吉日。许多人自昨天夜半时分就从本省会馆或亲友家里赶往这里,已经守候多时了。初秋的夜雾打湿了衣衫,焦虑、兴奋、倦意交错叠印在他们的脸上。是呵,出闱已经整整二十天了,为了今天,含辛茹苦,只有他们自己心里最清楚。一生困顿场屋、屡试不售的蒲

黄梁梦

松龄这样形容士子们应试的情形："秀才入闱,好有七比,初入闱时,光脚提篮,恰如乞丐。唱名时,官呵吏骂,有如囚徒。待回到考舍,孔孔伸头,房房露脚,如秋末之冷蜂。待到走出闱场,则神情恍惚,天地异色,犹如出笼之病鸟。接着是静候捷报,草木皆惊,梦幻交叠,时而梦想成真,科场得意,则顷刻间楼阁已成;时而幻灭失意,则瞬间骨骸已朽。此时此刻,坐立不住,寝食难安,恰如被缚之猿猴。忽然间飞骑传入,报条无我,此时神情骤变,面如死灰,犹如食毒之飞蝇,纵加之拳脚,也漫无知觉。失意之初,心灰意冷,大骂考官有眼无珠,诅咒笔墨无灵,势必将案头之物付之一炬,仍觉不够,踏之以脚,再觉不够,复投之浊流。从此披发入山,面壁而过,若有人再拿'以且夫尝谓'一类文字示我,定当荷戈执剑驱逐之,然不须太久,时日渐逝,气忿渐平,复思重操旧业,于是如山鸠破卵,只能衔木营巢,重新经营。"他们当中绝大多数人已在周而复始的炼狱中苦熬了多年,谁能不盼望有出头之日呢。

卯时三刻,人群开始骚动起来。顷刻间,鼓乐大作,一队仪仗兵丁护送着榜文从远处走来,人们自动让开一条通路。榜文为黄绸綵亭。张挂甫毕,人们蜂拥而上,争睹为快。榜文有名者手舞足蹈,名落孙山者,捶胸顿足,叹息怒骂,百态皆有。围观人群中有一位苕溪籍贡生名叫张汉,他随着人流挤到榜前,紧张地搜寻着自己的名字。榜文不长,当他的目光从榜文的最后一行移开时,一阵绝望涌上心头。稍待,他大叫一声,拨开人群,向寓所跑去。

九月初六日,京城上下,街谈巷议,人们都被一份揭帖吸引住了。这是一份匿名揭帖,上面含沙射影,历数这一科秋闱部分中式举人向考官行贿及与朝中公卿大僚的关系,包括举子姓名,考官姓名,银钱数目,居间过付者姓名等,更增加了它的可信度。于是酒楼茶肆,什口相传,一时间竟成为轰动京师的一大新闻。特别是揭文中写明,中试举人陆其贤与其叔吏部给事中陆贻吉以纹银三千两,行贿房考官李振邺、张我朴,因此被取中;中试举人田耘、贺鸣郊通过进士项绍芳居间过付,贿买国子博士、房考官蔡元禧(曦)得中等等。由于年代久远,这份揭帖原文已无法看到了。但在清代,每有科场作弊,都会有痛加揭露的匿名揭帖刻写散发,揭帖的形式和内容并没有大的变化。为了弥补读者的遗憾,这里录下揭露五十年后的康熙己卯科(1699)顺天乡试(主考官姜宸英、李蟠)贿赂公行丑闻的一篇揭文,作为参考。

朝廷科目,原以网罗实学,振拔真才,非为主考纳贿营私,逢迎权要之具。况圣明天子加意文教,严饬吏治,凡属在官,宜自洗涤肺肠,以应明诏。不意顺天大主考李蟠、姜宸英等,绝灭天理,全昧人心。上不思特简之恩,下不念寒士之苦。白镪薰心,炎威炫目。中堂四五家,尽列前茅,部院数十人,悉居高第。若王、李以相公之势,犹供现物三千(王熙孙景曾,李天馥子某),蒋、熊以致仕之儿,直献囊金满万(工部尚书熊一潇子本、左都御史蒋宏道子仁锡)。史贻直、潘维震因乃父皆为主考,遂交易而得售(浙江主考史夔、福建主考潘云鹏子)。韩孝基、张三第以若翁现居礼部,恐磨勘而全收。年羹尧携湖抚资囊,潜通昏夜(年遐龄之子馈一万),朱世衍昇督学秩蕾,直达寝门(北直学院朱阜之侄)。励廷仪则畏宗卿要路,兼受包苴(宗人府丞杜讷子），收严密乃修同谱私情，不嫌乳臭（榜眼严虞惇子）。总是老师分工，且期橐橐之取盈，故舍其友而独取其婿（狄字乃李、姜本房老师之婿），更恐言路关头，必欲逢迎之尽致。遂因其弟而并及其兄（副宪刘谦子侹皆中）。尤可丑者，宛平之门馆私人，亦不敢违其嘱托（王熙西席二人、管家子二人一齐中式）；所可奇者，总督之长班贱役，致无弗尽其收罗（王朝柱父范总督长班）。费士龙以居停关说，半现半赊（费为黄编修之舅）；蒋廷锡馈学道遗赀，如携如取（河南学道遣子托严虞惇馈三千）。王守烈凭虞山一钱，数月前先结狐群（王因严虞惇献三千）；廖赓融恃相国专房，百名外续居狗尾（赓融父凤征为北门馆客时出入其家）。张翩许魁选而得义经之殿，嫌其少也（预报无魁云，魁定张翩，以其所馈少，名次略后）；姚观以同乡而兼姻娅之亲，岂为文乎（姚乃宸英妻亲）？三场代笔，魏嘉谟遂占高魁（魏代熊本终场，本方十四岁），午夜夤缘，刘师恕俨居首选（督捕右堂刘国黻数日前夜至李、姜寓嘱托，其子遂中式）。胡承谟之半万，均系徽商；李昶年之八千，专为废籍（山东革职阁学李膺鹰之子）。编修岂能荫侄，知借力于家兄（陈恂弟澎馈银三千遂中北籍），佥事诚为有儿，亦贻谋于乃祖（赵继抃、济宁道景从之子皆从其祖吉士所通）。赵熊诏因王而通李，数倍于王（熊诏托王守烈献李银三千），徐陈基献靳以媚姜，名先于靳（周融，杭州人，挟赀五千托徐转交姜，二人皆中北籍）。二贺父子异籍，具大神通（壬辰进士贺宽子宏道，中卫籍，孙秉龥中北籍），两黄兄弟连名，若合左券（黄宏深、宏湛兄弟各五千）。魏龙巨万，洵是魁才（魏嘉谟系乙丑进士专期子,龙河,家有巨万),吴李多赀,果为首先(吴琏,徽商,系陈洵说合,李治,亦盐商)。借藏身为活计,徐用锡之阴谋(徐藏身直抚李光地幕中,知县献以关节);托假馆以夤缘,谢绪宏之狡术(谢乃洮珉道绪光之弟,假馆于姜而纳贿)。胡天不吊,任兴独少佳儿(为主考通线索者张预章、陈洵、严虞惇子侄皆中,胡任兴无子,但居间得钱耳);黄物有灵,叔璥岂真难弟(黄叔琳居间,中其弟)。不阅文而专阅价,满汉之巨室欢腾;变多读而务多藏,南北之孤寒气尽。取人如此,公论谓何?况夫数世长随,擢居鼎贵(李璠祖父,皆作长随);八旬老子,拔至清班(姜宸英年老)。朝廷待彼不为薄矣;二君设心,其何谬哉?独不念天听若雷,神目如电。严虞惇抚床而嘱,何偏值受命之辰(严初六日到李寓嘱托,子侄皆中);黄梦麟馈参为名,何必在赴宴之后(姜宸英赴宴之后,差人至黄处取参半斤,中其舅费士龙)?龙门未启,题目何以喧传?蕊榜未愚,元魁何由预报(预报诸名,分毫不爽)?售关节于杀妻之凶犯,岂谓知人(王兆凤本姓贾,高邮人,杀妻,问罪逃至京师,匿良乡傅署中。李、姜嘱意中为解元,冒北籍);寄耳目于舐痔之怀来,宁云择侣(此番皆怀来县钱安世把持)。呜呼,噫嘻,投身鲍氏,固已薄其为人(李璠中状元后,投拜内监鲍三老门下),不赴亲丧,早已窥其短行(姜宸英亲死不奔丧)。身辱者心必丧(李),孝亏者忠必衰(姜)。似此败检,贻玷清流。以御魍魅,未足蔽彼厥辜;肆诸市朝,庶少伸其公道。吾辈进退不苟,死生惟命,务请尚方之剑,斩彼元凶。当路风闻既确,目击又真,何惜弹劾之章达诸天听?不然,苟白简之迟迟,致群情之汹汹,一旦有义士者,挺身而起,或刺之国门,或杀之车下,四方闻之,恐笑士大夫之无人也。

这一类揭帖显然出自落第士子之手。他们捕风捉影,未必全真,但另一方面,揭帖有名有姓,甚至掌握大量内幕细节,言之凿凿,不由你不信。在当时中国这个严重缺乏透明度的社会里,此类传言无疑最为民众感兴趣,也最吊人胃口,具有极大煽动性。

来自应试士子内部的消息似乎也在证实,揭帖所言并非空穴来风,子虚乌有。有人亲自目击,同考官、大理寺评事张我朴站在龙虎榜前向众人炫耀:"某某得中,我之力也;某某,本文理不通,我以人情之故,使其得中副车(副榜);某某,我极力欲中,奈有某老阻隔,无可奈何。"竟一口气历数十几人之多。原本就对"人为刀俎,我为鱼肉"的现实不平,听到此公的现身说法,士子们更有一种被愚弄的感觉。他们逢人便讲,四处张扬。一时间,关于今科北闱舞弊徇私的各种传闻,从各种渠道流出,经过碰撞、汇合、加工润饰后,又以更快的速度、更丰富的细节、更强的煽动性向四周扩散开去,整个京城沸沸扬扬。山雨欲来风满楼,有政治敏感的人已隐约感觉到,一场风暴在悄然迫近。

顺治十四年的丁酉科,是明清易代、满族入主中原后恢复科举考试后的第五次开科。清朝定鼎已经十余年,士子们已经从亡国之痛中苏醒过来。加上南明的几个朝廷相继覆亡,现实告诉人们,大明复兴的希望,以比永历朝廷南逃更快的速度在消失着。他们已经等待了十年,故国是一去不返了,为今之计,还是现实地考虑一下个人出路。当然,他们唯一的选择就是与新朝合作,这既是为了生计,也是为了施展自己治国安民的政治抱负。实际上精明的清政府早就给他们铺就了这样一条道路:参加科举,入仕为官。所以最近几科应考的士子越来越多,"从今不哭新蒲绿,一任煤山花鸟愁"。遗民隐逸,纷纷成群结队,出入闱场。当时某些依旧怀念明朝故国的人吟诗嘲讽道:

　　一队夷齐下首阳,几年观望好凄凉。
　　早知薇蕨终难饱,悔杀无端谏武王。

考试者多到令人吃惊的程度,以至于贡院号舍不足,搭盖席棚,席棚仍然不够,只能将后来者驱赶出去。看到这种情况,幸灾乐祸者又步前韵吟道:

　　失节夷齐下首阳,院门推出更凄凉。
　　从今决意还山去,薇蕨堪嗟已吃光。

连闻名天下的复社四公子之一的侯方域也来顺天应乡试,不过只中了副榜。类似前引的打油诗还有一些,如:

　　圣朝特旨试贤良,一队夷齐下首阳。
　　家里安排新雀帽,腹中打点旧文章。
　　当年深自惭周粟,今日幡思吃国粮。
　　非是一朝忽改节,西山薇蕨已吃光。

这些诗从另一个侧面反映出清朝政府招徕人才政策的成

功。到了这一届大比,更是士子云集,应试人数是空前的多。

顺天乡试,一般称为北闱,与江南乡试称南闱相对,这是沿用明代的称呼。乡试本是省级考试,一般是分省进行,但顺天地处京师,地位特殊,因此除了直隶八府生员(即民间所称的秀才)在顺天应试(编贝字号)外,奉天、热河承德府、宣化府、满蒙汉军生员也在北闱编专号应试。另外,全国各省的贡生、监生也编皿字号在此应试。这样,顺天乡试的人数历来居全国之冠。

今科乡试,到八月份考试以前,到顺天府录遗(注册)的考生仅直隶八府俊秀已有四千人之多,加上天下的拔贡、岁贡、官生、民监,又有一千七百余人,总数已近六千名。这些考生,按出身不同,前者称为乡士,后者则称为贡士。那么这近六千考生又有多少人能金榜题名呢?清廷在1645年已经就各省的乡试中试额数做出了明确的规定:

顺天一百六十八名,江南一百六十三名。定额的标准是按三条原则决定:文风的高下,人口的多少,还有就是丁赋的轻重。由于七年前,位于南京的南监撤销,江南的贡生、监生也合并到北闱应试。这样,年初朝廷又特降谕旨,顺天乡试贡、监生分为南北四卷,视人数多寡中定额。但是,按一般情形,中试比例与考生比例向为一比三十,也就是说,满打满算,今岁北闱中试举人至多为二百零六人。近六千名考生竞争二百零六个名额,这使本来就已是羊肠一线的蜀道试途变得更为凶险崎岖。临近考试,又有消息传出,二百零六个名额由贡士、乡士平分,各居其半。这样一来,形势又有变化,显然贡士命中较易,而乡士的前途恰如贡院围墙一样,满布荆棘。

不仅如此,贡士较乡士更大的优势在于他们拥有后者所无法比拟的社会人际关系。贡生、监生大都是从四海九州全国各地选拔出来的秀才,学业较优。其他要么是父兄为高官大僚,要么是家道殷实。官生则是七品以上官员子弟。这些人挂名太学生,其实并不在国子监认真读书。或者周游缙绅以博名声;或者挟诗文、结坛社,互相标榜。"屯聚群嚣,人人自以为探囊高魁、唾手折桂"。这些人所以如此狂妄,所仗恃的只有一条:熟悉关节路径。他们已经寄居京师多年,科场内外,耳闻目睹,自信只要打通路径,送上钱财,关节自通。正所谓:试途能行钱作马,金榜易中权为军。

其实,狂生自信,并非毫无道理。到清初,科举制度已经实行了近千年。公平地说,较之秦汉的征辟察举、魏晋的九品中正,科考毕竟为孤寒士子跻身上层提供了一线可能,尽管这种可能微乎其微,但士子们世世代代还是乐此不疲,冀望有一天能吉星高照。尤其是明清以来,科举为入仕正途,名正言顺,因此,纵然是公子王孙,也希望博得功名,跻身斯文。于是乎,稀者为贵。他们运用各种各样的社会关系,运用自己的政治经济实力,或引诱考官卖身投靠,或斥巨资收买考官,科场徇私舞弊愈演愈烈,以至于蔚成风气,人们已见怪不怪。当时通过关节获取功名的,每科都有数十人之多。

何为关节?关节是明清科场舞弊的一种最重要的手段。所谓关节,就是考官和考生之间考前就约定符号,考生在考试时标明试卷中,考官凭此识别、判断考生,对其试卷予以推荐,并使之取中。也称关目。关节在各级考试中都有,但京师北闱最为严重。关节又包括两种,一种是主考官出好题目后,把题目送给应试考生,这称为递关节。更多的则是考生预先通过关系给考官送上厚礼,先接上关系,事先约好,然后在答卷时故意在卷中留下标记。比如连书几个虚词,"或也欤"、"或也哉"、"或也矣"之类。在诗句下加一个墨圈,表示纹银一百两,加上一个黄圈,则表示黄金一百两。考官自然心领神会。这里略举几例。如某一科乡试题为"子谓子夏曰",一考生与考官暗通关节,考官让他在破题中连用四个"一"字,此生破题时写道:"儒一而为不一,圣人一勉之一诫之焉",待到发榜,果中高魁。还有某科乡试,诗题为"所宝唯贤",一考生考卷用"水烟袋"三字散见点题中,作为关节。点题两句为:"烟水潇湘地,人才夹袋储",浑然一体,了无痕迹。再如某科有一份试卷,约好在试帖诗第一句中用一"谨"字,诗题为"江涵秋影雁初飞",代为捉刀者当然是吴中名士,第一句写道"谨步司勋句",构思之巧,令人叹为观止。这一类关节,若非局内人士点破,外人是无法参透内中玄机的。这买卖无本万利,又没有什么风险可担,所以有资格出任考官的无不趋之若鹜,挖空心思以谋得此职。明末以来,每到大比之年的五六月份,按惯例,是乡试主考官、同考官(也称房考官)就聘之期。顺天主考,依例以前科一甲一名(状元)充任,同考官一般从新近进士出身的京曹中选派,如六部司官、行人、中书、评事都有望出任。每届此时,人们就开始四出活动,目标自然是主管官员,或者以师谊躬行拜谒,或者为之行金,千方百计获得棘闱之聘。能以考官身份进入内帘,分房阅卷,自然也就胜券在握了。

甲申之变,改朝换代,然而科场舞弊非但没减轻,反而更甚。因为清初为政宽大,开科取士本身就是清朝统治者争取、吸引、笼络汉族地主阶级知识分子的一种手段和策略,目的是借以博取文治名声，消解前朝遗民的抵触情绪。所以，对科场之弊尽管心知肚明，可还是睁一眼闭一眼。特别是上一科（甲午，1654年）凡是预伏关节的，无不高中金榜，这大大刺激了那些企图以侥幸获取功名者。"于是阴燥者走北如骛，各入成均，若倾江南而去之矣。至丁酉辇金载宝，辐辏都下。"本来，南闱（江南乡试）录取人数与北闱大略持平，这些人为何舍近求远，奔趋北闱呢？最重要的一条，就是北闱十几位分房同考和两位座主（正副主考官）都是所谓的"辇下贵人"。未入考场之前就可从各种渠道得知谁将就任，可以按图索骥，"先期定券，万无一失"。不像江南各省，分房考官皆为地方州县官，茫然一片，无从措手。暗中摸索，费钱费力，弄不好还会水中捞月。

面对如麻如粟、成百及千的营求者，早就想狠捞一票的考官们心花怒放。一方面，水涨船高，他们不必担心开价高吓走买主，可以放心开出天价。另一方面，财源广进，政治投资，通过录取公子王孙，可以讨好权贵，异日可得丰厚回报，飞黄腾达。还有，可获得长远的感情投资效益。录取了谁，谁就是自己的门生，一日为师，终身为父，何况拔之草茅？滴水之恩，更当涌泉相报，至少是不会亏待自己的。所以，还在入闱以前，各位分房考官私下所许，座师心里所属意以及暗中接受京中达官显贵秘密嘱托的考生，已达上千。可是他们忘了，即使全部用来打点营私，也只有二百零六个名额。何况，这毕竟是朝廷的抡才大典，即使是为了掩人耳目，塞人口实，也得晨星稀点，取几名孤寒之士，聊作点缀吧。

八月初八日，寅时，京师崇文门内东南角，顺天贡院。天刚露出鱼肚白。夏夜的凉风吹拂着贡院大门前"天开文运"牌坊，带来阵阵寒意。大门外，数千士子穿着规定拆洗衣服、单层鞋袜，手提竹柳编就的网格眼考篮。篮内装着笔、墨、碗筷、切开的食物以及油灯、油布之类的生活和考试用品。按照顺序点名领卷，进入龙门（贡院二门）。门内稍远的地方站着一群王公大臣及都统、副都统等高级武官，四名千总指挥着几十名搜役组成两道搜检线。两名搜役搜查一名士，以防夹带有违禁之物。场内，步军统领、总兵率领着几十名兵丁在院内各处巡逻监视。凡是通过搜检的士子都由号军（最初是场内负责监督士子的兵丁，后改为照应士子的茶水饭食）引导，按预先编定的号数进入指定号舍。薄暮时分，只听三声炮响，表明数千名考生入场已经完毕。紧接着号栅上锁，贡院大门、龙门也同时由监临官加上封条。第一天的工作就算结束了。

八月初九日，子时。监临、外提调、监视各官开始向各间号舍分发题纸，先由管号的巡察官传进去，再发给各号舍的士子。是科首场题目为主考亲自命题"颜渊喟然章"，依旧是"四书"、"五经"的老一套。士子们开始搜肠刮肚，构思文章。

至此，负责外帘各项事宜的官吏们终于松了一口气。只有监临、监试、巡察官员不时登上贡院中部高高的明远楼，观察士子们有无私相往来，执役人员有无代为传递消息等不轨行为。

与此同时，致公堂后一桥之隔的聚奎堂内，已经入闱数日的内帘诸官，包括主考、副主考、同考官、内提调、内监试、内收掌都在紧张地忙碌着，准备着头场试卷的到来。按照制度，他们自入闱那天起，就被帘门隔离，不能再走出内帘一步，当然更不可能离开贡院。只有等发榜之日才能自由出入。也就是说，内帘诸官除了校阅试卷和涉及考试之事外，其他一概不得与闻。

八月十三日,卯时,聚奎堂内。主考官曹本荣、副主考宋之绳穿着朝服,正襟危坐,开始升堂分卷。当着诸位官员的面,曹本荣抽房签(按五经分房),宋之绳负责抽已誊写装订好的朱卷捆束签,然后分别送到十四位同考官的桌上。这意味着,最关键的阅卷衡文开始了。

本来,按照规定,主考、同考阅卷,都应在聚奎堂内一起进行,但如果这样,人多眼杂,考官们的如意算盘,都难遂愿。所以大家在象征性地读阅过一两份试卷之后,便借口堂上阅卷拘束,提出改为分房阅卷。此刻主考同考心照不宣,乐得各自方便。

离开二位主考,回到私室,各位同考官立刻卸去一脸的矜持和公事公办,开始为自己的关系忙碌。每人都心如明镜,嘱托太多,而名额有限。下手太晚,纵然自己的荐批有生花之笔也只能看着别人捷足先登。于是考官之间先展开了一场争分夺秒的竞赛。然而,每位考官手中有三四百份试卷,尽管多已事先作好关节,但经过外帘官员的弥封、糊名、誊录之后,要一一发现它们,并且要准确无误,毕竟不是一件易事。于是乎,急切之间,"交互翻索,闱卷纷然紊乱,不成事体"。这哪里是什么阅文取士,简直就是入室行窃的梁上君子!此时此刻,入闱前皇帝召见时的严厉警告,"考官阅卷有弊者,杀无赦!"早已忘到九霄云外去了。眼下,考官们的全部心思都集中在一点上,就是尽快找到自己需要的试卷。

考官中最为忙碌的就是前面匿名揭帖中提到的李振邺、张我朴。两人都是大理寺评事,又都是年轻的新科进士,年少气傲,自然不把别人放在眼里。同时分在一房的考官还有国子监博士蔡元曦,行人寺行人郭浚等等。其中年纪最大的是郭浚,不但老眼昏花，而且为人迂腐不堪，加之生性懦弱，自然成了李、张两位年轻进士调笑嘲讽、开心取乐的对象。

费了九牛二虎之力，试卷总算找出来了一部分，可接下来的问题更为棘手。哪个考官手里没有私人？李振邺到底卖出了多少关节，说实话连自己也不记得了。但有些人是非要取中不可的，这他心里比谁都清楚。但眼下这上百个关系，推荐哪一个，放弃哪一个呢？狼多肉少，李振邺简直是一筹莫展。这比平心静气，评定文章高下更伤脑筋，用心更苦。经过再三推敲，权衡利弊，李振邺终于确定了自己的两条原则：一是"爵高者必录，爵高而党羽少者摈之"。所谓爵高，至少是京堂三品以上高官子弟，这些人是自己日后的政治靠山，即使是一毛不拔，也应该录取，但高官子弟也要区别情况，有些人的父祖尽管爵位重，但在朝中党羽太少，势单力孤，而官场之事，未有定数，很可能朝夕之间就会烟消云散，依靠不住。这些人当然要放弃。二是"财丰者必录，财丰而名不素著者又摈之"。受人钱财，替人消灾，古来便是天经地义的事。几年前自己不也是花了大把的银子才拿到这个进士的吗？加上这一次为谋到这个考差又花了不少。此时不赚更待何时？但仅凭"贡献"多少来录取也不行，既要有钱，还必须有交际能力，善于遨游于公卿之间，善于博取名声，这样才能收到众望所归的效果。如若不然，只取中那些既无根基，又寂然无名之辈，外人一望可知此公是凭借孔方兄敲门而入的，那就太明显了。至于那些不了解行情看涨，还照旧价码办事的人，那就只能对不起了。经过这一番权衡取舍，李振邺手中还剩下非中不可的二十五人，可偏偏这二十多人在本房考卷一时遍寻无着，自己又不便赤膊上阵到他房寻觅，急得他周身冒汗。忽然,心生一计,快步回到住处,把自己的贴身书童灵秀找来。这灵秀人如其名,年纪不大,却伶俐过人,李振邺非常喜爱和信任他。李振邺把灵秀叫到面前,耳语一番,顺手操起批卷用的蓝笔开列出二十五人姓名交给灵秀,并把关节一一密告。灵秀心领神会,只半天工夫便全部找出来,令李振邺大喜过望。高兴之余,给了灵秀一笔赏钱,便打发他回去了。得意者必忘其形,李振邺激动之下,竟忘了索回这张蓝笔名单,而正是这张名单,成了案发以后的铁证。

就在灵秀寻觅考卷的同时,张我朴与郭浚发生了一场不大不小的争执。原来,郭浚费了九牛二虎之力,才找到某位权要再三密嘱的江苏太仓贡生蒋廷彦的试卷。粗略一看,文理尚通,遂大呼佳卷,提笔要写荐批,准备作为第一佳卷推荐给主考。一旁张我朴旁观者清,急步上前劈手夺过试卷,厉声喝道:"此卷我已知其姓字名谁,你给我说明白,你收了他多少银子?是谁在居间关照?"其实张我朴并不知底细,而是故意疾言厉色,诈唬郭浚。而郭浚不知其底里,一时竟懵在那里,良久才无可奈何地欺哄说:"是太仓一位姓蒋的士子。"姓蒋?张我朴脑海中一下闪过蒋文卓的影子,恍然大悟,冷笑道:"你休要骗我,什么太仓蒋姓,我知道这是嘉善蒋文卓。此人文理狗屁不通,远近皆知,如何能中试?你如不听我的话,一定要中,他日保你物议沸腾,成为众矢之的。到那时连我们也要跟你沾光。"郭浚闻言,不明就里,心虽不甘,也只能放弃。实际上,这份考卷确实是太仓蒋廷彦的,而非嘉善蒋文卓。张我朴疑心生暗鬼,一口咬定是蒋文卓,无端误了蒋廷彦的锦绣前程。张我朴如此痛恨蒋文卓自有缘故,两人素有过节,张我朴早就听说他已来京两年多,知道他此番一定会使尽解数,钻营谋中。本想借此良机报一箭之仇,一泄心头之愤,万没想到指鹿为马,使素昧平生的蒋廷彦代为受过。

再说李振邺打开二十五份考卷,一一翻阅,不禁大失所望,这些人也配入闱?简直是文理不通!李振邺反复比较,只能将就材料,勉强从中选出五人,推荐给主考,其余无奈只能作为落卷打入冷宫。心中颇为不快,想中的无法取,不想要的却偏偏就来。李振邺无意之中翻出昔日邻居张汉的考卷,不见还好,一见这个憨货的考卷,李振邺就气冲两肋。而这个傻瓜偏不识相,或是忘记了两人最近的反目成仇,或是还冀望李振邺能重念昔日赠妾之谊高抬贵手。没准儿还自以为抓住了李振邺的把柄,指望李振邺投鼠忌器,侥幸过关。李振邺气愤之余,一时性起,索性大加涂抹,彻底绝了张汉的希望。本来,按照规定,主考对房考推荐的考卷不满意,还可以从落卷中重加遴选,但经过李振邺大笔一挥,张汉考卷已是面目全非,绝无再生希望。一旁郭浚早就对李、张的少年轻狂心怀不满,这两人朋比为奸,任何人要想呈荐试卷,都要被审问一番。目的当然是为了握住别人的把柄。相反,他们自己却任意妄为,绝不容他人置喙,更不容别人染指。其他考官也同样对两人"只许州官放火,不许百姓点灯"的做法深为反感。

这里被李振邺断送的张汉,就是前文开始提到的那位苕溪贡生。此人资质平庸,性情愚鲁倔强,是个一条路走到黑的主儿。偏偏不甘人后,心气极高,屡次参加乡试,回回名落孙山,三十好几,才得个贡生名义,从此竟浪迹京师,发誓今生不中,不回见江东父老。张家原本家境一般,经他多年不农不商的折腾,景况愈下。他只能靠胞兄张嘉接济度日。张嘉也只是一个小小的内阁中书舍人,名位卑微,无力改变乃弟的处境。张嘉与新科进士李振邺同在衙门办事,因而颇有过从。看到李振邺为人机灵,四处钻营,知道他可能出任今科房考。于是未雨绸缪,把张汉介绍给李振邺,并托他关照。张汉攀上李振邺的关系,索性在李宅近旁赁屋而居,成为邻居。张汉有自己的算盘,一则自己穷困落魄,资斧萧条,与李振邺这个富户比邻而居,总能得些照应。二则李振邺分校秋闱,志在必得,真是那样,远亲不如近邻,总会关顾一下自己这个穷朋友。而李振邺一方面碍于张嘉的面子,另一方面,张汉漂泊京师多年,三教九流,交识颇广,将来自己入闱阅卷,可以靠他外出联络,卖关节,寻买主。两人各怀鬼胎,日日过从,竟成了忘形之交。

说来也巧,李振邺自分发京官以后,一直未把家眷接来。此君少年得志,正当风流,当然不甘寂寞,于是背着夫人在京邸另纳一妾,终日沉醉温柔乡中。从此,乐不思蜀,天长日久,竟将家中妻小淡忘了。忽有一日,家中托人送过信来,称夫人思君心切,不日将赴京探夫。李振邺览信大惊失色,他的惧内是名闻乡里的。夫人出身望族,大家闺秀,赋性柔惠,知书识礼,但在纳妾续小这件事上绝不松口。如果被她得知,不仅要招来一顿河东狮吼,还会不依不饶,弄得满城风雨。思来想去,决定忍痛出让别人,等夫人走后再续前缘。但一则没有物色到合适人选,二则不忍分离,正在迟延之际,一日偶与张汉饮酒赋诗,相互调笔之时,忽然半真半假地对张汉试探道:"你客居京城多年,年近不惑,形单影只,有何趣味?何不觅一佳丽,红袖添香,岂不风流快活,也不枉来京师一回。"张汉闻言,悲叹一声:"我又何尝不想温柔满怀,吟风弄月。可银钱不是树叶,可以俯首即拾。于今之世,人情纸薄,没有孔方兄开道,哪个女人会看上我这个无立锥之地的穷酸书生呢?"李振邺不动声色,顺水推舟,说道:"有福不用忙,无福跑断肠,现在就有这美事一桩。是这样,前日老家来信,言夫人近日即将来京小住,此间小妾多有不便。看在朋友分上,就将这心肝宝贝相赠,何如?"张汉闻言,酒立时醒了一半,忙道:"愚兄不才,贤弟就不要以此取笑了。"李振邺知道张汉误解了自己的意思,赶忙正色道:"君子无戏言,大丈夫一言既出,驷马难追,方才所言,句句是实,娇妻美妾,君子至爱,岂能玩笑!"张汉转惊为喜,几乎要给这位贤弟磕个响头。惊喜过后又面露难色:"贤弟赠以枕席之爱,愚兄自当深铭肺腑,永志不忘。可我家徒四壁,囊空如洗,此姬用惯了锦衣玉食,穿腻了凌罗绸缎,如何肯到我这寒窑受苦?只怕这欢喜夫妻不会长久。"李振邺慨然道:"贤兄多虑了。此不难,房帐什物,我这里应有尽有,需要什么,请开舍口可也。人既可赠,又何惜财物?岂不闻'女人嫁汉,穿衣吃饭',只要保她一如从前,谅不致另栖高枝。"张汉喜极而泣,再三拜谢。翌日,李氏果然如约连人带物一并送过张家。

世上没有白拣的便宜,李振邺并非真心把美妾白送外人,只不过是想掩夫人之耳目,解燃眉之急罢了。所以选中张汉,一则是比邻而居,朝夕可见,二则张汉不甚精明,两人可以明修栈道,暗度陈仓。而张汉毕竟是张汉,还陶醉在人财两得的喜悦之中,对李振邺此举的深意浑然不觉。

就这样,此妾夕为张氏新姬,昼为李氏外室,彼此倒也相安无事。一日张汉外出,李振邺照例过府幽会,两情相悦,自然缠绵不尽,云雨之间,妾触景伤情,忍不住悲声抱怨:"难怪人们说红颜薄命,我是您花银子买来的,当然由您处置。您若是不忘昔日情分,真心爱怜我,就应选择一个富家儿郎,了我终身。现在跟着这个酸鬼,不是让我一年到头忍冻挨饿吗?"一言未毕,泪已双流。李振邺忙用软语抚慰道:"美人儿,不必忧虑,我早就替你筹划好了,管保你稳坐暖炕,煤炭馍馍,终日无缺。我过几天就将入闱阅卷,你可以隐约将此事透露给你那位新郎官,教他细心打探,寻觅合适的买主,每位六千两银子。打点中间人再加二成,正数归我,其余归你们。不需太多,只要能觅到三位,用不了多久,不就可以坐收三千多两白花花的银子么?这样一来,你还愁赶不走穷鬼吗?"妾一听此话,霎时转忧为喜。

当晚张汉回家,尚未坐稳,新娘一改平日愁苦容颜,喜形于色。张汉正疑惑间,新娘忍不住把日间李振邺的如意算盘和盘托出,一高兴也忘了李氏叮嘱的"隐约透露"。说来也怪,平日不甚精明的张汉,一听说可以坐收银子,却反复盘算起来,越想越觉得不划算,拉过新娘说:"你真傻,与其为别人打算,哪如为自己打算。你何不设法让李振邺把关节交给我,我付他一半价钱一千六百两银子作为补偿,其余一半就归我们了,果真如此,你就摇身一变为贵夫人了,又何必羡慕那三千两银子呢?你应当想尽一切办法让李振邺接受此计,以你们的交情想必他对你不会吝啬的。"新娘转念一想,也点头称是。于是夫妻计议停当,待机行事。转天,李振邺又来相会,亲热过后,妾依计而行。李振邺知道是张汉的鬼主意,心中暗骂张汉贪得无厌,游僧一变而为住持。这样一来,不仅是对半分肥,自己反倒只剩小头,实在是于心不甘。于是沉吟半响,还是不置可否。爱姬一看,使出浑身解数撒娇献媚,百计缠绵。古话说"英雄难过美人关",何况是自己的宠姬!只当是自己对爱姬后半生的安排吧,终于答应了她。当即李振邺返回家里,取出密藏在枕头中的关节一一交给她。唉,不管怎么说,自今以后,两家的关系既有门生座主之谊,又有内外通家之好,即便兄弟昆仲,手足之情,又怎么能与此相提并论呢。李振邺这样想着。

　　再说张汉如意算盘既成,忍不住志得意满,豪兴逸飞。狼狈不堪地生活了这么多年,终于可以吐气扬眉了。不仅自己金榜题名已是囊中之物,还可以有成千上万两银子的进账,还有娇妻美妾……真是流年大吉,一顺百顺。张汉终日驰逐于华胄富豪之门,既为博取名声,又可以打着李振邺的招牌,招揽富户,钓取大鱼,坐收渔翁之利,正可谓是名利双收。一天,张汉听到一群人在议论考局,纷纷叹息说:"今年北闱难了,光是李振邺一人,已经不知卖关节给多少人!哪里还会有什么公道可言呢?"张汉闻言一惊,抽身往回走,到了家中,一言不发,满面愁云。其妻大感不解,出门时还神采飞扬,怎么转回家来却像遭打的茄子一样。赶忙上前温言软语叩问缘故。好半天,张汉长叹一声,把外面听到的话告诉爱妻:"我开始还以为李振邺所做的关节没有几个,那样我们一定可以得到关照,榜上有名。现在外间风传如此这般,事情怕不那么简单。我估计出手阔绰的登进有路,意思不足的当然也就无甚希望。我怀疑他是否真能不忘前约,信守诺言!"真如传言的那样,不仅自己苦心编织的发财梦要泡汤,能否卖出自己还在两可之间。其妻闻言,好像兜头一盆冷水,顿时心凉半截。也顾不上避人耳目,瞅见李振邺在家便潜入李宅,鹦鹉学舌一般把张汉的话学了一遍。不知是女人有口无心话没讲清楚,还是李振邺急切之间没听清楚。反正是李振邺把张汉听来的话当成了张汉对别人说的话,听罢不禁怒从心头起,破口大骂:"好你个张汉!我待你如自己心腹一般,你为什么要在外面坏我的好事?!"越想越气,问明张汉的去向,跃马扬鞭去寻张汉。

京城佑圣观内,笑语喧哗,觥筹交错。张汉正与自己的狐朋狗友,一大群纨绔子弟饮酒作乐。席间张汉唾星四溅,眉飞色舞,正在大吹自己与李振邺的交情之厚。"诸位有所不知,今科北闱房考,大理寺左评事李振邺与我有金兰之交,赠妾之谊,有这位仁兄关照,保管水到渠成,你们就等着喝我的喜酒吧,诸位拭目以待,不出两月,李公定当财运亨通,名满京华……"真是说曹操,曹操就到,李振邺已飞马赶到。张汉远远瞧见是自己的财神爷来了,急忙推盏起身,趋前恭迎。不提防李振邺二话不说,照着他泛着油光汗珠、堆满谀笑的脸左右开弓,一顿暴打。边打边骂,"张汉,你他妈真是个缺心少肺的憨货!我认你做朋友真是瞎了眼……"直骂得狗血喷头!张汉被这突如其来的变故惊呆了,愣在那里一动不动,任他打骂,众人一见,已明白几分,赶忙上前把李振邺劝开,扶他上马。李振邺余怒未息,边骂边打马而去。

望着李振邺远去的背影,好半天张汉才回过神来,顿时羞赧欲死,恨不得寻个地缝钻进去。张汉踉踉跄跄边往回走,边痛骂李振邺,既为回击李振邺,也为了在众人面前解嘲。至此两人已反目成仇。可是缺少心计的张汉并没有把事情估计得过于严重,他觉得就算没有两人交情,李振邺不看僧面,还要看佛面,看在昔日爱妾的分上,料不致恩断义绝。哪里知道经此反复,李振郧早不再有往日情怀。漫道照拂,不把他打入另册也算他三生有幸了。

闱中的争执并未随着撤棘发榜而结束。本来,郭浚等人因李振郧、张我朴的横三阻四而好事难成,已是怨气满腹,不料,李、张二人出闱以后反咬一口,逢人便张扬说某某未中,全系某老阻挡所致云云,暗指郭浚等人。此举无异火上浇油,更激起郭浚的切齿痛恨。一不做,二不休,他索性找到蒋廷彦,狠狠参了张、李二人一本:"贤兄考卷,文理皆优,本已作为首卷取中,可是张我朴指鹿为马,硬说是蒋文卓之卷,百般抵制,终致落选;不惟兄之考卷,张汉之卷,也已取中,却被李振郧故意检出涂毁,所以一并成为落卷。"蒋廷彦一听,气得牙根生痛,很快找到蒋文卓和张汉,添油加醋,说了一番。三位难兄难弟,同仇敌忾,密谋计议,非要弄他个地覆天翻,搞臭张、李不可。谋划停当,二蒋连夜行动,一写一刻,天明时分,一大摞洋洋千言的匿名揭帖已经印好。于是三人分头出动,二蒋到京城各处秘密散发;张汉剪掉辫子,披发跣足,装作受到刺激,神智失常,四处张贴具名揭文,并前往负有监察官吏言行之责、有权风闻言事的科道衙门,以期能引起重视,主持公道。一夜之间,整个京城被搅动了。

俗话说:林子大了,什么鸟都有,真是天下之大,无奇不有。就在舆论纷攘不可开交之际,又出来一位推波助澜者。此人名叫张绣虎,杭州贡生。本是光棍一条,好吃懒做不务正业,五毒俱全,杭州无人不知。数年前,从妓院拐得一名妓,娼家告到官府。张绣虎看到风声日紧,已无立足之地。于是黉夜携妓逃往京师,混迹三教九流之中,敲诈勒索,拐人栽赃,无恶不作。听到科场舞弊消息后,乐不可支,心想财运到了。他手持揭文,找到张汉等人讨到实情,然后按图索骥,到揭文涉及的受贿各考官府上,一一登门讹诈银子,声言破财消灾,不然定当诉诸有司。张、李无奈,只得吐出一千二百两银子。本以为可以一了百了,怎料到张绣虎蛇口吞象,进而讹诈行贿考生和居间过付者,威逼恐吓,无意中拔出萝卜带出泥,涉及的人越来越多,欲盖弥彰,终致不可收拾,大白于天下。

事情的发展往往就这样不以人的意志为转移,就动机而言,二蒋和张汉本意不过是针对李、张二人,一泄心头怨气而已。万没想到,他们的一纸揭文,会上达天听,震怒龙颜,酿出一场上百人遭诛杀、流放的亘古未闻的大案。

东窗事发

　　前文中提到的科道衙门，正式名称为都察院。它的属官包括两系统：六科给事中和十五道监察御史，所以一般人也将其合称为科道衙门。科道官员权力很大，除了有权弹劾天下百官以外，还可以评论政务得失，劝谏皇帝，所以古代也称其为言官，即有权上书言事之官。

　　由于张汉的投书，科道衙门较早地接触到了这件科场舞弊案。最早看到揭文的是吏部给事中陆贻吉。陆贻吉，字子六，常熟虞山人。本姓严，所以也有的私家文献记载为严贻吉。出身名门，祖父为明朝大学士严讷。

他于明崇祯十六年(1643)申癸未科进士,不料,新科进士尚未分发官职,明王朝便倾覆了。无奈,这位"故相裔孙"只有打点行装,改仕新朝,此时已迁任给事中职务。今科乡试,其族人陆其贤也以贡生身份赴京赶考,找他这位族中长辈关照。陆不便推辞,硬着头皮去请李振邺、张我朴多加关照,并把陆其贤介绍给两位房考官。他隐约听说其贤馈赠两位考官银三千两,但不知内情。还好,李、张总算赏脸,陆其贤榜上有名,正思忖改日过李、张二府致谢,张汉的揭帖就递到了他的手中。接过一看,大脑轰的一声,揭帖开头就写明他为陆其贤居间过付,赠李、张纹银三千两,贿买得中。联想到近日外间的传闻,同事熟人异样的目光和闪烁其词的旁敲侧击,陆贻吉再也坐不住了。本来他最近几年就仕途不利,屡遭上司申饬,特别是部院那些目不识丁的满洲王公大员,更是不时对自己呼来喝去,不当人待。原来以为自己以前朝进士投靠新朝,会受到重用,一展抱负。孰料想,世事难料,却被看做是变节贰臣,气节既丧,仕途蹭蹬,如今年近半百,一钱不值,还要遭人白眼,欲进不能,欲退无路。他深悔当初,沉吟不断,草间偷活。现在又出了这么一档事,真是祸不单行。为今之计,只能是亡羊补牢,也许还有挽回的希望,想到这,陆氏急忙出门,去找二蒋理论。二蒋承认消息来自道听途说,陆立逼二蒋从余下的揭帖上勾去自己的名字。但这又有多大的意义呢?揭帖早已流布四方,传入千家万户,陆贻吉就是跳进黄河也无法洗刷自己,何况在他心底里到底涌动着一丝不安,陆其贤毕竟是自己的亲族,三千两银子虽不是他居间过付,但他毕竟参与了此事,不能说是百分之百的清白无辜。何况自己设身处地,本身即负有监察之责。这张汉也不长眼,案子偏偏告到自己头上。上奏吧,自己首当其冲,定遭重谴,弄不好,还会为此丢掉乌纱帽,大半生的心血就将付诸东流。不上奏吧,谁知道别的科道官员手里有没有揭文,自己本来就揭上有名,万一哪位仁兄以此倾陷自己,追加一个知而不举,企图蒙混过关的罪名,岂不罪加一等,何去何从呢?

陆贻吉满腹心事,回到衙门。恰逢同事刑部右给事中任克溥值衙。无巧不成书,这任克溥哪壶不开提哪壶,谈起外间传闻的科场舞弊来。说者无意,听者有心,陆贻吉迎着任克溥询问的目光,支吾其词,心下却打开了鼓。他拿不准任氏是无意提及,还是已经看到了揭文,而故意试探自己。思前想后,最后决定以退为进,看看任的反应。于是吞吞吐吐地对任说:"今年北闱舞弊,一塌糊涂。嘉善蒋文卓、太仓蒋廷彦和笤溪张汉,名落孙山,气愤不过,合谋刻写揭文,揭其内幕,没想到株连到我。我身为科臣,虽未过付,但族亲陆其贤应考,且榜上有名,终不免嫌疑。我拟即日上疏圣上,自我检举。"可是任克溥闻言,只是意味深长地看了他一眼,什么也没有说,陆贻吉话方出口,深觉后悔。此举无异此地无银三百两,不打自招,真是越描越黑,万一任氏不念旧情,以此倾陷自己,作为往上爬的阶梯,后果将不堪设想。然而,覆水难收,只有听天由命了。

假如陆贻吉按照自己说的那样,赶在案发之前上疏自劾,或许能意外收失之东隅,收之桑榆之效,受到宽大处理,至少也能保住一条老命。可生死成败往往就在那毫厘之间,偏偏陆氏在这决定命运的几天里瞻前顾后,进退维谷,时迁日延,终未上疏自举,结果白白断送了自己性命。

这位任克溥,山东聊城人氏。为人机警,工于心计,是一位城府颇深、善于韬光养晦的人物。顺治二年(1645)清军入关，定鼎燕京不过一年，只拥有前明半壁江山，绝大多数读书士子不是投身抗清大潮，便是砥砺气节，拒不与新朝合作。而任克溥已敏锐意识到大清代明已是定局，率先应清廷之诏参加科考，在仅有的几百名应试举子中不费吹灰之力金榜折桂。接着一鼓作气，参加清廷第一科会试（丁亥春闱），得中进士，成为一名京官。凭着他异于常人的投机功夫，不十年已擢升刑科给事中，升迁之速，令人咋舌。看到分房考官无本万利，名利双收，他也加入竞争房考官的行列之中，四处请托，自忖凭自己的资历完全有望获胜。他的所作所为引起了平日早就嫉妒他的同事们的反感，特别是遭到了孙伯龄的奚落和挖苦。任气愤不过，两人大吵一架。遭此羞辱，任克溥发誓要谋到此职，作为对孙伯龄的回敬。然而尽管朝廷中山左诸位大老颇为赏识自己，希望推出他来与南党抗衡，诸老的兄弟子侄也可以随之得道升天，所以不遗余力为他争取，但无奈礼部堂官尽为江南诸老把持，山左无人。竞争结果，不但任克溥心机枉费，还白搭了不少银子。任克溥由此怀恨在心，早就想蓄意报复，这一天可说是盼望已久了。从陆贻吉的不打自招，任克溥判断出揭帖和外间风传，并非空穴来风，内中一定别有隐情，水面下还有更大的鱼。抓住这个机会，不仅可以吐一吐心中这口恶气，一雪前耻。或许受到圣上赏识，就此飞黄腾达，也未可知。先下手为强，把科场舞弊捅到朝廷，抢立头功，这打算在任克溥心里已酝酿多日。但一则自己不掌握实情，二则朝中这些狡猾的南蛮子似乎对自己的跃跃欲试已有察觉。如果走正常程序，奏章先就落到他们手里，被参奏的非其党羽心腹，便是门生故吏，定会极力压制，自己势单力薄，怕不是他们的对手。因此打定主意,等待时机,最好是能面奏。

谋事在人,成事在天。任克溥期待已久的机会终于来了。顺治十四年十月十六日,乙酉(1657)卯时,年轻的顺治皇帝身披甲胄,一身英武,来到南苑(俗称南海子)举行阅兵典礼,随从皇帝阅兵的有各部院三品以上汉官和翰林科道官员。人丛中也包括任克溥。

随着一阵急风骤雨般的马蹄声,受阅的领侍卫内大臣率一队侍卫驰过皇帝面前。忽然,两员侍卫翻身落马,顺治帝急忙策马上前,命人扶起侍卫,关心地问:"没伤着吧?"回头对大臣说道:"落马者,所幸无恙。"群臣肃然叩首,齐声奏道:"臣等窃闻,仁为勇之本。今圣上集诸臣侍卫,娴习武事,见落马者亲为慰问,诚仁德之主也。圣恩如此,孰不捐躯图报?"顺治帝听罢,龙颜大悦,这正是他所要的效果。就势命诸臣依序坐好,借题发挥道:

"朕年来屡饬科道各官,据实陈奏,以广言路。乃不抒诚建议,或报私仇,或受嘱托,或以琐细之事渎陈塞责。虽巧饰言词,而于国家政治,有何裨补?今各部院衙门弊端及诸臣行事,朕尚有所闻见,尔等岂有不知?若明知隐匿,不行据实陈奏,岂不有玷言官之职?以后宜悉心改悔,恪尽乃职,若仍蹈前辙,决不尔贷!"

说到这里,顺治帝顿了顿,扫视了部院大员一眼,接着说道:"尔等不思朝廷擢用之恩,留心部务,以图报效,乃徇庇为奸,竟成积习,此岂人臣之谊。嗣后宜痛改前行,勉图效力,更宜自爱身名,无致陨越。且凡为父母者,生子得入仕途,必何等教诲,何等期望,尔等能体父母之意,公忠为国,仰报朕恩,即无忝尔亲矣！倘违父母初心，恣意妄行，身败名辱，尚得为人类乎？凡人妄行非分，每谓人不及知，为之无害，不知幽隐之际，尤宜勤自省治。至于各官，一蒙擢用，益当兢兢业业，思如何报答主恩，如何殚尽职业，乃为善类。若甫获升迁，便洋洋自得，毫无敬畏，便是小人耳！朕所嘉者，尽职之人，所恶者，虚言之辈。前因地震，朕深自惕励，兼命诸臣共加修省，王永吉身为大学士，即宜实加修省，反虚饰具疏认罪。若云具疏则为修省，不具疏则不为修省，是修省只永吉一人，诸臣俱不然矣。似此徒博虚名，如何尽心实事耶？魏裔介为给事中时，杜立德已任都给事。后擢居总宪，立德尚在科员。因裔介为给事中时，建言可采，越众优升，遂至左都御史。朕属望之意，非同泛泛，迩者陈何嘉谟，以副朕情，更定何事，以益朕躬耶？"

顺治帝抬眼望去，跪坐在前排的王永吉已是冷汗直流，不时地用衣袖擦拭着。"朕此谕非即欲加罪尔等也。特开示朕怀，冀尔等改行易虑，矢诚效力，各勉为良臣耳！今后若复违朕谕，国法具在，决不稍宥！"

诸臣诚惶诚恐，叩头谢罪，齐声回道："臣等惟紧遵圣旨，洗心涤虑，以图报效而已。"

其实，顺治帝疾言厉色的一通训饬，不过是例行公事。但对任克溥来说可非同一般，真乃是天赐良机也。机不可失，时不再来。此时不奏，更待何时！想到这，他朗声奏道："臣有一事，欲奏明圣上。"他清了清嗓子，不急不忙奏道：

"臣窃以为，乡会大典，慎选考官，无非欲矢公矢慎，登进真才。北闱放榜后，途谣巷议，啧有烦言。臣闻中式举人陆其贤，用银三千两同科臣陆贻吉送考官李振邺、张我朴，贿买得中。致有'张千李万'之谣。北闱之弊,不止一事。此辈弁髦国法,亵视名器,通同贿买,憨不畏死。伏乞皇上大集群臣,公同会讯,则奸弊出而国法伸矣!"听到此言,一旁的陆贻吉已面如死灰,瘫倒在地。

顺治帝听完,才见缓和的脸色霎时严峻起来,盯着面前的王永吉和魏裔介谕令:"此事著吏部、都察院严讯,得实奏闻。"群臣诺诺而退。

回到家中,任克溥犹觉意犹未尽,索性铺纸援笔,再修一本。奏本内以蒋、张刻写的揭文为物证;以陆贻吉的话为言证;以李振邺、张我朴、蔡元禧为罪魁祸首;以田耙、贺鸣郊、邬作霖等新科举人为贿买中式确证;连同道听途说,闾巷琐言,一并铺陈,详详细细参了一本。顺治帝览奏大怒,当即传旨将任克溥奏本内涉及的人犯逮到吏部会审。

任克溥的心机没有白费,仅仅过了两天,十月十九日戊子,圣旨到:任克溥由刑科右给事中升为本科左给事中。可谓立竿见影。

任克溥参奏的主要是考官受贿徇私,这自然是吏部的职责范围。大学士、吏部尚书王永吉刚刚受了皇帝的严厉申饬,忽又领命审案,心情颇为复杂。

王永吉,江苏高邮人。明朝天启年间进士,明朝覆亡之际,他已经爬到蓟辽总督的位子上。清朝定鼎燕京的第二年,他经顺天巡抚宋权的举荐,卖身投靠新朝,但仅仅得了一个大理寺卿的职位。又熬了两年,才升为工部右侍郎。但实际并没有多大实权。试想,一部满汉两尚书,两侍郎,再加上管部王公贝勒,他实在是备位而已。他不甘心,于是效前明故事,以退为进,上疏辞官。表面上说是力不胜任,实际上是希望引起重视,委以重任。不料弄巧成拙,当政的多尔衮原本就不喜欢这些故明降臣,见他又玩弄这一套把戏,一面斥责他"实非恬退而徒尚虚名",一面特允所请,谕旨"永不录用,以惩陋习"。就这样偷鸡不成,反蚀把米,被迫弃官闲居。直到顺治帝亲政以后,下旨起用废员,他赶忙回到北京,但也只被授为户部右侍郎。这一次他再不敢懈怠,经过鞍前马后的几年奔波,终于在顺治十一年被升为兵部尚书,秘书院大学士。但仅仅过了半年,又因在会审吕煌寓逃案时与诸王大臣争辩,再次遭到降级,革去大学士之职。后来虽然被恢复大学士并管吏部尚书事,却在顺治帝下诏修省时揣摩错了皇帝的意图,冒昧上思过疏,结果当众遭到严厉申饬。正在懊恼之时,恰逢出了这科场案,并由他主审,真是天无绝人之路。

不一日,李振邺、张我朴、蔡元禧、项绍芳、陆贻吉、田耔、邬作霖、贺鸣郊等一干人犯陆续被捉拿归案,押解到吏部会审。参加会审的除吏部和都察院堂官外,还有议政大臣、弘文院大学士管刑部尚书事图海,吏部满尚书觉罗科尔(坤)等满洲大员。

审讯开始,揭文传阅到两位满族大臣之手中,彼此面面相觑,不懂什么是关节。这位王太宰(时人以大学士比作古代宰相)义不容辞,抓住这个表现自己的绝好机会,时而捋着胡须,时而助以手势,声情并茂地做了一番生动的解释比喻。经此一说,两位满洲亲贵才恍然大悟,原来这科场还暗伏着许多的机关,这些南蛮子真是狡猾之极,防不胜防,心中更加愤恨。

公堂上,陆贻吉供认不讳,李振邺受贿舞弊,证据确凿,但其他人却坚不吐实,这使得张我朴、蔡元禧受贿无凭。李振邺一见自己成了罪魁祸首,哪里肯代人受过,索性全都咬出,大家祸福同当。于是转而检举张、蔡,这一场狗咬狗的自相攻击,立即使案情趋向明朗。几位会审大员一番商议,结果由王永吉执笔定案:"张我朴、蔡元禧虽坚不承认,但李振邺执称不已,贿弊是实。"

事情到此本来可以结案了。但王永吉从张、蔡对李振邺的反揭中捕捉到这云山雾罩之中肯定另有隐情,如能另辟蹊径,一定会使全案水落石出,也可以让两位满族大臣见识一下王某人的手段,日后奏明圣上,宣扬于文武百官,岂不可以尽洗前耻。想到这里,他灵机一动,决定传讯李振邺的贴身仆僮,希望能挖出新的线索。

不一刻,李振邺的两个仆僮灵秀、冯元传到。这冯元只有十二岁,一见这场面早吓得抖成一团,王永吉下堂把他牵到膝前,和颜悦色,连哄带骗。冯元略一迟疑,伸手从棉袄中取出一张纸。这张纸正是闱中李振邺亲笔书写交到灵秀手中的那份名单。

那么,这张事关重大的名单是怎么落到冯元手中的呢?原来,李振邺的两个仆僮,灵秀机敏乖巧,冯元则脾气倔强,因此常常受到主人的呵斥打骂。久而久之,积怨在心,既看不惯灵秀的八面玲珑,又不满于李振邺的薄此厚彼,不拿自己当人看待。再说,那一日灵秀讨得赏钱,乐不可支,回到住处,忍不住向冯元炫耀,并掏出名单指给冯元看。冯元越想越气,趁其不备,一把夺过,藏在自己怀中。思谋着他日李振邺再虐待自己,就以此相要挟,或交到官府,告他个徇私舞弊罪。而灵秀年龄小,也没太在意,更没有告诉主人李振邺。

此番冯元来到堂前,一看李振邺披枷戴镣,知道他形迹暴露,大势已去,心中不由自主地泛起一丝快感。回想着昔日李振邺的不仁不义,时至今日自己又何必替他遮挡,干脆把自己所见所闻,一并讲出。李振邺最初见两个仆僮被带来,并未在意,童稚戏言,岂是定罪证据?待看到冯元从怀中出示名单,如遭雷击,登时昏死过去。

再说王永吉拿到名单,正暗自得意。待到打开名单,定睛细瞧,但见脸色骤变,面如死灰,几乎支持不住。原来这二十五名预通关节的考生中,名列第二的不是别人,白纸蓝字,赫然写着自己亲侄的大名——王树德。案情的发展太富于戏剧性了!谁又能料到,刚才还在厉声审问的主审官,转瞬之间已成为新人犯的至亲家属。而这恰恰是他自己绞尽脑汁、掘地三尺才挖出来的!王永吉颤抖着双手,将名单交给两位满族大臣,声名回避,蹒跚告退。

随后,王永吉上疏顺治帝,自请处分。甲午,十月二十五日得旨:"王树德审明处分,不必先朝陈乞。"至此,王永吉只能独自品尝自己酿制的苦酒,静静等待那不可知的命运的降临。

参与会审的满汉大员都清楚,冯元出示的名单不可能是冯元为泄私愤造的伪证,一则冯元不可能知道那么多应试举人的姓名,其二,最关键的是名单用蓝笔书写。清代科场为防舞弊有一整套严格的规定:闱场内为区别责任,内外帘官员使用不同颜色的笔书写:外帘官用紫笔;同考官、内收掌官及书吏用蓝笔;誊录用朱笔;对读用赫黄笔;正副主考用墨笔,称之为五色笔。内外帘官员均不许携墨入闱。考生也规定用墨笔。有冯元、灵秀及诸考官的人证,有蓝笔书名单的物证,可谓铁证如山,但李振邺仍在避重就轻,他知道名单涉及许多朝廷大员,这些人不会袖手旁观的。

那么,名单到底涉及哪些人呢?排在第一名的陆庆曾,以下顺序为王树德、潘隐如、唐彦曦、沈始然、孙旸、张天植、张洵、孙伯龄、郁之章、李倩、陈经在、丘衡、赵瑞南、唐元迪、潘时升、盛树鸿、徐文龙、查学诗、张旻、孙兰茁、郁乔、李苏霖、张绣虎、余赞周。这二十五人,并不都是使了银子的。有些是托了人情,使了银子的;有些则属出身高官,有政治背景,李振邺主动巴结,邀功献媚,本人并不知情的,像王树德就是这样;有的是初露头角的青年才俊,李氏慕其才名欲罗致自己门下的,如常熟才子孙旸;还有的是有恩于李振邺,李氏欲以此关照加以回报的,名列第一的陆庆曾就是这样。陆庆曾时已年过半百,才名颇高,是二十年的江南名宿,兼能药石,曾治好了李振邺的多年顽症,李振邺无以为报,想以闱中关照来酬报陆氏再生之德。而现在一损俱损,玉石俱焚,主审满汉官员恨不得能即刻结案,哪里还分什么青红皂白,照此名单,瓜蔓相寻,一网打尽。这名单本来是被看做是登天梯,现在却反而成了录鬼簿!

十月二十五日,吏部领衔将三堂会审结果上报皇帝,并拟出处理意见,"恭请圣裁"。顺治帝盛怒之下,下令严惩:"贪赃坏法,屡有严谕禁饬,科场为取士大典,关系最重。况辇谷近地,系各省观瞻,岂可恣意贪墨行私?所审受贿、用贿、过付种种情实,可谓目无三尺。若不重加惩治,何以惩戒将来?李振邺、张我朴、蔡元禧、陆贻吉、项绍芳,举人田耜、邬作霖,俱著立斩,家产籍没。父母、兄弟、妻子俱流徙尚阳堡。主考官曹本荣、宋之绳著议处。具奏。"

时隔一日,十月廿七日清晨,西风呜咽,愁云惨惨,天地为之变色。李振邺、张我朴、蔡元禧、陆贻吉、项绍芳、田耘、邬作霖七人被绑赴菜市口,开刀问斩。据信天翁氏《丁酉北闱大狱纪略》,被杀的七人中新举人无邬作霖之名,而是贺鸣郊,这和上引《清实录》的记载不同,孰是孰非,待考。

在人犯押往刑场的路上,出现了一个戏剧性的场面,张我朴一反他在刑审堂前的镇定自若,视死如归,一面双手撕扯头发,一面顿足怒骂,指名大骂朝中权贵诸老见死不救。本来他自以为只要不吐口实,保护各位大老,这些人一定会感恩戴德,出面斡旋营救,直到这一刻他才明白,自己成了不折不扣的替罪羊,他们乐得杀人灭口!然而,悔之晚矣!行刑人员哪里容他大放厥词,他旋即被掼了一顿嘴巴,接着口中又被塞上木唧(木楔子),等待他的只有冰冷的屠刀。

死者的痛苦毕竟是暂时的,而生者的痛苦却将长久地存在。围观的人群中有陆贻吉的东床爱婿许定向,他目击刽子手腰斩岳父的惨状,当即昏死过去,受此惊吓,从此疯疯癫癫,每日漫无目的,奔走在大街上,边走边吟哦诗句,不时向行人发出嘲笑和戏谑。口中经常吟诵的是和岳祖父严文靖公严讷《读书词》原韵填成的一首词:"月明云淡俏,一个蒲团,禅关参照,尘氛不到。空王寺钟动,寒林鸟叫,涧水风吹,听笙簧无边高调。弦指外沧海桑田,一枕黄粱惊觉。世间何故闲烦恼?衣金腰紫,误人年少。老僧高啸,只愁个九品道台难到,慈降虎豹,毕竟是潜藏牙爪。可知乃圆觉、华严,要人探讨。"如果岳父不做这个"衣金腰紫"的给事中,哪里来的"知情不举"罪呢?如果他不对任克溥袒露心迹,这"替藏牙爪"也不至于要了他的命。但一切都太晚了。

首先问斩的人犯中不见最早被揭出的陆其贤。一说陆其贤早在三堂会审以前,看到族亲陆贻吉被锁拿入狱,心惊胆裂,赶在衙役到来之前,就在客栈悬梁自尽了。所以会审审决的谳词当中没有此人。比起上述七人,陆可以说是死得其所,不仅免受了许多折磨,还无意中保全自己的家族免受株连,财产安然无恙,也算是不幸中的万幸。陆其贤九泉之下,想必也可以瞑目了。

自隋开皇七年(587)开科取士至清顺治丁酉(1657)的一千余年间,因科场关节而大开杀戒,前无古人。明洪武三十年(1372)丁丑科会试,考官士子多被诛杀,但不是因为私通关节、纳贿,而是因为党争、政争,太祖迁怒他人所致。科场关节,从唐朝起代代皆有,对其惩戒,一般不外乎夺其功名,禁止再试;考官一般是革其官职,永不叙用,最重的也不过发配流徙。当时清朝的《大清律》、《科场条例》、《礼部则例》、《刑部则例》等任何一部律例都没有关于科场舞弊要斩决、抄家、族人流徙的条文。顺治四年丁亥科会试,同考官袁檐如"擅改朱卷",受到的也不过是革职处理。而这一次科场案,不仅所有人犯不分情节轻重一律处死,而且比照大逆罪,家产籍没,本身三族连同妻子一并流徙边徼,这比对杀人放火的江洋大盗的处理还要严厉,由此可见,在清代这个专制主义的极权时代,皇帝的金口玉言,就是金科玉律,生杀予夺,全以皇帝的意志和情绪为转移。

七个人身首异处,不过才揭开了这场灾难的序幕。首先落入苦难深渊的是他们的家眷。论斩当天,他们原籍故乡的亲友尚未到京,在京家眷奴仆全部被收拿官府,所有财产被洗劫一空。由于事情的发展快得超过了人们的想象,李、张各家来不及做任何准备,金银细软未及转移便悉数被抄,官府"盈车累轴",满载而归,倒使指挥抄家的刑部官员大喜过望。按照法律,各家原有的奴仆先集中押解到刑部,然后再发给八旗旗下王公贵族之家终身为奴。

二十七日晚,张我朴、李振邺、陆贻吉、蔡元禧四位官员的家人、妻子先被传唤到户部临时关押,当时还可以携带被褥,各家家眷彼此之间也可找机会说说话,互通一下消息。谁想好景不长,十一月初四日,一声喝令,被转入刑部关押,一路上,八个荷戈提刀的满兵,连推带搡。可怜四位千金小姐出身的昔日朝廷命妇,平日在家莲步轻移,出门都是车马云从,而今失魂落魄,金莲碎步,哪里走得动路!身后官兵如狼似虎,一边像赶牲口一样挥鞭驱赶,一边口出秽言,调笑辱骂。女人们简直是欲哭无泪,欲死不能。当晚,百十号人被分别关押在刑部大牢里候审。俗话道:人走背运,喝水也塞牙。是夜,老天爷也赶来为虐,朔风怒号,雪花翻飞,这些弱不禁风的家眷们背靠着冰冷的牢房,夜不成寐,忍泪含悲,寂静的牢房里不时传来深深的叹息和低低的啜泣声。

十一月五日,壬寅,这一天正值顺治帝幸南苑,刑部堂官前往伴驾,审讯推迟,同一天,顺治帝的第五个儿子常宁诞生。午后传来消息,刑部司官召见负责看押人犯的官员,令将四位命妇带回李振邺的旧宅,派两名老妇人看守,煤米用度,由官府供给开销。社会上纷纷讹传,说皇帝因初三日京城又遭地震,怕是天象示警,将要对他们从宽免罪处理。这当然只是人们的一厢情愿。不过,他们的处境暂时总算是有所改善了。

命运未卜,四位命妇相对无言,各自思量着昨天、今天和明天。

四人中,张我朴之妻朱氏值得一表。她的所思所想,所作所为在那个特定的时代、那个特定的时刻富有代表性,某种意义上可以作为一部绝好的《风俗鉴》、《阅世编》来赏读。

朱氏生于富门,其父业商,富甲一方。她自幼所受的教育既不同于寒门子女,也不同于官宦之家的大家闺秀,她对三从四德的女德女红说教并不十分在意。自幼衣来伸手,饭来张口,受不得任何委屈。同时,又工于心计,精于算计,无论对上对下,对内对外,台前幕后,善于巧言令色,恩威并施,尤其喜欢插手干预丈夫的政务。比作《红楼梦》中的王熙凤,有过之而无不及。张我朴对她这一套功夫佩服之至,言听计从。张我朴的荣辱兴衰,她实在负有一大半责任。事情还得从上年说起。

本来,张我朴的最初想法并不是去当房考,而是看中了吏部各司郎中职务。吏部在清代各部院中为六部之首,负责全国文武百官的任免、考核、升降、调动,权力极重。吏部下属的四司:稽勋清吏司、文选清吏司、考功清吏司、验封清吏司的主政官员,如郎中、员外郎员缺,按惯例都以资历俸禄合格的中书、行人、评事、博士以及钦定选入的知县、推官中考选。张我朴心仪已久,早就摩拳擦掌,心欲得之而后快。然而事与愿违,张我朴虽百计钻营,还是未能弄到手。转过年来,传来消息,先行考核御史人选。一般而言,台谏官员的竞争比起进入吏部略为容易。张我朴在朝廷中的支持者都劝他改就此职,思虑再三,他决定接受这个建议。谁料,他将这想法与妇人一说,朱氏当即表示反对:"御史奉差办案,名声响亮,可是头绪纷繁,难得安闲,何况责任在身,岂能不严于执法?执法严者难免遭忌,迟早要遭报复。君不见前任御史顾仁被枭首菜市口,你还想步他的后尘?!"朱氏一番软中带硬的话,说得张我朴频频点头称是。

六月初,入夏时节,正好赶上钦点广东主考,按张我朴的资历,本来是可以出任的。朱氏见我朴为之心动,又说:"广东路途遥远,兵荒马乱,而且京官考核任命之期马上就到了,此时出典广东乡试,不是坐失良机吗?不如想办法避开。"张我朴认为言之有理,于是先期托病告假休养,假满回署,仍说身体欠安。直到七月底夏末天凉,才对外称病体痊愈。

紧接着得任北闱房考,分房阅卷。张我朴放着主考不做而出任房考,主要是考虑到北闱多京城高官大僚子弟应试,如果通过闱中阅卷,摸索到要人子弟,势必可以讨得大老们的欢心,日后获得提拔。到那时,有这些大老作靠山,谁敢与我争衡!夫人深以为然。所以,就张我朴的本意而言,他汲汲于闱场与李振邺有所不同,他着眼的不是黄金纹银,所以说他徇私舞弊有之,受贿贪赃并不符合实情,但是现在却与李振邺等贪赃之辈一同论罪,夫人心里委实感到冤枉。

当初,张我朴听从夫人建议得以免去御史之选,接着又在夫人建议下得免远赴南粤典试,不少人称赞朱氏有远见,不愧为夫人。等到张我朴事情败露,骈首西市,人们又无不诋毁,责难朱氏妇人短见,过于留恋床笫之欢,不让张我朴离开一步,终于导致身败名裂,身首异处,这些全是张我朴听从妇人之言的结果。显然,这种以成败论英雄的说法并不足取,张我朴之败是多种因素作用的结果,完全推到朱氏身上去未免有失公允,但朱氏确有一定责任。

还在八月十八日,皇帝谕令捉拿李、张等人归案的第二天,刑部派军校率兵前来捉拿张我朴,当时朱氏毫无察觉,外出会友未归。军校手持铁链,横冲直撞,径直闯入内室捉人。朱氏虽然猝不及防,但很快稳住方寸,厉声斥责兵役:"张我朴乃朝廷命官,堂堂丈夫,还不至于仓皇出逃。列位大人请在外面坐等他回来不迟,怎么能私闯内室?这样岂不有失朝廷礼节?!"朱氏面无惧色的一顿抢白,倒使军校们无言以对,只能悻悻退下。

张我朴被逮,即将押往吏部会审,对簿公堂。朱氏毅然咬破手指,书写血书,呈交主审官员,请求由自己代替夫君受刑。词理悲壮,至哀至切,令人闻之落泪。并且徒步奔往长安门,意欲敲响登闻鼓,为夫鸣冤。登闻鼓是古代统治阶级为了表示愿意听取臣民谏议或冤抑之情,专门在朝堂外面悬挂的大鼓,臣民有冤可以击鼓上闻。正像无名氏《陈州粜米》中所唱的:"任从他贼丑生,百般家着智能。遍衙门告不成,也还要上登闻将怨鼓鸣。"清代,登闻鼓设在长安门(今故宫天安门)外,朱氏尚未走到长安门,便被闻讯赶来的刑部侍郎、都察院官员强行制止。尽管朱氏没能击鼓鸣冤,但她一介女流,如此刚烈,还是在京城上下引起了轰动,人们的奔走相告和添枝加叶的附会传奇,竟使朱氏在旬日之间被演义成一个侠肝义胆的奇女子。朝廷之上,文武大臣之间无不啧啧称羡,为之动容。但就是这位传奇人物,在这出悲剧的最高潮、最扣人心弦的时刻却没有露面。二十七日,张我朴即将弃市菜市口,但在匍匐在地、生死诀别的亲人中却不见朱氏。而且在此后收尸痛祭亲人的人群中,也不见朱氏的踪影。朱氏虎头蛇尾,前后表现判若两人,不禁使那些善良的急功好义的人们大感不解。其实这并不难理解,朱氏是个很现实的功利主义者,此前她之所以修书、击鼓鸣冤,是因为张我朴尚未定案，事情还有挽回的可能。待到后来事已定局，再做什么都是徒劳无益。她原本就没有兴趣去博得什么仁义节烈之类的虚名，当然也就不在乎人们怎么评论她。

二十七日晚，她与家人僮仆一并被锁入户部。二十八日转押刑部，临行前她一一拜别昔日的奴婢僮仆，叹道："是主人连累了你们，让你们跟着受苦。现在谁也顾不上谁了，你们都好自为之，自己求条生路去吧！"说完取出随身藏匿的银两，全部分给大家。大家抱成一团，痛哭不止。在场的每一个人，无不为之落泪。

十一月初四日，她和其他三位命妇被带出刑部，转往李氏旧宅，围观者中就有前些天在张宅遭到她斥责的满汉官兵衙役。现在看到朱氏镣铐加身，无不幸灾乐祸，挤眉弄眼，百般调笑。朱氏强压怒火，理一理乱发，神色自若，既不悲戚，也无恐惧，人群中有一位笔帖式（清代官署中负责处理文字工作的下层官吏），不怀好意地左看右瞧，调侃道："你不是张家老婆吗？用手蒙着脸干什么？"朱氏心头火起，猛然把手从脸上拿开，朗声回答："让你看，让你看，以前你为了某事没来我家求过情？现在张狂什么，瞎了你的狗眼！"其他人一听相视大笑。同行者既佩服她的泼辣，又为她捏着一把汗。

到了新的关押地李氏旧宅，朱氏恰好与李振邺夫人关在一院中。"同是天涯沦落人，相逢何必曾相识。"两位患难姐妹，同命相怜，只能相互慰藉。于是指天起誓，彼此决无二心，竟成了金兰姐妹。如前所述，这李夫人生性柔弱，自幼以淑女妇德为信条，平日里也是大门不出，二门不迈，相夫教子，从不过问其他事情。此次赴京省夫，原打算就此安居京城，快乐一生。没想到遭此灭顶之灾,一时之间如天塌下来一般,顿时没了主心骨。她与朱氏素昧平生,并不了解她的性情为人。只是半月来有关朱氏的所作所为,使她直觉朱氏是一个敢作敢为的女中豪杰,因此潜意识里就把她当作了自己的依靠和主心骨。李夫人既不通世故,又不懂人情,堪称是那种单纯善良到凭直觉判断别人善恶的淑仪典范。加上朱氏的一番甜言蜜语,信誓旦旦,更使她认为朱氏才识胆略侠义都有过人之处,从而对心中这位巾帼须眉倾心仰慕,奉为知己,甚至有相见恨晚的感觉。李夫人对朱氏是无话不谈,敞开心扉,吐露心声,她觉得每当她把自己的苦闷、忧虑向朱氏倾诉一番,心里就觉得敞亮了许多,她实在是把朱氏作为自己的亲人来看待的。

一日,姐妹俩相对垂泪,半晌无言。可是眼泪解决不了眼前的现实问题。圣旨已下,流入辽东只是早晚的事,辽东冰天雪地,荒无人烟,今后可怎么活下去呢?想到这里,李夫人面笼愁云,希望朱氏能想出办法,以为日后苟活之计。朱氏略作沉吟,缓缓地说:"我和你一样,辽东举目无亲,听说那里只有依靠银钱,才能苦度日月。可现如今这番抄掠,家产扫荡净尽,囊无分文,亲友视我等如瘟神,避之不及,谁还会拿金钱接济我们呢?看来此番北去,我们这些孤儿寡母,料无生还之理了。"听到这里,李夫人眼前一亮,不假思索地说道:"朱姐,实不相瞒,我还有些余财藏在地下,但如今已成笼中病鸟,分身无术,能有什么办法呢?"朱氏眼睛一转,计上心来:"为什么不托老太婆递个信出去给你的亲戚庄老太爷,让他给你想想办法?"李夫人抚掌称妙,说动负责看守自己、并为犯人们做饭采购的老太婆,捎口信叫来了庄某,商量停当。庄某又派一个可靠仆人使钱赂买通了大门外的看守,进得院来,在李夫人的导引下,来到李宅后院僻静处的埋藏地点,片刻之内,掘地三尺,果然掘出四千两白花花的银锭。李夫人以一锞酬谢看守,以一锞酬老妪。眼看着打点完了,朱氏不失时机地开口了:"义妹,我已身无分文,能否暂借百两,容后再还?"李夫人赶忙拿给她一锞,"你我之间,什么借不借的,先拿去用吧。"其余全部交给庄姓亲戚的仆人带回,暂时寄存庄家。约好如果蒙恩赦免无罪,庄氏完璧归赵,悉数奉还,如不幸发往辽东,这就是李夫人后半生的依靠,由庄氏零星寄往辽东戍所,作为衣食用度。

没过几天,朱氏又来借钱,李夫人面露难色,希望过段时间再说,朱氏颇为不悦。几天后便借故另起炉灶,再不像以前同灶吃饭、同室而眠那般亲密。相反还不时冷言冷语,还以颜色。又过了几天,干脆找碴借故,辱骂李夫人。李夫人赋性柔顺,加以心境日坏,只当过耳秋风,没有心思理睬她。岂料,朱氏恼羞成怒,无日不在寻衅辱骂,李夫人忍无可忍,气急之下偶尔也还几句嘴,但终究没有朱氏那样的伶牙俐齿,屡战屡败,只能甘拜下风。至此两人彻底撕破脸皮,分道扬镳。经此变故,李夫人心绪坏到极点,终日以泪洗面,心灰意冷。

出人意料的是,半个月后的一天,朱氏瞅准时机,居然避开老妪和看守,逃出李宅。月黑风高,朱氏胆战心惊,没走多久,便精疲力竭,跌坐地上。无奈只好掏出怀中银两雇请路人背她行走。谁也没有料到,这位朱氏不去逃生,反而就在近旁雇了别人的驴,舍人就驴,以驴代步直奔镇抚司衙门而来。镇抚司是清代京城专管刑事案件、民事纠纷的衙门。朱氏来到堂前,从怀中掏出早已写好的原告状纸,首告李夫人欺骗官府,隐瞒赃银四千两,寄放在亲戚庄某家,是夜半由庄家仆人肩扛送走的。值衙司官见此案牵连重金,有油水可捞,心花怒放,迅即派出衙役火速将李夫人及李振邺之妾(即张汉之妻),一名婢女,连同庄家仆人一并捉拿,夹棍、拶子(用来夹手指的刑具)各种刑罚一齐上,众人开始还咬紧牙关,不肯吐口,无奈一旁朱氏指天发誓,亲眼所见,那铁石心肠,犹如对待仇敌一般,毫不留情。李夫人熬不过刑讯,终于招供,于是转移的、分赠的银两被如数追回。核算结果,仍缺一百两,朱氏面无愧色,泰然自若地说:"小妇借用了。"审讯官因她首告有功,遂放过她不再追过。负责看管四位命妇的官员兵役以玩忽职守,分别受到严厉惩处,无一幸免。庄家全家被搞得鸡飞狗跳,人人惶恐不安,惨况难以描述。庄家仆人也被逮至刑部,打入大牢。

搅起这场意外风波的朱氏除那百两银子不再追究外,没有捞到任何好处,仍被押回严加看管。这时,看到和听说事情原委始末的人,无不指斥朱氏的不仁不义,以怨报德,人品之劣,已经到了极点,哀叹好人不得好报。当朱氏被押回时,愤怒的人们几乎要朝她的脸唾痰液,相反对李夫人却更加怜惜,对其不幸遭遇深表同情,纷纷怂恿她狠狠报复朱氏。李夫人双眼噙泪,连连对众人表示感激,平静说道:"算了吧,我之忍辱含垢,苟活到今天,只是想与生我养我的家父作最后一次诀别。如果我幸蒙赦还而家父还没能赶来,或者家父赶到能与我说上一句话,我愿以一死追随夫君而去,还有时间与这个没良心的人计较吗?"她将无限忧愤压在心底,一直到最后也没有对朱氏说出一句报复的话。

李夫人如此大度,并没有换来朱氏的丝毫内疚,反而恨恨不休,寻衅报复。但是朱氏的所作所为,早已人神共愤,人人反感,无不唾其后背,一变而成为人所不齿的孤家寡人。而且由于有逃跑前科,对她的看守更加严密,再也不能像从前那样自由出入于各院了。俗语说:天作孽,犹自可,自作孽,不可活。她自作聪明,到头来只能是自作自受。正是:机关算尽太聪明,反误了卿卿性命!

对李振邺、张我朴两人的不幸遭遇,当时的人曾提出这样一种看法:"李评事肇隙于张汉也,以妾;张评事舍生而趋死地也,以妻。嗟乎!古来有天下者,听妇言而灭亡,何况二人乎?然以朱氏之末路,则李评事虽目光短折,犹瞑目矣,哀哉!"(无名氏信天翁《丁酉北闱大狱纪略》)这是渊源久远的"女人是祸水"的蹩脚翻版,是孔老夫子"惟女子与小人难养也"的陈腐理论的老调重弹!把一起复杂事变的起因随便归之于三两个任意抽出的因素,世界上再也没有比这更容易的事了!但这对于急于想了解事变的真实肇因和内在逻辑的人们并不能提供丝毫的裨益。

灵秀、冯元的命运怎样了呢?转眼已到十一月底,北闱科场舞弊案七位人犯问斩、家眷流放辽东的消息传到盛京(今辽宁沈阳市),盛京消息灵通、脑筋活络的人认为有利可图,迅速赶来京城,进一步探得消息:依照法律,各家男女奴仆将被没收充公,分给旗下王公作为家奴,但按惯例,如果亲戚愿意出钱,允许将奴仆赎回。来人就是奔着这一条来的,他们清楚现在买通关系冒充亲戚出钱赎到自己名下,出关以后一转手,至少有十倍之利!即使一时寻不到合适买主,将他们一起贩到西北,卖给蒙古人,也不会赔本。于是预先将银钱交到刑部,只待批准便可捆载出关。奴仆终究是奴仆,无论怨也罢,恨也罢,恩恩怨怨已被李振邺一人永远带走,灵秀、冯元之辈并未因此得到任何解脱。

十二月初四日,正是北方刚进腊月门的时候,也是京城最寒冷的时节。七个家庭的男女老幼一百零八人(一说一百零六人),扶老携幼,哭天抢地,在押解官兵的驱赶下出关而去。这一百零八人中,至少有三十人与这次科场舞弊毫无瓜葛,纯属无辜株连!流放的人群中最惨的,要算陆贻吉的家人。陆贻吉的幼子最小,年方四五岁,"间关万里,匍匐道左,行人为之落泪!"

站在北京城的城楼上东望,但见风雪漫天,褚衣塞路!

开刀问斩的七人中没有郭浚,流放的人群也不见郭浚和他的家人。这个最早挑起事端的重要人物哪里去了呢?说来,郭浚应该算是幸运的。由于揭帖上并没有明确提到郭浚的名字,所以有幸逃过了第一场审讯。七人被杀以后,进一步的线索就必须从案件的原告和始作俑者二蒋和张汉身上突破。首先被收审的是张汉。张汉招认,消息来自蒋文卓。再审蒋文卓,文卓称消息得自郭浚,于是郭浚被拿问。蒋、郭二人对簿公堂,郭浚并不认识蒋文卓,见文卓指认自己,不禁怒从心头起,"这恶棍与我素昧平生,为何栽赃嫁祸,血口喷人?"文卓无奈只得供称:"我兄廷彦的考卷落在同考官郭浚房中,事情的来龙去脉郭浚对我兄说得非常详细,所以我得以知道实情。"紧跟着蒋廷彦也被揭出。蒋廷彦闻知张汉、蒋文卓先后被抓,料定罗网已近,于是逃离京城,日夜兼程,潜往家乡。进得家门,正在庆幸之时,负责缉捕的捕快已手提铁链,立在门外虎视眈眈了。当即枷锁在身,押赴北京。郭浚作为同考官,尽管没有证据表明其受贿,但徇私舞弊,知情不举情真,罪无可赦,当即被打入刑部大牢。坐在阴森可怖的牢房里,年已老迈的郭浚追悔莫及。如果当初不与李、张争强较胜,就不会引发彼此的冲突,如果没有那场冲突,也就不会在一怒之下对蒋廷彦道破内幕……唉,祸从口出,至理名言呵!李振邺、张我朴、蔡元禧诸位房考都已成了刀下之鬼,自己还会逃过这场劫难吗?郭浚越想越怕,终于经受不住这沉重的精神压力,一病不起,竟于十二月中旬含恨死于刑部大牢。郭浚被逮,是在第一批人犯已被腰斩之后,郭浚之死,又在第二批人犯审决之前,正是这个时间差,使郭浚举族得以保全。是幸运,还是不幸?抑或是不幸中的万幸?郭浚的死,追根究源,可以说是咎由自取,但另一方面也是蒋廷彦的贸然行事连累了他。

郭浚死了,蒋廷彦也在几经审讯之后于次年三月二十五日被投入大狱。同样,作为首告掀起这场轩然大波的蒋文卓、张汉,也被投入牢狱,至于挟揭帖四处讹诈的张绣虎更是自投罗网,现罪前科,合并处罪。有消息说,只要牵入这场大案,无论首告、被告都将分别治罪,不仅功名富贵已成泡影,还将自由之躯换得个戴罪之身,早知今日,何必当初呢。

十四位房考官中有四个杀的杀,死的死,那么两位主考官怎么样呢?十一月初二日,左庶子曹本荣、右中允宋之绳被各降五级,仍在本衙门任职。因为他们作为顺天主考没能察觉同考官作弊,有失察责任。一个多月后,十二月初九日,吏部提出关于主考曹本荣、宋之绳的议处意见:曹、宋二主考安排两名同考官互阅《春秋》、《礼记》两经试卷,违背分房阅卷(即专人分工阅取五经试卷)定例,应革职。幸运的是,曹本荣、宋之绳在八月份典试顺天结束后,被顺治帝看中,九月调充经筵讲官,为皇帝讲经论道,释疑解惑。顺治帝看在两位主考侍从皇帝读书讲经日久、朝夕相伴的分上,特别降恩,免受革职处分。直到第二年九月,才恢复原来的官职。

由于有了李振邺这张要命的名单,大大节约了清廷审理案件的时间和精力。

十月二十八日,即第一批人犯明正典刑的次日,刑部迅即开始第二批嫌疑人犯的抓捕。为防止夜长梦多,走漏风声,刑部派专人快马传檄各省,凡单上有名的,无论男女老幼,一并锁拿,与此同时,各家资产被清点查封,抄没入官。涉嫌人犯,无论在家在外,均由虎狼差役捉拿归案,披枷戴铐,押往京师。许多人家刚刚接到新科举人中举的捷报,正在摆宴庆祝,转瞬之间,就成了阶下囚。

除此二十五人外,陆续供出的行贿士子还有十余人,也都照此办理,缉拿归案。

案中牵连到的,有一位名叫沈旋的人。此人多次入闱,而屡试不售,索性以塾师身份设馆于刑部尚书(清代俗称大司寇)白阳城家,课其子读书,每年可以获得一百两银子的报酬。沈氏以孤身飘寄京城,家有老少,更需补贴衣食。所以生活极为俭朴,经年累月,粗衣素食,所得酬金,不敢乱花一厘。而是将其寄存于同乡、开茶行的陈显之那里,讲定年息三厘(十取其三)。此次再应北闱乡试,好不容易才从他人那里辗转掏来捷径,但关节需要花钱买,起码也得先送上几百两银子作为定金,表明诚意。而机会转瞬即逝,急得他七窍生烟,马不停蹄奔往陈氏茶行取钱。谁料,这笔钱已被陈氏作为周转资金,用来购买茶叶了。陈氏小本生意,一时之间,根本无法抽回。沈旋见钱拿不到,煮熟的鸭子要飞,气急败坏之下,与陈氏撕破脸皮,吵骂起来。旁观者越聚越多,个别人已从双方的吵骂中嗅出与科声舞弊相干。

正在难分难解、不亦乐乎之际，正好有一个嘉善籍的小贩于子文，他从陈氏茶行批发再向外地贩运，此人虽为商贾，却雅好斯文，非常愿意与读书人士大夫交往。他在一旁看出沈旋是位士子，且已打通关节，很有可能不日高中举人，值得投资，交为朋友，于是慷慨出资借给陈氏，让他转交给沈旋应急。此举一举两得，既为陈氏解了围，又为沈旋解了燃眉之急。沈旋及时交上了银子，果然榜上有名，由此两人便成为患难之交。沈氏中举后立即不避艰难奔往山西，求见政界有势力的熟人故旧，希望能谋得个一官半职。此时科场案发，调查到沈旋曾行贿，追捕他的公文和衙役迅即一齐到了他的家乡。沈氏在山西得到自己被牵连缉捕的消息，心知不妙，赶紧写状自首，以求得到宽大处理。沈氏这一供不要紧，又牵出陈氏和于子文，二人以知情不举，一起锁拿，无辜遭受刑讯拷打，开始了漫长的囚徒生活。

还有一位李燧升，当时在京候选外放，闲居无事，受人拜托，向房考推荐应试士子，从中穿针引线，铺路搭桥，从房考那里分得五十两银子作为谢仪。案发时，李燧升已被吏部授为福建漳州府推官（明代和清代负责地方狱讼的下级官员），领凭赴任，正在上任途中。李氏走到苏州，因没有看到邸钞（即京报，古代官府用来传达朝政的文书或政治简报），所以并不知道科场案发，更没想到自己会被牵连。也合该李氏倒霉，他恰好有求于权关（清代户部设在地方负责征收贸易税的机构），权关已从邸报上得知李涉嫌正在通缉，见李自动送上门来，不费吹灰之力将其擒获，押解刑部。为了区区五十两银子，不仅丢了锦绣前程，还要受皮肉之苦，这当然是李氏始料未及的。

祸兮福兮

到十二月初,陆续被解到京师的有张次先(天植)父子,孙伯龄父子、郁光伯父子、内阁学士诸震、张汉之兄内阁中书舍人张嘉,还有内阁中书张洵、光禄寺李倩等。随后又派员捉拿归案的还有赵某、湖南沈某二人、闵某二人,这些人都是打通了关节,但却未被取中者。他们先被押在刑部十三司火房,每人身缚九条铁链,由两名拨什库监守,每两人又有一名章京按日轮流看押。所有这些人饭食花费,都由人犯负担,日复一日,银钱开销如流水一般。

整个京城都笼罩在一片恐慌之中,随着

案情的深入,由藤及蔓,由蔓及瓜,由于牵连到的人太多,"朝署半空,囹圄几满"。仅仅两个多月的时间,镇抚司一带就由从前的冷冷清清,门可罗雀,一变而为熙攘喧闹之地。往往押送人犯的,办公的,围观看热闹的,打探消息的,人来人往。茶馆酒肆,开张的鞭炮声此伏彼起,再加上成排的饭食铺,叫卖零食的,犹如闹市一般,盛况不亚于前门大栅栏。正是读书士子遭难,商贾小贩发财。由于案件久拖不决,满城上下,人心惶惶,四千七百余人参加考试,就意味着四千七百多个家庭随时都有可能受到牵连。"一日数惊,旦暮鬼扑",谁也不知道灾难什么时候降临。一日,有消息说冯元在名单之外,又亲口供出,行贿李振邺的还有八位公子,但是否指实,是哪八人,不详。这消息使那些高官大老,凡有子弟考试的,无不提心吊胆,度日如年。

这起案件之所以日复一日,迁延不决,有两个方面的因素在起作用。一是案情复杂,难度大,牵连到的人,既重要又复杂,特别是许多朝廷权贵,树大根深,又各有派别,党羽众多,牵一发而动全身,对其处理必须慎之又慎。许多实际上已经超过了三法司(刑部、大理寺、都察院)的权限。再加上案件的审理从一开始就已不按常规处理,第二批人犯是否区分罪行轻重?如何拟罪?负责办案的官员都没有把握。拟得重了,人命关天,天理难容;拟罪轻了,龙颜震怒,落个故意袒护罪名,可是丢官掉脑袋的大事。所以三法司官员事实上是在观测风向,等待观望。二则清朝皇室内部也是不太平,事情一个跟着一个。先是皇子看破红尘,决意断发,遁迹空门,在闵忠寺(一作悯忠寺)出家。满朝文武百官自然要为其祈祷祝寿。,有关这件事,清代官方文献不见记载,私家文献也仅见于无名氏《丁酉北闱大狱纪略》。顺治帝青年早逝,他一共只有八子一女,而八个儿子中只有四人长大成人。这四个儿子是皇次子福全,三子玄烨(即康熙皇帝)、五子常宁、七子隆禧。当时五子常宁刚刚出生不久。这位出家的皇子如果有的话,很可能是夭折的皇长子。皇子出家一时难以确定,但顺治帝与闵忠寺关系非同一般倒是事实。史书记载,四年以后的顺治十八年正月初二日,他曾亲往闵忠寺,现场观看他的亲信太监吴良辅的削发出家仪式。当时宫中发生的另一件大事是顺治的母亲孝庄皇太后博尔济吉特氏患病(一说是出疹)。孝庄太后德高望重,曾在爱新觉罗皇室最困难的时候保护幼主福临顺利渡过了皇位继承危机。她这一病,自然是牵动朝廷上下,满朝文武大臣才为皇子祈完寿,又赶忙为太后的早日康复祈求平安。为此,自皇室到一般臣民,家家举行斋戒,到处都弥漫着紧张和不安气氛。再加上地震,一连串的不祥之事使本来就很迷信的清廷变得非常敏感,主管审案的官员也不愿因狱讼这一类事去触霉头,"一切狱词,延缓不奏",所以,案件的审理被暂时搁置一边。

顺治帝已经感觉到,此次顺天乡试作弊绝非少数。现在田耜、邬作霖等以贿赂关节得中的新科举人已经斩首示众,通过这一途径侥幸中举的显然不止这二人,如果放过其他人,显然有失公平。可是要一一查个水落石出,在受贿考官已死,又无其他证据的情况下,也绝非易事。当务之急,是对中试的这二百余名举人进行甄别,刑部考虑再三,除了复试以外,似乎也再无其他办法可供选择。于是就由刑部出面,向皇帝试探着提出先复试后审理的建议。

十一月十一日,顺治皇帝给主管考试的礼部下达了谕令:

> 国家登进才良,特设科目,关系甚重。况京闱乃天下观瞻,必典试各官皆矢公矢慎,严绝弊窦,遴拔真才,始不辱求贤大典。今年顺天乡试发榜之后,物议沸腾,同考李振邺等,中试举人田耜等,贿赂关节,已经审实正法,其余中试各卷,岂皆文理平通,尽无情弊?尔部即将今年顺天乡试中试举人,速传来京,候朕亲行复试,不许迟延规弊!

但是,此时距乡试揭榜已两月有余,这些新科举人多半已荣归故里,而以直隶人万嵩(解元)为首的二百余名中试举人,分散在全国各地,要在短时间内把他们全部招回,难度可想而知。八天之后,十一月十九日,顺治帝又向礼部发布第二道命令:

> 复试今年顺天乡试中试举人,已有谕旨。如有托故规避,不赴试者,即革去举人,永不许应考。仍提解来京,严究规避之由,尔部再速行传饬。

面对两道严厉的谕旨,礼部再不敢怠慢。火速传檄各省府州县,凡中试北闱举人,不论何种情况都必须解赴北京。于是乎,各府县衙役皂吏,如临大敌,待新科举人如同囚犯,手铐脚镣,脖子上套以冰凉的锁链,连拉带赶,星夜兼程,唯恐误了复试日期。十二月底,除在押及处死的举人外,其余应该参加复试者都已经陆续被押赴北京。但是,当时清廷大内正流行疫病,太后已患病多日,仍未见好转,许多人已被感染患上了天花。天花即痘疫,是一种由天花病毒引起的烈性传染病,是传染迅速、可随时危及生命的一种可怕疾病。在当时的医疗条件下能够逃脱这种痘疫的人只占很少的一部分。即便是大内宫廷也是谈痘色变,束手无策。当时顺治帝尚未出过天花,为防止感染,已移宫南海子,严密隔离。在这种情况下,又怎能如期举行复试呢?

复试遥遥无期,前途吉凶叵测,这些落魄的举子只能先设法住下来,解决生存问题。但是京师的所有客栈驿馆,一见这些复试举人,如见疫鬼,封门闭户,拒不接纳,许多人由此不得不流落街头。而仅仅在几个月前,同样是这些店家主人,还在笑脸相迎,以应试举子能投宿自己的店舍为荣,百般殷勤。世态炎凉,人情冷暖,以至于此。不仅这些新来的不被接纳,那些中试后未离京城,仍客居馆驿的举子也被店家争先恐后扫地出门。住店不成,不少人转而投亲靠友,但是无论是至爱亲朋,还是旧侣新知,要么是婉言谢绝,要么是冷脸相向。在这样的时刻,人人自危,谁又会冒着被牵连的风险自找麻烦呢?一瞬间,什么亲情、友谊、义气,似乎人世间一切高尚的东西都已化作缕缕轻烟消逝了,似乎都已经遥远不可追忆。

腊月的京城是最寒冷的时节,"腊七腊八,冻掉下巴",随着年关的一天天临近,年味如同一天烈似一天的西北风,一日浓似一日。触景生情,举子们心酸得不能自已,"受患只从读书始",仅仅一夜之间,他们就由受人尊敬的绅士一变为落水之犬,过街之鼠。本来,明清时代,士子一旦获得举人功名,实际上已经被人们作为官绅看待了。举人可以去参加会试,获取更高的进士功名,也可以通过拣选、大挑、截取等途径获得七品知县、府、州、县教谕(学官)及八九品京官职务。即使你不去做官,隐居乡下,也是乡绅老爷,州县官上任,还要先来看望拜谒。总之,读书读到举人,已经获得了较高的社会地位。从前但闻寒窗苦,于今才知枷锁难,他们哪里受到过如此的冷遇和虐待,简直是斯文扫地。为了免遭流离冻馁,成为街头游魂。举子们万般无奈,只得与自己的保人、州县派出押解自己的衙役栖身于破寺废观、断壁残垣之间,虽然上雨旁风,缺衣少食,往往终夜不能成寐,但毕竟不必遭人白眼,任人驱赶。白天,他们就地起灶,用破锅坏釜,将就着煮一些简单的饭食,聊以充饥,夜晚,则围坐在篝火旁,以御风寒,经常是余火将烬,人们已倒卧其旁。天为锦被,地作绣床,这样栉风沐雨、餐风宿露的野人一般的生活,几天下来,就使举子们形容枯槁,面如死灰。这还不算,为了能在复试中顺利过关,他们还要温习诗书,因此尽管腹饥如鼓,风寒透骨,仍然手不释卷,吟哦不已。每个人心里都明白,在天子亲临的复试上如果曳白(交白卷)而出,那就等于把"贿中举人"的证据写到了自己的脸上,等待你的自然是斧钺交加。正因为如此,谁也不敢大意。他们处境的狼狈与他们精神的执著形成了如此鲜明的反差,这情景,无论是可笑、可悲、还是可怜,都可说是达到极致,反倒令人笑不出声,流不出泪。在极端封建专制的时代,作为国家精英的知识分子的命运,竟是如此的卑贱和低微,在高居云端、一言九鼎的专制君王的眼里,他们不过是一群蝼蚁。

  日子在举子们濒于人生极限的忍耐中一天天过去了,煎熬中的等待是痛苦的。天威严重,杀戒已开,这二百人中有多少人要登上录鬼簿,有多少人要与魑魅相搏,又有多少人要被禁锢终身?谁也无法预测,谁也不敢深想!在这样的时候,人们想的完全不是去参加复试,重新确定自己的举人身份,还有日后的功名富贵。尽管这是每一个人奋斗多年,甚至是几代人梦寐以求的东西!人们的期望已经降到了最低点,能够平安返乡重为布衣已是万幸,哪里还敢希望一起重登春官(代指礼部)黄榜呢？正在难捱之际,忽然金鸡唱晓,纶音下凡,皇帝有旨,正月十七日复试。圣旨天音,不啻雷霆万钧,不管命运如何,毕竟复试有期了。

顺治十五年正月十七日甲寅(一说正月十五日,此处从《清实录》的记载),紫禁城太和门外空气中弥漫着火药味,大街小巷散落的焰火爆竹碎片,还有高门小户门前随风摇曳的各色灯笼,无时不在提醒着人们热闹的上元节还没有收场。卯时刚到,二百多名蓬头垢面、衣衫不整的复试举子已经整整齐齐地列队候在一边。时令已是雨水,立春已经有一段时间了,照一般人的理解,春天该是姗姗起步了。但北方人并不这般乐观,"打春别欢喜,还有四十天冷天气"。谣谚说得不错,眼下,料峭的春寒正无所顾忌地袭击着这一大片衣衫单薄的人。他们中绝大多数为江南士子,从杏花春雨的江南一步跨入这骏马秋风的蓟北,已经使他们吃不消了。何况他们因为仓促就道,根本来不及准备什么御寒的衣物。再加上一个月来的餐风宿露,爬冰卧雪的大自然的洗礼,几乎人人胡须老长,形容枯槁,看上去丝毫不像是温文尔雅的读书人,倒像是刚从大狱释放出来的犯人。但是,与天气带来的严寒相比,更令士子们心寒彻骨的是对即将到来的命运的忐忑不安和对不堪设想的落第结局的恐惧。这一切都明明白白地写在他们焦躁而无奈的脸上。

这是一场什么样的考试？看看周围一队又一队手按腰刀、一脸冰冷的八旗护卫军就可以明白了。凛冽的晨风吹拂着大内紫红色的高墙,凝固的空气中透着肃杀之气。这是什么地方？进到门里,便是皇帝老子巍峨庄严的"金銮殿"。其实,它的正式名称是太和殿,是明清皇帝举行大朝典礼的场所。一般每年的元旦、冬至及万寿(皇帝的诞生日)三大节日,以及每逢新皇帝登基、皇帝亲政、朝会筵宴、命将出征、百官授职谢恩及殿试三甲传胪等重要活动,都在这里举行。这是这个庞大帝国的心脏,也是最能体现国家权威的地方。历史总是爱开这样的玩笑,如果不是因为这场突如其来的灾难,他们当中的绝大多数人恐怕到死也没有机会置身这里,甚至梦中也不敢做如此的想象。

随着内臣的一声断喝,几员带刀侍卫前导,人群陆续步入太和门,面前是一片开阔的广场,每一名复试人员都由一名护卫军挟持,按顺序数十人一排,肃立在殿前广场上。周围是一线全副武装的八旗兵丁,稍远处是三五人组成的一队队巡逻兵丁,腰刀在晨辉下泛着青光,令人不寒而栗。忽然,三响清脆的静鞭声划过寂空,人群齐刷刷跪倒在脚下因岁月风雨剥蚀而斑驳凹凸的"金砖"上。偷眼望去,不知何时,年轻的顺治皇帝已经端坐在大殿正中的宝座之上。

只见跪在最前排的礼部尚书抬头向皇帝报告着什么。顺治帝轻轻点了点头,清清嗓子,低沉而威严地说道:

"顷因考试不公,特亲加复阅。尔等皆朕赤子,其安心毋畏,各抒实学。朕非好为此举,实欲拔举真才,不获已耳!"

众人听罢,不由自主地以头叩地,齐声三呼,"吾皇万岁、万岁、万万岁!"

紧接着题目依次分发给了每个人。复试题目是顺治帝亲自拟定的,出自《论语》,所谓"克己复礼为仁"。这题目是顺治帝精心选定的,意在惩办这些功名熏心的读书人,不可为了功名利禄欺君坏法,而应该克制自己的欲望,奉公守法,做仁义圣贤。

或许是皇帝有意放松考试的紧张气氛,或许是一个月来到处遭人白眼、四处碰壁带给心灵的强烈刺激,士子们反倒觉得御前复试这几个时辰过得还不错,他们意外地得到了御赐的茶和烟,不但如此,身边的兵丁虽然虎视眈眈,却在威严中透着小心,一副谨慎当差、公事公办的样子。偶然一两个考生由于紧张过度或胸无点墨,难以落笔而引起生理不适,绝望无奈之际,监考大臣还会软语安慰,殷殷叮嘱鼓励,与寻常乡试"偏袒徒踵,担囊贮粮,闻呼唱诺,受卷就试"感受大不相同。

这是一场真正意义上的考试,不仅试题是天子亲自临时拟定,亲自坐堂监考,阅卷大臣也是顺治帝以突然袭击的方式临时指定,考官根本没有任何准备,当然也就无从卖弄关节了。

一日三秋,两天以后,决定考生命运的复试终于揭榜。但是清朝官方文献第一次公布复试结果则是近一个月以后的事了。《清实录》顺治十五年二月庚辰(十三)记载:

"谕礼部,前因丁酉科顺天中试举人多有贿赂情弊,是以朕亲加复试。今取得米汉雯等一百八十二名仍准会试,苏洪浚、张元生、时汝身、霍于京、尤可嘉、陈守文、张国器、周根郐等八名文理不通,俱著革去举人。尔部即传谕行。"

复试合格的一百八十二名,再加上被革去功名文理不通的白丁举人,也只有一百九十人,那么原来录取的是二百零六人,这当中至少有十六人没能参加复试,被斩首的田耜、邬作霖,或者还有贺鸣郊,以及自杀身死的陆其贤,自然不会再来复试,那么还有十余人到哪里去了呢?从后来的情况看,被剥夺了复试资格的就是李振邺名单上出现的已经中式的那些新举人,如王树德、陆庆曾等人。尽管从严格的法律意义上说,他们只是涉嫌犯罪人员,不是真正的罪犯,嫌疑犯毕竟不等于犯人。因为刑部的审讯调查还没有结论。但是在那极端专制的时代,皇帝已经表了态,定了调子,谁还敢再给你洗清自己、证明无辜的机会呢?

榜上有名的举子,一块巨石终于落地,愁惨的容颜一扫阴霾,像换了个人一样,相互间弹冠相庆。都说大难不死,必有后福,看来确实如此,他们不仅渡过了一场灭顶之灾,还意外地成了"天子门生",灾难使他们获得傲视他人的资本。是呵,谁又能享有这样的殊荣呢?祸兮福之所倚,福兮祸之所伏。一种优越感油然而生,一夜之间他们成了世界上最幸福的人。他们得意忘形,欢呼雀跃,然后是倾其所有,甚至不惜典当身上仅有的衣服,沽酒置菜,杀鸡宰鹅,烹甘煮鲜,连日筵宴,一醉方休。一时之间,京师酒菜为之腾贵。酒足饭饱之余,呼朋引类,带上名刺(相当于今天的名片)四处投拜座师、同乡,扩大影响,冀图捞取他日的政治资本。但见其早出晚归,车马相望,好不热闹。谁也没想到,他们再一次成为京城的新闻人物。

这些幸运儿中有一个人,庆幸之余不免时时怅然。这就是直隶大兴人万蒿。万蒿,字维岳。他本是丁酉科名列第一的解元,但这一次却换成了米汉雯。如果没有这一场变故,以他解元的身份,来年春闱会试,虽不敢云连中两元,但蟾宫折桂也当是水到渠成的事。可是,现在虽然同样取得了会试资格,但能否得中进士,就不好说了。万蒿的担忧并非庸人自扰,果不其然,他连续四科会试不中,直到十二年后才于康熙庚戌(1670年)科登第。足见考试本身也会受相当多的偶然因素的制约。

并不是所有的人,包括再次侥幸过关的人,都能够舔干血泪,抚平心灵的创伤,翰林院检讨范必英就是其中的一个。据《有怀堂集·范先生行状》记载,范必英考中丁酉顺天乡试举人后,接到老母去世的消息,急归治丧。刚刚抵家,就接到迅即赴都复试的传讯。不得已仓皇泣血,含悲忍痛,兼道入都。一路上每过一户人家便悲从中来,长号几绝,路人为之伤悲。到了考场,幸亏才高,得以免遭落第被黜的厄运。回乡以后,他在老母墓畔结庐而居,三年如一日,以尽人子之孝,并发誓从此再不进考场。直到康熙十八年才接受别人的举荐,举博学鸿词科,入选翰林。

甄别真伪举人的工作已经结束,接踵而来的便是对嫌疑人犯和责任官员的加快审查处理。

所谓责任官员,首当其冲的便是都察院中专门分工负责监察礼部工作的礼科给事中及下属官员。而这次首先起而揭发科场舞弊的恰恰不是礼科官员,而是刑科给事中。虽然官员中都对任克溥大有微词,讥讽他无事生非,越俎代庖。但在皇帝看来,任克溥这样的官员才是忠君体国、实心效力的干才;比较之下,礼科官员也就其祸不远了。正月二十九日,顺治帝下诏将礼科给事中董笃行、下属散员鱼飞汉逮捕入狱。董笃行原任御史,丁酉北闱他是外帘监场御史,鱼飞汉也是监场官员,科场舞弊,二人当然负有不可推卸的责任。同时下狱的还有柯耸,他是董笃行的前任;科场舞弊的时候他是礼科给事中。尽管他已于去年八月调任吏科给事中,但追究起来,也是责无旁贷,所以一并收审。就连刚刚上任不久的礼科右给事中金汉鼎(字紫汾)也受牵连,毕竟在大家群起揭发科场舞弊的时候,作为主管官员之一,他不置一词,至少可以被认为是态度消极。所幸这金汉鼎官场多年,已发觉到这场野火早晚会延及自身,于是索性以攻为守,主动上书自省,争取一个好的态度。其他曾经入闱作监场御史的御史们恍然大悟,纷纷具折请罪。负责官员拟罪处分的大理寺官员也闻风而动,根据上述人员应负责任分别拟出处理意见呈报皇帝。奇怪的是皇帝那里却没有任何动静,所有的奏折一概留中不发。这仿佛是暴风雨前的沉闷一样,更加剧了官员们的不安。他们如同砧板上的鱼肉一样,只能在难挨中等待着无情的刀锋。

偏偏此时,皇帝家遭不幸。就在这年正月二十四月,刚刚过完"百岁"的皇四子夭折,使得才因太后病愈带来一些喜庆气氛的清宫再度陷入悲哀之中。这已是第二个早殇的皇子了,六年以前,也是在正月里,出生不满三月的皇长子早夭。这皇四子是顺治帝最为钟爱的董鄂妃所生。顺治帝与这位董鄂妃的爱情是历史上少有的帝妃之情。有关董鄂妃的传说很多,有说是秦淮名姬董小宛的,有说是顺治帝同胞兄弟襄亲王博尔博果儿爱妃的,也有说是一位满洲军人的妻子,被顺治帝看上纳为皇妃的。不管怎么说,这位董鄂妃使顺治帝一见倾心,显然是一位天香国色的绝代佳人。为了专宠她,顺治帝差一点第二次废掉皇后。皇四子作为顺治帝与董鄂妃的爱情结晶,深蒙顺治帝的喜爱。尽管当时他上有皇次子福全、皇三子玄烨,下有皇五子常宁,但唯有此子出身最贵,其他皇子之母不是庶妃就是妃,只有他的母亲是皇贵妃。当时宫内外的人都认为他将来肯定是要做皇太子的。可惜天道无情,他只来到这个世界上一百零四天,便匆忙离去,连名字都没来得及取。这又怎能不令钟爱他的顺治帝和董鄂妃悲痛欲绝呢。爱子死后,顺治帝不惜打破皇家常例,破格为其操办葬礼,先命礼部在京郊黄花山营造陵园,作为安葬之地,接着谕令宫内外,在皇子治丧的"七七"之内,恭行斋戒,不得宴乐。特别是"断七"之日的大出殡，其隆重程度不亚于除皇帝以外的任何一位重要人物的葬礼！当时也有的权贵把皇帝的斋戒谕令视为例行公事，而不加在意。侍卫桑阿尔寨、吴巴旦就是其中的两个。这两人仗着是天子的亲近侍卫，在治丧期间"违制宴乐"，被人告发，顺治帝一怒之下，竟给二人以严厉处分。由此也可窥见顺治的心绪已经坏到了极点。悲哀之中的顺治帝做出的另外一件出格的事是在三月廿七日谕令追封皇四子为和硕荣亲王。但清代皇子封授制度，封王必须在皇子成年结婚前后，而且受封亲王的条件更加苛刻，如果不是皇位继承者的候选对象，或者对国家社稷有重大军功，是很难封亲王的。这也说明顺治帝的心目中确实把他作为太子对待的。这场不是国丧的国丧持续近两月之久，在这样的气氛里，在如此之坏的心境下，顺治帝怎么会顾及科场案的审理，又有哪位官员敢飞蛾投火，冒死提醒或敦促皇帝尽早了结案子呢。

日子一晃就到了四月，京城已是柳绿桃红的仲春景色。从去年十月清廷立案侦讯迄今，已迁延半载有余了。君意叵测，死生未定，在这二百多个漫长的日夜里，羁押在大狱的数百名人犯及家属，寓居在京城的数以千百计的远亲友朋，他们在大难临头、生死未卜的煎熬下，其所思、所想、所做、所为，构成了一幅绝妙的世情风景画，展现了千姿百态的众生相，值得咀嚼，引人回味，发人深省。

由于拘押时间过长，给犯人们精神上、心灵上带来无休止的恐怖感，由此而导致精神绝望、崩溃。不少人神志失常，精神恍惚，形同痴癫，有的人实在无法忍受这精神的炼狱，索性一死了之，把满腔的愤懑带到坟墓里，把无限的苦痛留给生者。更多的人则因狱中非人的待遇身染沉疴,对于这些待决之囚来说,疾病等于是去往黄泉的通行证,有几人有能力打通关节,求医问药呢?何况心病难医,药石不灵啊。因此,一个接一个的人就此倒下去,一病不起,奄奄待毙。文人毕竟是文人,面对着死亡的恐怖,他们有自己独特的反抗形式。肉体虽被束缚,但思想还在,意志还是自由的。他们不由自主地把自己的情感转化为诗词,没有纸笔,就和着血泪题写在狱中石壁上。只有在这个时候,他们才真正认识到人生的底蕴,什么功名、富贵,都不过是身外之物,过眼云烟!"弦指外沧海桑田,一枕黄粱惊觉","衣金腰紫,误人年少"。这决不是寻常的吟风弄月,更像是鸟临死前声声哀鸣,他们早已没有了将血泪吟成的诗词藏之深山、传之后世的冀望和冲动,有的只是无法抑制住的来自心底的深深叹息。

狱外的亲友们则是另外一番景象。罗网再密,也有漏网之鱼。那些赶在清廷张网搜捕以前,先期探得风声而暂时逃离者,有家难归,只能东躲西藏,昼伏夜出,过着提心吊胆、黑白颠倒的日子。他们的精神处于高度紧张状态,生怕一不留神,被网罗而去。他们实在想不通,一人做事一人当,为什么牵连到无辜的自己。百思不得其解之余,他们只能把怨恨发泄到已锒铛入狱的亲人身上,于是写诗填词,以泄一腔忧愤。

顺治十五年四月二十二日,清代科举史上一个不应忘却的日子。

天光放亮时分,一阵摄人心魄的锣声骤然响起,一群工部司官及随行兵丁立刻将城东刑场菜市口戒严起来。

这一天,已从丧子悲痛中苏解过来的顺治帝要亲自审讯在押嫌疑犯。其实,刑部已经在此前进行了审讯。并将四十人拟斩,其余人分别拟处绞、流徙等处理意见报到皇帝那里。今天的御前审讯,在更多的意义上是走一个形式,由皇帝亲自宣布审判结果,布天子之德威而已。

按前明惯例,朝廷如有斩决,事先都由镇抚司(明朝皇家锦衣卫下属专门负责特种监狱的机构)开南角门,由刑部负责预备绑索、嚼子、口啣,点齐刽子手,工部则负责肃清通往刑场的街道及沿途警戒。这里的口啣,也叫衔木,是用木头制作的,是供犯人绑赴法场时,塞进口中防止犯人行刑前喊冤用的。嚼子铁制,也是勒在犯人口中使之无法鸣冤用的。因为按照明清法律规定,犯人刑前鸣冤,必须停止行刑,重新审理。前番张我朴押赴法场时,就是因为没戴口啣、嚼子,差点引起一场骚乱。

御前刑堂,依然设在太和殿前,丹墀之下的殿前广场上。庄严静谧的太和殿内外,甲兵环列,杀机四伏。丹墀之下,一字排开,四十名刽子手左手拿着衔木、嚼子,右手提着鬼头刀,四五口铁钏的寒锋在阳光的照耀下,炫人眼目。一派杀气腾腾,神愁鬼惕。

没有繁琐的仪式,很快,一脸铁青的顺治帝便御极登殿。空旷的大殿内外,只回荡着皇帝愤怒的斥责声。包括三法司主审官员在内的所有的人都匍匐在地,屏息倾听。这里不需要申辩,也没有人敢于申辩。随着时间一分一秒地逝去,人们的心在不断下沉,似乎已隐约听得见死神的脚步声。一旦皇帝的训斥结束,一个个鲜活的生命就将被拖上血肉模糊的祭坛,那里早已为这些牺牲预备了位置。

不知道过了多久,皇帝的斥责声戛然而止。一瞬间,空气仿佛凝固了。静到可以清晰地听得见心脏的跳动。

蓦地，石破天惊，一个凄厉的声音撞入人们的耳鼓，"臣有冤屈！"

万乘之尊的天子仿佛不相信自己的耳朵，瞪大眼睛，寻声向人群望去。

早已魂飞魄散的囚徒们，经此一喊，一下子猛醒过来。

是谁，吃了豹子胆，敢在皇帝面前喊冤！仅此一条，就可以治你个大不敬罪，让你人头落地。

能够绝处逢生的人，非大智者，即大勇者。当然，这有一个不能忽视的前提，那就是首先必须将自己置之死地，置生死于度外，至于荣辱，就更不足计了。

敢于倾生命一搏的不是别人，正是二十五人名单中赫然在列，大名鼎鼎的顺治六年探花、礼部右侍郎张天植。

出人意料的举动往往有出人意料的效果。就在两名带刀侍卫冲上前去，死死按住因冲动而失去理智的张天植的时候，顺治皇帝没有像人们料想的那样勃然大怒，只是眯着眼睛，死死盯着张天植，牙缝中迸出一个冰冷的字："讲！"

张天植迅速稳定住自己的情绪，连叩三声响头，谢过天恩，然后朗声申辩道：

"臣身为前朝孤臣孽子，不期蒙皇上殊遇之恩，岂敢昧着良心，舞弊坏法？况且微臣之子已蒙圣上恩赐荫监身份，富贵自有，何必非要中式举人？再则臣之子虽愚，毕竟自幼熟读诗书，时文制艺，尚能应付，圣上如若不信，不妨就此当面一试！"

平心而论，张天植的一番辩白，逻辑严密，合情合理，自不应看做是一般的负气强辩，巧言饰非。张天植身为礼部侍郎，官及二品，按照清代规定，四品以上之文职京官即可享受荫一子入国子监读书的待遇。有了监生身份,只要三年肄业期满,考试合格,即可以通过廷试,授知县、通判或州县佐贰等副职。就出路、待遇而言,并不比举人差。遗憾的是,这里并不是论理的地方,尤其不能与皇帝剖辩。顺治帝也不会同意他的儿子当面考试,那样的话,这万乘之尊将置于何地? 相反,顺治帝赐给他的只有夹棍。皇帝的话音未落,两名侍卫应声上前将张天植按住,把他的双脚置于夹棍之下。不知出于什么考虑,顺治咳嗽了一声。侍卫抬眼一望,见皇上正举起一指示意,于是会意地点了点头,从夹棍下抽出张天植的一只脚。

"嘿"! 随着两名侍卫的一齐用力,张天植发出一声凄厉的惨叫。"快招!"伴着皇帝的厉声斥责,夹棍嵌入肉体发出的咔咔声令在场"犯人"魂飞天外,纷纷以手掩面,不忍目睹。只几个回合下来,张天植已昏死过去。顺治帝一招手,马上有人提来一桶冷水,照着张天植的头劈面浇下。或许是由于冷水的刺激,张天植重又苏醒过来,只见他睁开眼睛,惨白的脸上淌着豆大的汗珠。他拼着全力喊道:"皇上要为臣死,臣不敢不死! 倘若要屈打成招,让为臣招承贿通关节,臣却不敢承受,虽死而不能瞑目!"

张天植宁死不招。这是顺治帝万万没有想到的,他的内心受到了极大的震撼。难道这当中真有冤抑?! 一瞬间,他的自信开始动摇了。当然,他可以不予理会,推出斩首。但万一真的不是他们行贿,而是李振邺、张我朴等人蓄意逢迎,网罗私人,岂不是一场亘古未有的冤狱? 人头毕竟不是韭菜呀。想到这里,他倒有些后悔当初不该早早地处死李、张等犯,以致现在一方面是死无对证,另一方面又坚词不招。如何是好呢?

望着奄奄一息的张天植,顺治帝竟一时无语。良久,顺治轻轻叹息一声,缓缓说道:

"你也深知朝廷待你优厚。你以前遭人攻讦,被撤职还乡,朝廷最终不为所动,还特别召你还京,递升高职,有哪一点儿对不起你?朕看你平日为官,也还不是那种贪鄙猥琐、奴颜婢膝之辈,为什么一定要飞蛾扑火,自投罗网?罢!罢!今天都从轻发落,各自拿送法司,即在长安街重责四十大板!刑部等奏报候旨。"

说完,顺治帝起驾离开太和殿。随后,一干人犯被押赴长安街,遵旨进行杖责。面对着里三层、外三层围观的人群,刑部那些负责行刑的官役似乎格外卖力,仿佛不把这些读书人打死在杖下,绝不罢休似的。望着挟着风声上下飞舞的枣木刑杖,耳闻杖下死去活来的惨叫,负责监刑的刑部尚书紧咬牙关,不出一声。一旁的刑部侍郎杜立德忍无可忍,奋身上前大骂执杖皂役:

"圣上天恩浩荡,特赐从宽免死,你们一定要将他们置之死地,以辜负皇上的旨意么?所谓杖责,不过是用来表示对人格的羞辱罢了,是让你们将其打死吗?如果日后因为这个圣上怪罪,全部责任由我一个人担承,与你们无干!今天你们如若不听我的话,出了人命,明天我把你们一个一个收拾掉!"看到上司咬牙切齿的样子,皂役们心下一惊,不由得放松了手里的刑杖。如果不是杜立德仗义相救,或许其中有的人又要成为杖下冤魂了。

当晚,人犯们挨完板子,又被押回刑部大牢。

三天以后,四月二十五日,辛卯,顺治帝终于给刑部下达了最后的处理意见,这当然也是终审裁决:

谕刑部等衙门：开科取士，原为遴选真才，以备任使，关系最重，岂容作弊坏法？王树德交通李振邺等，贿买关节，紊乱科场，大干法纪，命法司详加审拟，具奏："王树德、陆庆曾、潘隐如、唐彦曦、沈始然、孙旸、张天植、张恂，俱应立斩，家产籍没，妻子父母兄弟流徙尚阳堡；孙伯龄、郁之章、李倩、陈经在、邱衡、赵瑞南、唐元迪、潘时升、盛树鸿、徐文龙、查学诗，俱应立斩，家产籍没；张曼、孙兰茁、郁乔、李苏霖、张秀(绣)虎，俱应例绞；余赞周应绞监候，秋后处决"等语。朕因人命至重，恐其中或有冤枉，特命提来亲行面讯，王树德等具供作弊情实，本当依拟正法。但多犯一时处死，于心不忍，俱从宽免死，各责四十板，流徙尚阳堡。余依议。董笃行等，本当重处，朕面讯时，皆自认委系溺职，姑免议。自今以后，凡考官士子，须当恪遵功令，痛改积习，持廉秉公，不得以此案偶蒙宽典，遂视为常例，妄存侥幸之心。如再有犯此等情罪者，必不宽宥。尔等衙门即行传谕，钦此。

至此，旷日持久的北闱科场舞弊案终于画上了句号。

就这一最终结局而言，应该说是不幸中的万幸了。说其幸运，是说事件结局之好，已经远远超过了局内局外人的想象。不妨暂且把历史发展的必然性搁置一边，做一个合理的或不尽合理的设想：假如没有张天植的冒死陈情，犯颜抗辩，四十条活生生的生命，怕是早已成了刀下之鬼。当然，也可以从另一个角度说，张天植本人也决没有料想到会有这样的一个结局。由此，一个古老的问题浮上纸面，偶然性在历史发展中起不起作用？什么时候起作用？起多大的作用？不管怎么说，张天植拯救了包括他自己在内的四十条生命。四十个家庭,还有他们的子孙后代应该感谢他!

有些著作把这批流人的发遣时间系于顺治皇帝谕令之日,即四月二十五日,但实际上,他们并没有立即束装就道关东。这要感谢一些好心的地方官吏。尽管刑部马不停蹄,迅速给犯人原籍所在的巡抚、按察使及州、县官员下达了火速提解犯人家属的公文,但这些官员中相当一部分人都觉得皇帝量刑过重,对这些文弱读书人的不幸遭际深表怜悯同情。他们借搜捕出逃人员、抄掠犯人家产的名义,利用公文往返拖延时间,没有立刻将应该流放的人犯家属拘解刑部。他们所能做到的,也只能是这些了。正是由于这一原因,人犯们才得以较长时间的关在刑部,直到这一年的夏天才出关东去。

尚阳堡,也称上阳堡,位于辽宁省开原县城东四十里,今名开原县尚家堡。这座小城建于明代,是明朝与满洲军事对峙的前沿哨所,明代称作靖安堡。城很小,周围三里,有南北两门。据曾流放这里、生活多年的杨宾《柳边纪略》说,这里最早接收罪人是后金天聪七年(1633)八月。清廷入关初期的顺、康年间,这里是全国最重要的流人戍所。

尚阳堡紧傍着著名的柳条边中老边的开原边门外,清初这时是相当荒凉的。以二十五人名单为主的这一批流放犯是继上年冬天李振邺、张我朴等人家属之后发往尚阳堡的第二批。他们有的是父子同行,有的是兄弟相携,更多的是举家同往。人们扶老携幼,相互扶将,无奈地踏上通往辽沈的漫漫长路。其中以年老多病的陆庆曾一家最为悲惨。陆氏此时已年逾半百,鬓染星霜,垂老投荒,令人心酸。紧随他蹒跚的脚步的,是他的三个妻妾,其中的一妾手里还牵着正在蹒跚学步的幼子,孩子紧紧拉着大人的衣袂,眼里是惊恐,脸上是泪水。在他们的身后,一路留下的是长长的涕泪。

人们似乎没有注意到,络绎而去的流放队伍中没有王树德。这位王太宰的亲侄,已经死去多时了。关于他的死因,有两种说法。一说这位书生不耐四十大板,回到狱中不久就一命呜呼了。但更多的人相信另一种说法,即王永吉为了防止王树德供出更多的内情,于己不利,为了保住自己的前程,不惜舍车保帅,私下里买通狱卒,暗杀了自己心爱的子侄,杀人灭口。这位可怜的新科举人,也许做梦也不会想到,将他置于死地的,不是皇帝,也不是刑部的虎狼差役,而恰恰是自己亲叔父。

"善有善报,恶有恶报",仿佛是为了应验这句老话,王永吉并没能逃脱惩罚。这位穷追猛打,将几十个家庭置于家破人亡的境地,最后连自己的侄儿都忍心除掉的政客,最终就在顺治帝宣布将他费尽心机挖出的这批案犯发配辽东的同时,自己也被宣布"王永吉乃朕破格擢用,受恩深厚,未见克尽职业,实心为国,负朕简任之恩。王树德系其亲侄,岂不知情?著降五级调用。"从位居极品的大学士、吏部尚书,一下降为从三品的太常寺少卿。这真是一个绝妙的讽刺,历史与这位年已花甲,开始步入垂暮的王永吉开了这样一个无情的玩笑!我们无法得知当听到这一处理时,他心里是一种怎样的感受,但是他无疑是深为羞恼和愧悔,背上了沉重的心理负担,仅仅过了十个月,顺治十六年二月,刚过六十岁的王永吉就撒手归西,完成了一个甲子的轮回。

由于年代的湮远，材料的匮乏，我们已经无法重现这批苦难的人们是如何渡过这段生命中最难捱、最黑暗的时光的，甚至连回溯一下它的梗概都不可能。这里只能尽我们的所能，透露个中的一点消息。但就这些，也足令我们扼腕叹息，唏嘘不已了。

陆庆曾，华亭（今上海松江县）人。字子渊，一字如皋，又字子玄，后因避康熙（玄烨）之讳，改字子元。出身名门望族，是晋代著名文学家陆机、陆云的后裔。其祖父陆树声，字与吉，明嘉靖二十年会试第一，历官至礼部尚书、太子太保，卒谥文定，所以他称得上是世家子弟。他少负才名，任侠重义，与明末复社著名领袖夏彝尊、陈子龙齐名，青年时代已被公认为云间名士，是云间派的著名人物（云间，古松江地名，代指华亭）。所不同的是，夏、陈诸公崇尚节气，明亡后投入了轰轰烈烈的抗清大潮，直至以身殉国。而陆氏以一念之差，留恋身家富贵，苟活下来。在明清鼎革的这二十年乱世里，他也是历尽坎坷。先是困顿科场，屡试不售。而他这个人又特别看中功名，到老也不甘心。这倒不是为了获得新朝的一官半职，完全是因为迷信科举，他出身文学世家，又素负才名，不肯在科名上逊人一筹，甘居人下。所以直到顺治十四年，虽然年已五十余岁，仍以贡生身份挂名太学，参加北闱乡试，希望在垂老之年最后一搏，弄个举人，以慰生平憾事。由于他的名气太大了，考官们都久慕其名，希望罗致到自己的门下，所以主动地授给他关节。举人倒是得了，不料他的身家性命、一世清名却给毁了。

可怜这位老名士，被幽禁于囹圄之中，拷掠之下，体无完肤，陷入欲死不能的悲惨境地。据说，他在赴京应试前几天，他家先祖墓地上绿荫如盖的林木忽然全部枯黄，树上栖息的飞鸟几天之间便徙巢它往,另择高枝。他心中一惊,自知为不祥之兆。据《涌幢小品》记载,李景隆没有停爵之前,也是忽然之间,墓木全枯,不久,李景隆就惨遭幽废。还有一个传说,说他赴京考试途经杭州,曾在于忠肃公(于谦)祠堂内祈梦,梦中于谦授给他一张纸,展开一看是一幅沈阳图。人们于是把这些怪异之事作为他晚年遭难之谶,当然是没有根据的附会。但陆庆曾垂老投荒,远戍穷边,委实令人浩叹惋惜。在他踏上远戍之路的时候,他的挚友、大诗人吴伟业赶来为遣戍的朋友们送行,依依惜别之际吟了一首《赠陆生》赠他:

陆生得名三十年,布衣好客囊无钱。
尚书墓道千章树,处士江村二顷田。
京华浪迹非长计,卖药求名总游戏。
习俗谁容我弃捐,才名苦受人招致。
古来权要嗜奔走,巧借多贤谢多口。
古来贫贱难自持,一飧误丧生平守。
陆生落落真吾流,行年五十今何求?
好将轻侠藏亡命,耻把文章谒贵游。
丈夫肯用他途进,相逢误喜知名姓。
狡狯原来达士心,栖迟不免文人病。
黄金白璧谁家子,见人尽道当如此。
铜山一旦拉然崩,却笑黔娄此中死。
嗟君时命剧可怜,蜚语牵连竟配边。
木叶山头悲夜夜,春中浦上望年年。
江花江月归何处,燕子莺儿等飘絮。

>红豆啼残曲里声,白杨哭断斋前树。
>居指乡园笋蕨肥,南烹置酒梦依稀。
>莼鲈正美书堪寄,灯火将残泪独挥。
>君不见,鸿都买第归来客,驷马轩车胡辟易。
>西园论价喜谁知,东观抢文矜莫及。
>从他罗隐与方干,不比如君行路难。
>只有一篇思旧赋,江关萧瑟几人看。

这首诗,感情真挚,直堪与山阳思旧之篇相媲美。陆庆曾就是吟着这首血泪之作上路的。其子陆鸣五也一同到了戍所。这位公子王孙,何曾自操生计,所以生活的艰窘是可以想见的,除了吟诗作文外,陆庆曾唯一所长就是精通岐黄之术。而这在缺衣少药的东北边荒是可以派上用场的,所以这是他赖以生存的唯一手段。诗是没有心绪再写了,吟诗可以暂时忘却忧愁,但却不能当饭吃。他首先要考虑的是妻儿的生计。史书记载他"家赤贫,业医自给,十余年而殁"。在这期间,似乎他还曾因事来过京师,时间是在辛亥年(康熙十年,1671)。陈祚明曾到旅邸拜会过他。友人相见,悲喜交集,解衣沽酒,畅叙别思。酒阑人醉的时候,陆氏把酒临风,长歌吴梅村的赠诗,慷慨激昂,酒已尽,歌未竟,抚今追怀,不免泫然涕下。关于此事有陈氏《老友陆子渊自辽阳诣燕山见访旅舍留饮感赋》一诗为证:

>六旬老叟华亭客,中原宿许文章伯。
>十年谪戍赴辽阳,形容枯槁须鬓白。
>生平三妇艳如花,麻衣犯雪从风沙。

> 长男万里滇南去,父子飘零何处家。
> 近育小男一双玉,七岁扶床书解读……
> 君来翻道辽东乐,生事萧条惟卖药……
> 醒眠各自拥秋衾,旋别销魂泪沾臆。

这是陆庆曾被遣十余年来不幸遭际的真实写照。附带提一下,已故清史专家孟森先生据钱湘灵说陆庆曾"复遭诬以白首卸穷边而死"一语,认为袁子才"陆氏辛亥以事至京师"说当不确。其实两说并不矛盾,子才明说"以事"来京,很可能事毕重又归戍辽东,孟氏没有看到陈祚明的这首诗,所以不敢相信实有其事。无论如何,陆氏最终还是把白骨留在了异域他乡。自此一抔黄土,掩尽风流。

孙旸(1626—1701),字赤崖(一作赤压),江南常熟人(今属江苏)。少有才名,十五岁时已是江南文坛的活跃分子,他的才名不下于他的哥哥、状元孙承恩。孙旸为科场案牵连入狱,差一点累及乃兄的前程。孙旸被收系入狱的第二年春天,孙承恩(原名孙曙,字扶桑)参加戊戌科会试中试。相传,在殿试传胪的前一天晚上,顺治皇帝秉烛披阅主考官推荐的前十本试卷,读到孙承恩的卷子时,一下就被孙氏的颂语"克宽克仁,止孝止慈"吸引住了。正是这句话契合了顺治内心里的衷曲,引起了天子情感的共鸣。顺治忍不住击节赞赏,拆开试卷一看其籍贯为常熟人,马上与孙旸联系在一起,怀疑两人为一家。立即召侍读学士王熙,面授机宜。王氏领命上马疾驰,离开紫禁城,直奔孙承恩的寓所,当面核实。顺治可能知道,也可能不知道王熙与孙承恩兄弟的凤友关系,反正是王熙把自己所知全部情况,全盘托给了孙承恩,而且加重语气说:"现在是得道升天还是沉沦渊海,就取决兄之一言,你让我如何回奏吧?"承恩沉默良久,毅然决然地说:"死生有命,富贵在天。但为兄不可以欺君卖弟!贤弟请照实回奏可也。"王熙长叹一声,出门翻身上马,才出两步,又拨转马头,对出门相送的承恩再一次叮问:"兄不后悔吗?"承恩扬起头,一字一顿道:"虽死而无悔!"王熙据实上奏,龙颜大悦。顺治所以喜形于色,不仅在于他赏识孙氏的锦绣文章,更在于此人的侠肝义胆。这样的人,在家可以为孝子,侍君也无虑是忠臣,这不正是为人主者孜孜以求的人臣楷模么,于是就将孙承恩定为一甲一名。

四月初五日,辛未,正值清明节,细雨纷纷。清廷宣布,赐殿试贡士孙承恩等三百四十三人进士及第。而孙承恩则大魁天下,成为头名状元。仅仅过了二十天,胞弟孙旸就同其他二十人一道,被宣布减死流放尚阳堡,家产籍没,妻子父母兄弟从流!

怎么办,孙承恩为今科状元,天下已尽人皆知,而按照后一决定,他非但不能任职授官,还要从戍到冰天雪地的辽东,过流放苦役的生活。这可难住了青年皇帝,状元郎与流放犯相隔天壤,可如今却鬼使神差地集中于孙承恩一身。怪谁呢,要怪只能怪这封建时代毫无人道的株连制度。

天子毕竟是天子,五月三十日,是新科鼎甲(前三名)照例授官的日子。探花、榜眼均已援旧授了编修职务,顺治帝决定:状元孙承恩因其弟科场牵连,暂不授职,交给吏部察议。六月初五日,清廷宣布,一甲一名进士孙承恩坐胞弟科场事,应连坐流徙,皇帝特旨宽宥。

又隔了二十天,顺治帝终于授孙承恩为内翰林国史院修撰。

至此,孙氏兄弟总算都松了一口气。

孙旸遣戍之日,孙承恩自然要到场为父母弟妹送行。兄弟两人,原本就情同手足,才华不分伯仲,而今一个上天,一个入地,是天意还是人意?!兄弟俩互道珍重,久久不忍分离。

作为哥哥,孙承恩为营救弟弟已经尽了最大的努力。孙旸下狱期间,孙承恩时常去探望抚慰。孙承恩在得知自己状元及第的消息后,立即走马西曹,告慰弟弟。看到孙旸蜷曲着身体,倒卧阶下,急步上前,抱起弟弟,痛哭失声。据《壬夏杂抄》记载,孙旸被囚后,遭到严刑拷掠,几乎死在狱中。孙承恩在得中状元后,刺血修书,上奏皇帝,当时高官大僚无人肯帮他转奏。孙氏只身跪伏号泣于宫门之外,直到一夜漏尽。天将破晓时分,内监开门,才把他引入宫中。他匍匐爬过前殿,好心人告诉他皇帝寝息于金水河亭,他又跪泣于桥畔,哀鸣声彻远近。被哭声惊醒的顺治帝命小太监出来接过孙氏血书,览奏叹息。次日,孙旸等人才免死杖责四十大板,从宽流放尚阳堡。

孙旸到了戍所之后,结交了许多被流放的文人学士。皇太极的第六子、顺治帝的哥哥镇国公高塞,非常赏识他的才华,两人之间有很深的交谊。清人劳之辨曾撰《赠海虞孙赤崖三首》咏叹二人之间的高谊。其中第三首写道:

> 闻说辽东往,名藩礼数优。
> 谈经燃烛炬,命酒脱貂裘。
> 试马黄沙暖,呼鹰紫塞秋。
> 归来人皓首,廿载别皇州。

康熙十年,康熙帝东巡盛京(今沈阳),孙旸曾有机会叩谒皇帝,献赋《告成功颂》万余言,博得康熙帝的叹赏。又召他到自己所住的黄幄前,他立赋《东巡诗二十首》,康熙帝尤其赏识他的书法,对他的才华深表叹惜。随行的大学士宋德宜是他的故友,抓住时机上疏皇帝推荐他,希望能就此令他脱离苦海,但由于各种原因没能成功。又过了十年,1681 年,此时清廷已开遣犯可认工修城赎还之例。还是宋德宜仗义援救,慨然捐金,将他和吴兆骞赎还。次年,康熙帝再次东巡盛京,途中看到旅邸墙壁上孙旸的题诗,忆起这位才子,于是问随巡的府尹:"题诗人还在吗?"府尹回答,已经奉旨回原籍去了,康熙帝才点头而已。

　　孙旸遭放逐二十余年,直到垂老之年才重新回到故园,自是不胜感慨和惘然。他的三首还家诗,淋漓尽致地表现了他的复杂心情:

(一)
岁岁还乡梦,今朝梦始真。
到家仍作客,无地可容身!
山色迎人好,湖光入眼新。
廿年成底事?悔不早投纶。
(二)
弟妹何年别,盘餐此夕同。
看来头尽白,语罢泪俱红。
垂老重闻乱,还家旧业空。
但能长聚首,不必问穷通。

(三)
少小离乡县,何堪老大归!
出门童子问,见面故人稀。
道路忘南北,溪桥半是非。
青青山色在,犹到旧柴扉。

康熙三十八年,康熙帝第四次南巡到苏州,特别问起他。此时孙旸已是年逾古稀的老翁了。他得到消息,竟然不畏路远跋涉,拄杖前来谒见康熙,像二十年前一样再一次献诗。其中有一句"君王犹记小臣名",颇为传诵。当时的人们对他被康熙帝召见的奇异遭逢深表艳羡,视为不世之荣。

孙承恩虽幸中状元,免遭流放,却好景不长。他授修撰后,颇受皇帝赏识,几度特召顾问,宠遇日益隆重。然而,物极必反,在四十岁这年,他随侍康熙帝到南苑,康熙帝赐骑御用名马,引人艳羡。可没过几天就传出他突然死去的消息。关于他的死因,送皇帝的报告说"适大风扬沙,中寒疾卒"。就是说是他受赐骑这名马之时,正赶上天气突变,着凉得病死的。这死因明显经不起推敲,一个正值盛年的人如何会因气温下降,着凉致死?顶多也就是引起感冒或拉肚子之类的不适,断不至送了性命。实际上他的真实死因,相传说是孙承恩跨马疾驰时,被人挤坠马下,为马践踏而死。有关大臣怕皇帝知道会遭到重谴,诡称他着凉得病而死。康熙帝不明真相,也只能是赐些银两,使其归葬而已。可怜一代状元,竟死于非命。结局还不如他那多灾多难的弟弟。

对孙氏两兄弟的坎坷遭际,当时就引起了人们的广泛同情,吴伟业作为他们的老友，曾赋诗《吾谷行》，哀其不幸：

> 吾谷千章万章木，插石缘溪秀林麓。
> 中有双株向背生，并干交柯互蟠曲。
> 一株夭矫面东风，上拂青云宿黄鹄。
> 黄鹄引吭鸣一声，响入瑶花飞簌簌。
> 一株偃蹇踞阴崖，半死半生遭屈辱。
> 雷劈烧痕翠鬣焦，雨垂漏滴苍皮缩。
> 泥崩石断逆枯根，鼠窜虫穿隐空腹。
> 行人过此尽彷徨，日暮驱车不能速。
> 前山路转相公坟，宰木参差乱入云。
> 枝上子规啼碧血，道旁少妇泣罗裙。
> 罗裙碧血招魂哭，寡鹄羁雌不忍闻。
> 同伴几家逢下泪，羡他夫婿尚从军。
> 可怜吾谷天边树，犹有相逢断肠处。
> 得免仓皇剪伐愁，敢辞飘泊风霜惧。
> 木叶山头雪正飞，行人十月辽阳戍。
> 兄在长安弟玉关，摘叶攀条不能去。
> 昨宵有客大都来，传道君王幸渐台。
> 便殿含毫题诏湿，阊门走马报花开。
> 宫槐听取从官咏，御柳催成应制才。
> 定有春风到吾谷，故园不用忧樵牧。
> 虽遇凋枯坠叶黄，恰逢滋茂攒条绿。
> 由来荣落总何常，莫向千门羡栋梁。
> 君不见，庾信伤心枯树赋，纵吟风月是他乡。

吴伟业以吾谷为题,托比孙旸。吾谷是常熟乌目山(虞山)山西的一块巨岩。孙氏兄弟世居于此。据说吾谷附近,古木四合,绿荫如盖,霜染丹枫,最宜秋望。吴伟业把孙氏兄弟比作吾谷中的两棵连理树,虽是同根,却相背而生。出吾谷向西行一里左右就是陆贻吉的祖父严讷的祠堂。比起陆贻吉,孙氏一家毕竟还骨肉团聚。"羡他夫婿尚从军",而陆贻吉那容颜"殊色"的娇妻美妾只能相契将雏,去承受那塞外冰雪。

辽东的风沙磨砺了孙旸的人生,这位诗人由此风格大变,他的边塞诗犹见一种狞厉的美。现存他的诗一大半是以遣戍生活为题材的,如《沈西草》、《入关草》、《纪游草》、《归来草》、《怀旧集》等。

张天植,字次先,号蓬林,浙江秀水人。不知什么原因,他并没有与大队人马一起到尚阳堡,而是来到了尚阳堡以西的铁岭(今辽宁铁岭县),一块同样荒凉的土地。与他在金銮殿上拼死向命运抗争相反,在戍所,他绝口不谈朝政,这位前侍郎淡泊如一介寒儒,率全家人和童仆开荒辟地,在圃中种植瓜果菜蔬以自给。大概是因为原来家境比较殷实,他只在戍所呆了五年,康熙二年就援修城例放还。回到故里后,他闭门谢客,潜心研治文史,直到七十四岁时老死。他也是一位诗人,著有《北游草》、《湖上吟》等诗集。

张洵,字稚恭,一字壶山,陕西泾阳人。明崇祯十六年(1643)进士,入清以后,曾任内阁中书舍人、江南推官。他擅长诗文,尤精绘画,是清初著名的山水画家。清人评价他的画"墨法苍浑"。他的边塞诗也有自己的风格,时人称之为"沉郁",极有盛唐边塞诗的气概。如他的《塞上》诗:

苍茫亭障草连空,乱水荒原入望同。
沙碛日昏鸠鹁雨,石田云暗马牛风。
那看玉帐悬天际,尚有金墉在眼中。
一白霜花凉冷后,雕飞无计避强弓。

张洵是个有乐观精神的人,遣戍期间,尽管身处逆境,但他吟诗作画不辍。大约在康熙初年,他也认工赎还。传世的作品有《西松馆诗集》、《樵山堂集》、《绣佛斋诗余》、《雪鸿草诗》等。死年不详。

潘隐如,又名潘子见,字逸民,江苏吴县人。本姓刘,所以有些书也称他刘逸民。他也是一位名士,早年就负有盛名,正所谓"潘郎江左知名久"。关于他的事迹,我们几乎找不到什么材料。只有他的老友,江南名士尤侗写的怀念他的诗提供了一些线索。尤侗的诗题为《伤刘逸民夫妇》,诗序说刘逸民死在尚阳堡,他的妻子也被盗贼杀害。诗云:

少日文场载酒游,临邛绿绮美风流。
忽驱北辙歌燕市,翻戴南冠泣楚囚。
魂逐黄沙埋异域,血沾红粉殉哀丘。
人生史合田园老,藜杖蒿簪便白头。

据此可知他青年时代过的是诗酒风流的潇洒日子。科场案发以后,厄运便接踵而来,以至于夫妇相继抛尸异域。潘隐如何时死去,可以参证他在流放地的诗友,原大学士陈之遴(1656年遭遣)写的悼亡诗《子见初度日感赋》:

黄粱梦

> 塞垣初度几题诗，诗在人亡此一时。
> 碧浪夜湖流恨水，桃花春坞长愁枝。
> 仙山自得长生乐，尘世难忘永诀悲。
> 白首红颜凝望切，可怜归旐尚迟迟。

此诗写于康熙二年初，据此可知潘隐如之死，时间当在康熙元年。诗中既有"红颜凝望切"之句，那么他的妻子应该活着，并在苦苦盼归，谁料后来又遭贼人杀害，真是祸不单行。所以潘氏夫妇的不幸，又远不是孙旸、张天植辈所能比拟的。

张绣虎更富于戏剧性。此人名张贲（1620—1675），字绣虎，号白云道人。他是明朝吏部尚书张翰的后代，是位典型的世家公子哥儿。靠着父祖的余荫，青年时代便交游很广，并小有文名。只是人品较差，生性好色，经常出入青楼妓馆。如前所述，科场舞弊案酿成大祸，他从中起了推波助澜的作用。当然他本人也没能摆脱干系，所以遣戍尚阳堡的名单中也有他的名字。但张绣虎到底不同于那些老实的读书人，也不知他使了什么手段，竟然打通了上下关节，瞒过了顺治帝，终于逃避了流放。但是，或许是应了那句老话"恶有恶报，善有善报"，十二年后，重新被逮入狱。康熙九年秋，他又一次被遣戍，这一次更远，远在尚阳堡以北千里之外的宁古塔（今黑龙江省海林县）。康熙十二年，他再次被改变流放地，流徙乌喇（今吉林省吉林市），并于两年后死在那里。张绣虎擅长写诗，"朔气横空惨不休，千秋悔恨是封侯。无端筚篥中宵起，更有征人上戍楼"，对自己被流放耿耿于怀。"杜门当寡过，令德求无违"，说明他对自己品德上的不足有所认识。在戍所期间，与流放的文人往来较多，著有诗集《白云集》。

　　查学诗,浙江新安人。他的遭遣主要是受了张我朴的牵连,后来也是花银子赎归京师。多年的遣戍生活使得他已不能适应繁华的京师。特别是看到京城薪桂米珠,浊气扑面,竟常常怀念起关东的好处来。他曾经对友人说:"关外河流膏润,地无风沙,鱼蟹米盐甚贱,材木不可胜用……"友人故意问他为什么还要苦恋故乡时,他不无感慨地回答:"我是因为祖墓亲朋所在,不能不寄怀故乡。"

　　还有两位虽然不在二十五人名单之内,但稍晚也被流放到尚阳堡。这就是前面提到的被牵连入狱的诸豫和李燧升。

　　诸豫,字震坤,江苏无锡人。顺治六年进士,官至侍讲学士,曾担任过顺治乙未科的会试同考官。顺治十五年十月二十日,"刑部等衙门会勘,原任推官李燧升受诸云子嘱托,为徐荣向李振邺贿买关节情真,应论死,并籍其家,其父母兄弟妻子流徙尚阳堡。原任翰林诸豫,为李燧升过付,应一并责徙。得旨:燧升免死,俱流徙尚阳堡。"

　　唯一值得庆幸的是他们是只身流放,父母妻儿得免从戍。流放期间,诸震与郝浴、张润、张天植、陆庆曾、吴达等难友关系密切,彼此常赋诗唱和。康熙二年通过捐款修城得以赦还。有不幸的,就有幸运的,有的人遭遣戍,老死遐荒,也有的人飞黄腾达。如果把科场案比作一场政治赌博的话,那么最大的赢家首先是任克溥。

　　继上年十月升任刑科左给事中以后,不到一年,顺治十五年九月十四日,任克溥再一次得到提升,由刑科左给事中升为礼科都给事中,一年之内,连升两级,很快又调任刑部侍郎。当然,他的爬升的台阶是用同事们的尸体和着士子们的血泪筑成的！但是他也好景不长，很快便撒手人寰，与冤魂为伍。

更为严重的问题在于，任克溥的投机成功，成为一批爬升无路的官痞们群起效尤的榜样。上有所好，下必甚焉。他们从顺治帝超乎寻常的凌厉杀气中窥测到了皇帝要借整饬科场压制汉族地主阶级知识分子，特别是江南士人的真实动机，于是群起告讦，掀起了一股竞相奏参科场舞弊的旋风。

风波再起

顺治十四年,一个多事之秋。十一月二十四日,也就是陆贻吉等人被腰斩后的一个月,工科给事中阴应节继起递本向皇帝参奏:

"江南主考方犹等弊窦多端,榜发后士子忿其不公,哭文庙、殴帘官、物议沸腾,其彰著者,如取中之方章钺,系少詹事方拱乾第五子,悬成、亨成、膏茂之弟,与犹联宗有素,乘机滋弊,冒滥贤书,请皇上立赐提究严讯,以正国宪,重大典。"

这道奏本,正式揭开了南闱科场案的大幕,奏本中所言,是否句句属实并不重要。阴应节是科臣,早就被赋予了"风闻言事"(即根据社会传言并上报告)的特权。实际上,有关南闱舞弊的种种风言风语,还在几个月以前考试刚刚结束不久就以各种形式出现了。

让我们把时间的指针拨回到九月初。

按照清代的规定,凡乡试,大省于九月初五日以前放榜。江南(包括今江苏、安徽在内)为大省,所以顺治十四年丁酉科乡试,也依照惯例,仍在九月初五日张榜公布。按照顺治二年的公布的举人分配名额,江南乡试最多可以取中一百六十三名。但具体每科取中多少,还要看参加考试士子的总人数,一般比例定在三十比一左右。这一科乡试由于不少人找到了门路,携金载银,转到顺天京闱去碰运气,所以应试的人数比上科少了许多。现在实际录取的有一百二十名举人,首列第一的是丹徒(今江苏丹徒)人蒋钦宸,字肃公。

同以往一样,黄榜一揭,如同沉寂的寒塘突然投入石子一样,立即溅出无数的水花和涟漪。最初的反应,照旧是嬉笑怒骂,各具情态,汹汹然如开锅沸水。考官们对这一套已经习惯,或者说见怪不怪了,很少有人给予更多的注意。按照一般的情况,哭过、骂过之后,不出三五天,一切都会归于平静,平静到找不到一丝痕迹为止。

今年的情况似乎有些反常,先是发生了一连串的围攻、污辱考官的事件。

榜文揭出数日之后,主考官内阁侍讲学士方犹和翰林院检讨钱开宗二人收拾停当,离开贡院,心里盘算着是应该放松一下、好好歇息歇息的时候了。自从六月二十三日从其他渠道探知礼部将自己开列到主考名单的消息以来,这神经就一直紧绷着,一刻未得放松,特别是皇帝正式公布以后更是如满弓之箭。因为朝廷严令,所有主考、同考官必须在五日之内离京,而且要严格保密,不得走漏风声。主考官有四不许:不许携带家眷、不许沿途游山玩水、不许接待亲朋好友、不许多带随从。这一路上几乎被封闭起来了,每天行程多少,兵部负责驿递官员已经严格测算出来,不得稍有迟延。食宿供应和车夫马夫更换都由所路过地方的父母官亲自安排,待若上宾。当看到州县长官笑脸躬迎时,很有一种钦差出巡、威风凛凛的满足感。可是八月初一日按预定计划抵达江南省境,这种感觉就烟消云散了。一踏上江南这块土地,前来迎接的不是督抚大员,而是佩着腰刀的巡捕官。那场面,不知道的还以为是交接朝廷命案案犯的仪式呢。来接的轿子倒是全新的,可是一进轿子,监临官(负责试场警戒及场内秩序的官员)二话不说,上来就把轿门加了封条。文武巡捕左右把轿子夹在中间,摆出二鬼把门的架势。幸好队伍前头有两位执事高举着写有主考官姓名、头衔的牌子作为前导,路人才明白是主考驾到了。到了省城也不舒服,才到城郊就被引入接官厅。接官厅布置蛮够气派,大厅内外,挂满五颜六色的彩带,厅中央设有龙亭。江南全省的总督、巡抚、藩司(按察使)、臬司(布政使)及各道道员,早已列队恭候在这里。一见主考官到,立即齐刷刷跪在地上,行跪请圣安礼。两位主考则拿足架势,不慌不忙地回答:皇上安好。他们心里清楚,这里的隆重、恭敬只是冲着皇帝来的,错过了此时,这些封疆大吏才不会把自己一个微末京官看在眼里呢。这一切完了以后才能入城。

进了城里,那待遇简直还不如囚犯。下榻在巡抚行辕,照说规格不低。可监临官把小院院门一封,就全不是那么一回事了。

每天只有早晨开一次门,还不许主考出去,而是把一天要消耗的开水、饭菜一次性送足,再贴上封条。画地为牢,任何人不得出入。这种全封闭式的隔离生活,要一直持续到入闱那一天为止。

看到这里,或许有人要问,万一主考官在此期间有个事故,如父母亡故或本人有个三长两短,岂不误了大事。其实不然,按照规定,出现这种情况,如果时间来得及,就由所在地方的地方官奏请皇帝改派,如果考试日期已近,改派考官来不及,皇帝就会授权另一位主考官一人专办。

入闱这天,还可以风光一次。八月初六日入闱,入闱之前,照例要先举行入帘上马宴。所谓入帘,就是进入贡院试场(因为职责不同,要以贡院办公区中间的至公堂后门为界加上封条,以门帘隔开,使之成为西区,外面称外帘,负责监考、收卷、装订、誊录等一应事宜。里面称内帘,专门负责评卷)。上马宴在江宁府署,参加宴会的除两主考外,还有同考官、监临官、提调官、监试官等等。但只有主考可以身着朝服,乘坐亮轿赴宴。亮轿是老百姓的叫法,其实应该称"显舆"。它与别的轿子的最大区别是没有轿帘,四面没有围幕,外表看来很像是四川的滑竿。装饰极为考究,设大宝座,上面蒙着虎皮,作为放置两脚的"踏足"不是普通的木板,而是两尊精雕细刻、透着凛凛威风的木狮。轿杆上也缠满彩绸,并且是真正的八抬大轿,走在街上前呼后拥,真是过足了瘾。一行人来到府衙,先对着宫阙所在的北方行谢恩礼,然后次序入席。然后照惯例是上三道茶,演三出戏,稍坐片刻就起身上轿。入闱,特别是进入内帘以后,就是自己的天下了……

现在,一切烦恼和荣耀都过去了。当务之急是抓紧时间休整,尽快回京复命。两位主考的家都在杭州附近,所以他们决定顺扬子江而下先到丹徒,再走大运河南下杭州,一来拜谒父母高堂,二来也可以看望一下多年不见的师友,诗酒兴会,岂不美哉!

不料,船行离开金陵不久,才到毗陵、金间一带,就遭到落第士子们的围攻。这些可恶的士子,读书不见长进,捣乱倒不用人教。他们坐轻捷的小船,把两位主考大人乘坐的官船团团围住,口出污言秽语,唾骂不休,全没了读书人的样子。两位主考知道,这个时候出去跟这群失去理智的人理论,不仅无益,反而会火上浇油。只能硬着头皮,令船役们加快速度,冲出重围。谁想到,这群人就像苍蝇一样,一眨眼又围了上来。而且,他们一见主考避而不见,摆出了一副死猪不怕开水烫的架势,更是怒从心起,索性弃文就武,把船上的砖瓦石块甚至水瓮之类雨点般地向官船上抛去,吓得船夫们抱头逃命。引得岸上围观者蜂屯蚁聚,一会儿工夫,就站满了黑压压的一大片人,人群中有的拍手称快,也有的摇头叹息。

接着,又发生了同考官龚勋出闱后遭到士子们殴辱的事件。这龚勋也是进士出身,时任安徽舒城县知县,是该科乡试十八位同考官之一。龚勋受辱的起因和过程已无从考证,当时人们怀疑他收了人家钱财,但是没能取中行贿的考生。

市面上传闻、议论最多的是两位主考。特别是方犹取中本家方章钺的事。说是本家,当然不是嫡亲。因为清代有明确的回避制度。回避涉及的面很广,至少有四个方面:一是本族,五服以内亲属,或者虽然出了五服,但仍然同居一地者;二是外戚,包括母亲,妻子的父亲、母亲,妻子的亲兄弟及其子,妻子的亲姐妹的丈夫及其子;三是考官本人的亲姑、亲姐妹的丈夫及其子,女儿的丈夫及其子,孙女的丈夫和儿女亲家等等;四是回避本省。所以这位本家顶多也就是同宗远亲而已。

一个月的时间不知不觉就过去了。有关科场的种种非议不仅没有平息,反而如火如荼,愈演愈烈。文人蛊惑人心,自有其独特方式。他们不再满足于散布流言飞语,而是写成诗歌,写成文章,编成传奇,编成杂剧,既让老百姓喜闻乐见,也可宣泄胸中的愤懑。

诗歌中最有名的是一首无名氏所作的打油诗。流传下来的前四句是这样写的:"孔方主试合钱神,题目先论富与贫。金陵自古称金穴,白下于今中白丁。"第一句以"孔方"和钱神,显然是讥刺方犹、钱开宗两位主考见财忘义。第二句可谓点题之笔,既切诗题,又与是科考试题目巧妙地联系起来。说来实在是巧,这一科头场"四书"题出自《论语》"子贡曰'贫而无谄'"全章。意思是讲人可以无钱而忍受贫穷但不能丧失骨气,屈膝讨好别人。第三句讲的是金陵古都是六朝繁盛之地,富家大族,比比皆是,要捞银子自会满载而归。第四句中白下是金陵及毗连地区的古代称呼,"中白丁"明显是说考官们收了别人的钱财,自然也就以银取士,白丁也可以中试举人。

词中流传最广的是一首《黄莺儿》词:"命意在题中,轻贫士,重富翁。'诗云''子曰'全无用。切嗟欠工,往来要通,其斯之谓方能中。告诸公、方人子贡,原是货殖家风。"如果说前面的一首诗还有所隐讳的话,这首词正可以说是对前一首诗的绝好解释,并且更加朗朗上口。

接着是出现在金陵书肆上的一本畅销书。这本书是用传奇体裁写成的,书名叫《万金记》。这又是一本影射两位主考官接受贿赂、徇私舞弊的谤书。书名中"万"是"方"字去掉一点，"金"则是"钱"字去掉半边，特指方犹、钱开宗两位。

与此书性质相类似的，还有一本更为轰动的传奇性杂剧剧本，这就是江南名士尤侗（字西堂）等人所编写的《钧天乐》。这部传奇的内容可以分为前后两半部分。前半部分描写人间科场的种种积弊。故事的主要情节是这样的：才学拙劣的举人贾斯文、程不识、魏无知三人凭借贿赂或者托人情，走通了主考官何图的路子，三场下来竟高中三鼎甲，包揽了状元、榜眼、探花。而博学多才的沈白、杨云反而名落孙山。沈白出了考场回家，路过霸王庙，向楚霸王和虞姬哭诉人间的不平，感动得虞姬泪落如雨。后来沈白、杨云都在抑郁不得志中悲愤死去。沈白有一个未婚妻，名叫魏寒簧，生得蕙心纨质，淡秀天然，秋水波回，顾盼生情。二人原本就是青梅竹马，两小无猜，相约只待沈白蟾宫折桂，金榜题名便洞房花烛，一了夙愿。没想到沈白高才不第，魏家父母翻脸悔婚，从此风波横生，佳期无望。沈白死后，魏家哥哥逼迫魏寒簧嫁给富家子弟，寒簧拼死不从，更加怀念沈白，终于在忧愤中死去。后半部描写的是，天上的文昌帝君明察秋毫，鉴于下界人间科场腐败，无法选拔真才，特在上界天庭考试真才。沈白、杨云和李贺三人因才学优长、文章锦绣荣登鼎甲，玉皇大帝专门赐办天宴庆祝。天宴由大文豪、掌文学院士苏轼主持，乐部齐奏天庭御乐"钧天乐"。随后，沈白、杨云、李贺三人都被授予修文郎官职。也是好事成双，这时魏寒簧也来到了王母娘娘那里，得到了王母的爱怜，点为散花仙史。王母在了解了寒簧的不幸遭遇之后，决意成全她。于是亲自上奏玉皇大帝，征得天帝恩准，为魏、沈二人完婚，一对有情人终成眷属。从此夫

黄粱梦

妇二人同居仙界,举案齐眉,相敬如宾,美满终生。

作者尤侗(1618—1704)可谓大名鼎鼎,是曾经受过顺治、康熙两朝天子赏识的老名士。他为什么要写这部《钧天乐》,还要从他的身世说起。尤侗自号西堂老人,苏州府长洲(今江苏苏州市)人。出身名门,世代书香,簪缨不绝。他是宋代名臣尤袤的后代。尤袤本是无锡人,宋室南渡以后举家迁居长洲斜塘,在宋代以文学政事著称于世。尤侗父亲尤瀹,是明朝的太学生,虽然一生不曾做官,但道德文章,都很有声誉。出生在这样一个书香门第的尤侗天姿聪颖,有"神童"之名。他熟读四书五经,酷爱诗词歌赋,但不喜欢八股时艺。青年时代已经是江南文社的著名成员。他所作的诗词古文,深受人们的喜爱,杭州城附近的书坊市肆都争相刻印他的作品,他成了书商们的财神爷。

但是有长就有短。这短处就表现在他不善于做八股时文上。从明朝崇祯十二年(1639)到顺治八年(1651),整整十二年间,尤侗六次参加乡试,每一次都铩羽而归。一次一次的希望,一次一次的破灭,给予他心灵的刺激是难以言表的。他已过了而立之年,实在没有信心再进闱场。顺治九年春天,迫不得已,他以拔贡(选自生员中的优异者,可进入太学读书)的身份参加贡生廷试,曾以《西厢记》中的一句戏词"临去秋波那一转"戏为八股文字,引得顺治帝拍案叫绝。尤侗又把自己写作的剧本献给顺治帝,顺治帝爱不释手,非常赞赏的他的才华,当即命令宫廷戏班排练演唱。这年五月,他终于得到了一个从六品的官职,任直隶永平府(治所在今河北卢龙)推官,负责评判地方讼狱。他曾在衙门大堂的堂柱上题了一副对联:推论官评,有公是,有公非,务在扬清激浊;析理刑法,无失入,无失出,期于扶弱锄强。

表明他为民做主的决心。但是顺治十三年初,他因捕获了一个投充旗下的人,得罪了旗人权贵,他被连降两级,解除了原任职务。这件事使他深受打击,他看到了仕途的凶险,于是心灰意冷,索性携带家眷南归故里。不料祸不单行,他刚上路,一个曾经他审问死罪未死的罪犯率数十人,光天化日之下剪径行劫,把他的全部所有洗劫一空,扬长而去。尤侗只能仰天长叹,无可奈何。

　　科举不成,做官不能,尤侗内心的抑郁悲愤是可想而知的。顺治十四年秋,他离家外出游览名山大川,探访故友。原计划是畅游太白,没想到故人称病谢客,情绪大受影响。待要返归故里时,偏偏又遇上李自成的残部与清军厮杀得不可开交,一时又不敢冒险上路。就这样,客居旅舍,一日三秋。古人有三愁,其一就是"客边秋",尤侗形单影只,坐拥愁城,耳听窗外雨打芭蕉老秋声,一怀愁绪,绵绵不绝。他已经到了不惑之年,功则不成,名也不就,人生又有几何?追寻往事,一种难言的悲愤意绪漫过心头,直到把他的全身都笼罩起来。他诅咒这已被金钱和人情腐蚀的科举制度,诅咒这充满阴谋的腐败官场,他追怀那被迫离他而去的意中人的绮罗香泽,婵娟双鬟……他奋笔疾书,写诗填词,一切不平,一切失意,一切向往都被他倾泻在笔端,化作一篇篇传奇,飘落在桌上,飘落在地下。那一刻,他觉得他已羽化成仙,霓裳四舞。然而,泪,干了,墨,尽了,梦,也醒了,他又置身于这实实在在的旅邸寒舍。他重新斟满酒,一饮而尽,又给自己的意中人斟上一杯,汩汩酹在纷乱的书稿上。就这样,尤侗白天沉浸在梦境,只有在梦里他才能进入角色,任意挥洒,夜阑则独醒于酒后,只有在酒后他才愿意回到这无奈的现实之中。他愿意对酒当歌,秉烛独语。在半梦半醒之间,他化作了沈白,好友汤传楹化作了杨云,而挥之难去的意中人则化作了魏寒簧。一个月后,一部著名的传奇作品《钧天乐》诞生了。这是一部浸透着他的血泪和希冀的作品,它充分展示了尤侗多方面的才情。特别是其中《哭庙》一折,最为脍炙人口,抑郁不平的情感溢于言表,曲白俱佳。

回到苏州家中,尤侗那燃烧着的激情依然没有平息下来。尤家为江南望族,自家即有一班梨园子弟,他自任导演,把它搬上了舞台,演出获得了空前的成功,尤侗的剧本也不胫而走,很快传遍了大江南北。据说前面提到的无名氏的《万金记》就是根据尤氏《钧天乐》改编的。由于这两部姐妹作品被钻头觅逢的书商们看中,并以最快的速度雕版付印上市,一时间竟至洛阳纸贵,炒得沸沸扬扬。这自然惊动金陵这块地面上的最高统治者——江南总督郎廷佐,郎廷佐见事已闹大,不敢隐瞒,上报了顺治帝。顺治帝即命将两书进呈御览,这样一来,连大内宫廷中的顺治帝也惊动了。

再说那《万金记》的编者一见这阵势,赶在官府来传讯之前就亡命他乡。江南按察使明察暗访,遍寻无着,一怒之下,布下大网,将金陵附近地面的优伶艺人无论男女老幼,一网打尽,严刑考问此公的下落。此时尤侗已北上京都,赶巧的是,刚好有位江阴籍的姜姓侍御奉旨还朝,他与尤侗过去都是文社成员,此次途经苏州,特地登门拜访尤府,慕名要看尤家排演的《钧天乐》。尤侗的友人不便推辞,只好在申氏堂中设宴款待,席间乘兴上演此剧。没想到乐声才起,左邻右舍、甚至路人都涌来观看,越聚越多,直到水泄不通,万人空巷。观众头一次看到如此悲怆动人的演出，很快入境，随着剧情的曲折进展，时而唏嘘，时而欢笑。人们既为演员们的精彩演出而鼓掌流泪，同时也为编剧对科场和官场腐败大胆揭露和鞭挞的勇气感到震惊和佩服。如此轰动的事情当然瞒不过官府，在这观众之中就混杂着几个苏州府衙的探子，他们将此事与皇帝调阅两部传奇一事联系起来，怀疑尤侗就是此剧的作者，于是快马报告驻在省城金陵的按察使。这位按察使大喜过望，认为奇货可居，或许可以从此得到皇帝的赏识。于是马上派人将尤家戏班一应老小，全部收监挨个过堂，刑讯逼供，迫令交代剧本的作者和该剧的导演。终于有的人熬不过酷刑，招出是主人尤侗所为。按察使并不想就此罢休。他一方面恫吓尤府将上报刑部，另一方面又暗示私下可以破财免灾。此时尤侗故人中有位时任朝廷要职的大员出面息事宁人，按察使心虽不甘，又不敢驳这位大老的面子，加上尤侗也早到了京师，真要穷究到底，也没有十分把握不出差池，只好顺水推舟，就坡下驴，卖个面子了事。尤侗终于躲过了一场迫在眉睫的灾难。

尤侗是逃过灾难，但他无意中触发的江南科场案却浊浪排空，扑面而来。

《万金记》与《钧天乐》两书被呈上顺治皇帝案头之日，也正是阴应节的奏本递到之时。两相对读，顺治皇帝越发坚信阴应节的奏参定是事实，江南乡试的徇私舞弊丝毫不亚于北闱，甚至已经到了不可收拾的地步。这样下去，如何得了！顺治皇帝义愤填膺，拍案大怒，当即下了严旨：

> 据奏南闱情弊多端，物议沸腾。方犹等经朕面谕，尚敢如此，殊属可恶。方犹、钱开宗并同考试官，俱着革职，并中

试举人方章钺,刑部差员役速拿来京,严刑详审。本内所参事情及闱内一切弊窦,著郎廷佐速行严查明白,将人犯拿解刑部,方拱乾着明白回奏。

至此,丁酉江南科场案正式揭幕。

历 尽 劫 波

首先被牵连进来的是新科举人方章钺。正像阴应节所说,他的确是詹事府下詹事方拱乾之子。方家世籍桐城,在今安徽桐城,但在清初江苏、安徽未分省之前,桐城隶属江南省。方姓乃是桐城首屈一指的世家大族,是著名的桐城派古文的发源地。这个家族在明代已是声名显赫,随便举出几个人吧。方学渐,万历间名士,理学名家。方大镇,方学渐子,万历进士,官至大理寺左少卿。方孔炤,方大镇子,万历进士,官至湖广巡抚。方以智,明末四公子之一,与陈贞慧、冒襄、侯方域齐名。方孟式,方以智姑母,女诗人,著有

《纫兰阁集》。方拱乾的父亲方大美,也曾官至太仆寺少卿。方拱乾,崇祯进士,"文名震当世"。这个家族在清初被誉为"江东华胄推第一,方氏簪缨世无比"。

方拱乾生逢乱世,饱经离乱之苦。李自成的农民军攻占北京,崇祯吊死煤山,方拱乾一介书生,反抗不能,逃生无路,只能眼睁睁地看着自己被抓。幸好方家有钱,花了一大笔银子,总算买通了看押人员,从狱中放出。惊魂未定之际,紧跟着又是清军入关,李自成仓皇而走。再不离开,别说官做不成,恐怕连命也要丢掉。方拱乾连夜随乱军出城,走大运河南归。一去十载,直到顺治十一年才在总督马国柱的荐举之下重新赴京做官。不想官也难做,四年多了,才升任到现在这个正四品的少詹事职位。还好,自己的几个儿子还有出息。长子方玄成,也名孝标,顺治六年进士,当时官任内阁侍读学士。次子方亨成,顺治四年进士,官到监察御史。三子、四子都已经中了举人。方拱乾已经将重振方家的希望寄托在几个儿子的身上了。

这第五子方章钺,虽说学问不及他的几个哥哥,可毕竟读书多年。方拱乾刚刚还在为他侥幸中举庆幸,可转瞬之间就遭人告发。这阴应节也够歹毒的,他平日就与方亨成不和,两人在同一衙门办事,磨擦总是难免,谁料竟然成了积怨,并在这个节骨眼儿上了这要命的一本,惊动了皇帝,也把老子牵连进来了。问题难就难在这事在可大可小、可有可无,模棱两可之间,不说不行,说也不行,说也说不清楚。说它无吧,自己与方犹虽有过从,但并不是由于血缘关系,两家分属两省,论亲也不在回避之列。可是两家毕竟同出一门,转弯抹角,也还有一层亲戚关系,虽来往不多,也不能说素不相识,两不相干,说有也无不可。更为可恨的是阴应节那似是而非的犯罪动机,"联宗有素",真是让人想辩白都无法开口。

但是,皇帝在等待着自己的下文,躲是躲不过去的。顺治十四年十二月十三日,方拱乾回奏:

"臣籍江南,与主考方犹从未同宗,故臣子章钺不在回避之例,有丁亥、己酉、甲午三科齿录为据。"

方拱乾的回答似是有理,但细推敲也不无漏洞。不曾同宗不等于没有联宗,多少有点答非所问。以查阅三科乡试的齿录(花名册,包括姓名、年龄、籍贯、三代亲身履历等内容)为据,白纸黑字,看似力证,可实际上,这三科乡试方家虽然都有儿子中试举人,但方犹并没有全部出任考官,根本说不上回避不回避的问题,何能为证?所以方拱乾提供的三条证据只有籍贯不同省一条可以立得住脚。顺治帝接到方拱乾的回奏后并没有立即表态,只是命令礼部、刑部等主管衙门一一核实,提出处理意见。

江南总督郎廷佐在奉到顺治皇帝的旨意以后,不敢怠慢,立即按着顺治帝的命令先将两位主考和十八位房考官叶楚槐、周霖、张晋、刘廷桂、田俊民、郝维训、商显仁、李祥光、文银灿、雷震声、李上林、朱建寅、王熙如、李大升、朱萡、王国祯、龚勋、卢铸鼎全部捕获,押往北京。同时通过明察暗访,又列出八位有严重舞弊嫌疑的中试举人名单,上报顺治皇帝。这八人即:方章钺、张明荐、伍成礼、姚其章、吴兰友、庄允堡、吴兆骞、钱威,这八个人在中试以后,已早早前往北京,等待参加来年春天的会试。北京方面接到郎廷佐的报告后,迅速出击,四处通缉抓捕八人,连同二十位考官一起关在刑部待审。

方犹,浙江遂安人。遂安方氏当然不及桐城方氏显赫,树大根深。但也是有根有源、书香门第。方犹怎么也想不起自己什么地方得罪过阴应节，加给自己这个莫须有的罪名。他忽然想起一件怪事，那是他刚刚入闱，乡试开始前几天的一个早晨，他起床以后惊讶地发现，一夜之间，大地骤寒，瓦上严霜，竟达三寸。这真是从来没有过的怪事。要知道，金陵自古有"火炉"之称，而八月的江南还在流火的时令。而且在八月初八日晚士子进场完毕，贡院大门按惯例锁闭之后的当夜，贡院里竟然响起凄厉的鬼嚎声，令人毛骨悚然。这也是从来没有听说过的怪事。看来，天欲灭我啊。

或许是因为年关将近的缘故吧，人们似乎暂时地忘却了这件震烁古今的大案，衙门里也不见有人再谈起此事。

然而，潜流仍在汹涌，地火仍在奔突，一切都不过是爆发之前的宁静而已。

顺治十五年二月初三日，御史上官铉又一次上奏，表明清廷又掌握了江南乡试舞弊案的新情况。上官铉奏称：

"江南省同考官舒城县知县龚勋出闱后被诸生得辱，事涉可疑，又中试举人程度渊，啧有烦言，情弊昭著，应详细磨勘，以厘其奸。"

龚勋早已在清廷的网罗之中，上官铉不过是提供了一些新的细节而已。值得重视的倒是程度渊。程度渊是新榜举人，照理说，作为既得利益者，他应该心满意足，对科场非议责难的应该是那些落第士子才对。他为什么要公然非议？对哪一位考官"啧有烦言"？连他这样的人都愤愤不平，足见南闱徇私舞弊的严重。这一系列问题再一次使当局高度警觉起来。顺治皇帝迅即指令：将程度渊逮捕审讯，对龚勋也要严厉审查。但是，程度渊不知从什么渠道得到风声,迅速逃之夭夭。

到目前为止,真正确凿的证据一件也没有。方拱乾拒不承认,对主考、同考官和嫌疑举人的审讯也无实质性的进展。好不容易找到程度渊这条线索,现在又突然中断,案件到了山重水复的境地,刑部一时也想不出更好的办法。

但是四月份就要举行的三年一度的会试已迫在眼前,是否允许江南新科举人参加会试?哪些人能够参加?这是眼前必须解决的问题。

上官铉提出的办法是,参照北闱的处理办法,先行复试,去伪存真。皇帝责成礼部考虑这一意见。礼部讨论再三,认为先行复试可以,但不应让他们参加会试,以示惩戒。

二月二十九日,礼部提出了最后意见,请顺治帝裁断:"御史上官铉奏,江南新榜举人啧有烦言,应照京闱事例,请皇上钦定试期,亲加复试,以核真伪。至直省士子云集,闱务不便久稽,其江南新科举人应停止会试。"

顺治帝正在为科场案接二连三出现而恼怒不已,礼部的意见与他内心的想法正好不谋而合,于是马上降旨同意。就这样,皇帝的一句话,江南一百余名新科举人便丧失了参加本科会试的资格。

复试日期定在三月十三日,地点仍然是大内太和殿。

时间紧迫,现在到复试只有半个月的时间,南闱又不同于北闱,参加南闱考试的全部为江南人。他们当中的一部分人原本是在京等候会试,但从科场案发以后,大部分人也已逃离京城,有些人是回到了家乡,也有的人逃到了外地亲友那里。现在严令所有中试者都要来京再试,不准回避,又谈何容易。地方官自然是一番手忙脚乱,更惨的则是这些新科举人,他们从数千里外,银铛提锁,踉跄来京。

三月十三日,太和殿,复试如期举行。

殿堂还是那座殿堂,气氛还是那般森严,而天子、考官、兵丁对待士子的态度与一个月以前相比大有不同。

一队形容枯槁的举子在礼部官员的带领下缓缓地步入了紫禁城的午门。一跨进大门,立即就有两名持刀护军上前,架起一名举人,挟往太和殿,那情形绝不像带去考试,更像是拖往刑场执刑。许多人在这一刻,已经是不由自主地小腿抽筋,手脚发软,迈不动步了。

进了太和门,情景更为可怖。皇帝一脸冰霜,面无表情地盯视着每一个被带进来的举人。十几个临时指定的考官神情紧张,不断变换着角度,目光似乎要把每个人的衣服剥光。一队队兵丁手持刀枪,来回走动,在周围巡逻着。身边环立的武士,镣铐之外,手提黄铜夹棍,身佩腰刀,令人不寒而栗。

辰时(九时)正,主考官宣布考试开始,未时(下午3~5时)收卷;届时不能完卷者,以前番乡试舞弊论,收监严审。士子们听完,如雷击顶,生死就在这三个时辰之间了。

题目是皇帝钦定的,头场仍考"四书",由于紧张,不少人四肢颤栗,手尤其哆嗦得厉害,几乎无法下笔。

次日,第二场,改在瀛台举行。瀛台是位于南海中的一个小岛,也叫南台,"四围皆水,一九曲板桥通之"。粼粼水波,不时送来阵阵寒意。考试的内容改为赋一道。

试题是顺治帝即席而定的,就叫《瀛台赋》。士子们见此题目,纷纷拧眉沉思,绞尽脑汁。其中只有一个人暗暗庆幸,此人就是常熟人陈溯潢(也写作陈逊潢)。原来溯潢少年时代曾被父亲逼迫背诵过一篇长赋《燕都赋》。此赋是父亲陈式青年时代作的,后来成为课子读书的教材,令儿子朝夕背诵,烂熟于胸。儿时的深刻记忆总是难以忘记。虽已过去多年,陈溯潢仍能记忆犹新,一见《瀛台赋》的题目,陈溯潢脑海里便闪电般地划过了《燕都赋》三个字,心里暗叫,天助我也。只见他略作思考,便龙飞凤舞,挥洒起来。其实只是在《燕都赋》的基础上略加改窜,点缀成篇而已。所以他破天荒头一个交卷。顺治帝览卷,点头称善。陈溯潢满心喜悦,步履轻松地离开考场。当然,这其中的秘密,只有他自己最清楚。

第三场考试仍在瀛台进行,内容改为作诗。题目由顺治帝根据"春雨诗"五十韵命题。

一个星期后,三月二十一日,清廷公布了御试结果。

"谕礼部:前因丁酉科江南中试举人,情弊多端,物议沸腾,屡见参奏。朕是以亲加复试。今取得吴珂鸣三次试卷,文理独优,特准与今科会试中试举人一体殿试。其汪溥勋等七十四名,仍准作举人。史继佚、詹有望、潘之彪、洪济、黄枢、陈广之、陈溯潢、许允芳、张允昌、何亮功、何炳、曹汉、马振飞、朱扶上、万世俊、黄中、董粤固、韩揆策、谢金章、许凤、杨大鲲、周篆、沈鹏举、史奭等二十四名,亦准作举人,罚停会试二科。方域、林大节、杨廷章、张文运、汪度、陈珍、华廷檖、顾元龄、刘师汉、夏允光、程牧、孙弓安、叶甲、孙长发等十四名,文理不通,俱着革去举人。尔部即传谕行。"

显然这是一个按复试成绩分等处理的方案。为了显示皇恩浩荡和威权无上,顺治帝在整体上严厉惩处的方针下别出心裁,拔出一个吴珂鸣。为了不至于推翻一个月前所下的不许江南举人会试的命令,干脆令他越过会试,直接参加殿试,开创了一个古今皆无的特例,真是天威难测呵。

吴珂鸣,江南武进(今江苏武进)人,作为唯一的幸运者,他不仅免试会试,特赐进士,而且在随后举行的殿试中又被选拔为三十二名庶吉士之一。

但是,大多数人只能把泪水往肚子里吞咽。江南才薮,参加复试的不乏饱学之士。像后来曾任大学士的张玉书、内阁学士叶方霭及叶应榴等复试中虽满腹诗书,从容挥洒而出,但也仅仅是保住了举人身份,直到四年以后才被允许参加会试,成为进士。其中,关于叶应榴还有一个离奇的传说。见于许嗣茅的《绪南笔谈》,原文择录如下:

> 叶忠节公(叶应榴,谥忠节),是我外祖母的父亲。其父为明中丞叶有声,《明史》中有传。叶公六七岁时,塾师督促他仿书大字。时值天气暑热,中午时分不免困倦,他乘塾师不备,藏到书桌下面打盹。塾师哭笑不得,将他叫醒,叶公告诉塾师说:"我梦见一人口授给我一首诗,他让我记录下来,现在这里。"塾师拿过那张纸,只见上面写道:"君是王魁三世身,桂英仍著石榴裙。一枝遥寄湘江水,半幅平裁楚岫云。吊古有情怜贾谊,请缨无路叹终军。春风得意长安日,莫负香罗帕上人。"叶公后来参加顺治丁酉科秋试,果然榜上有名。不料,因《万金记》引起一场大狱,所有中试举人均须赴京再试。考场气氛森严,一起中举的江南名士吴汉槎等人,因为害怕得全身发抖,无法写完答卷。叶

公与张相国(张玉书)、叶学士(叶方霭)、吴詹事等从容挥洒而出。后在辛丑科(1661)礼部会试中称捷南宫。又过了几年,被分发到湖北为官。当时三藩之乱刚刚平定,朝廷下了裁兵令。叶公当时以粮道道员身份署湖北布政使职务,上奏皇帝希望能够从长计议,暂缓办理,以免激成兵变。办法是以三年为限,兵额出现空缺不再填补,这样就可以不动声色完成裁减兵额任务。但巡抚不同意叶公的意见,坚持立即裁员。结果兵丁劫走兵饷后哗变,叛军以夏包子为首,深夜围攻巡抚衙署,杀巡抚于衙内。叶公听到兵变消息,立即派长子叶蒁护送太夫人先从水门出去,然后从容沐浴更衣,朝衣冠服,正襟危坐在大堂之上,正要拔剑自刎,他的一个仆人边哭边拉住他持剑的胳膊。叶公正色训斥他,并对周围的仆人一一吩咐:"你来帮助我!"命其他仆人不得儿女情长,误了自己的名节大事。于是一仆人上前帮助他,断喉而死。鲜血淋漓流遍全身,双目还瞪视前方,不肯瞑目。仆人打开重重大门,叛兵闯入,一见叶公惨状,无不掩泪痛哭,叹道:"恩主何至于这样!"一一拜别叶公,退而散去。仆人随后出城,追赶太夫人。一见太夫人的面,便哭着讲了事情的原委。然后拔剑在手,要追随叶公而去。太夫人制止了他,说道:"断断不可!你还有大事要做。"说完就从袖中取出叶公遗疏交给他,要他速去京师呈给皇帝。康熙皇帝看过遗疏,又听官员讲完情况,深为震惊和哀悼,追赠叶公工部侍郎衔,赐谥号"忠节"。后来,康熙第一次南巡,途经叶公家乡,召见了太夫人,并赐长子叶蒁以一品荫生身份,任他为沂州刺史,不久又升知府,成为一郡之长。

圣驾二次南巡，又赐叶公次子叶芳员外郎官职。第三次南巡，又询问叶家，回奏说："叶公第三子前此已去世，现在只有孙子叶凤毛在。"康熙又赐给他中书官职。太夫人深深感激和赞扬那位仆人，认为他能够成全主人的忠节，难能可贵。于是就把他作为自己的族孙对待，上报官府削去其仆人身份。开始时，叶公有一房美妾，因为一件小事惹得叶公动怒，妾一气之下悬梁自尽，这也正应了叶公童年时梦中得来的诗谶……

这个传说中充满了神奇的因果报应色彩，姑且不论其可信程度，纵然真是实有其事，也属例外中的例外。何况，就这批复试举子个人来说，他们入仕做官的政治生命，至少要推迟到几年之后才能开始，有的人经此一番挫折，干脆心灰意冷。如江南青浦（今江苏青浦）人田茂育，虽然在复试后被选为山东新城县知县，他却辞官不赴，甘于淡泊，著述终老。

还有前面提到的陈溯潢，有的传说他因赋作得好，受到顺治皇帝的赏识，被钦定为第二名，这也是谣传。正像前面引述的清廷公布的材料，陈溯潢仅仅是保住了举人而已，他的名字在十四名罚停两科会试的名单内。关于这位陈溯潢，当时也有一段传闻。说的是陈溯潢有一位同乡，名叫邓林梓，字肯堂，他和陈溯潢一样，也参加了丁酉科乡试。他在赴省之前，曾到韦苏州庙去祈梦，梦中得到神人展示给他的四个字"中式力田"，他拿着这四个字，研究半天，不解其意。忽然灵机一动，觉得这四个字的意思应该是这一科可中，但应当从此见好就收，归老田园，不可奢望登第科甲。想到这里，心里虽不免有一丝遗憾，但能博个举人,也不枉读书一场。好不容易盼到发榜,中试的不是自己,却是同乡陈溯潢,这才恍然大悟,原来"中式力田"即"中式男"。溯潢的父亲名陈式,那么命中注定该中举的当然就是陈式之子(男)陈溯潢,哪里有他邓肯堂的份呢?但邓氏未能中举,也由此免遭一场大难,岂非因祸得福?!

只要稍微认真一点,就会注意到连同吴珂鸣在内参加复试的也只有一百一十三人,与最初录取的一百二十余人还差七八个人,无疑吴兰友等八人已被剥夺了复试的资格,事实上,不必审讯,他们早就被认定是舞弊属实了。

不管怎样,大多数人总算熬过了一场大难。

此后的一个多月里,只是在四月二十六日公布了对北闱案犯的流放决定,当时南闱的二十名考官和八名有舞弊嫌疑的举子虽一审再审,却无法结案,只能暂时搁浅。

此后半年多的时间,天子不再究问,刑部也乐得得过且过。狱中的考官、举子们紧绷的神经也一天天松懈下来,他们以为风头已过,运气好的话,没准哪天皇帝一高兴,兴许还会既往不咎,免罪释放。即使不能,关在这里,还有亲友探望,就当是以狱为家,也比流放至边荒之地,成为虎狼之食强百倍。顶不济也不过和北闱陆子元等人一样,发遣辽东罢了。只有同考官卢铸鼎,因惊吓过度,病倒在狱中,加上不堪折磨,死在狱里。

只有一件事又让人记起这宗案子。就是在这一年十月,朝廷公开了对钱开宗之子钱元修的处理。事情起因于都察院左都御史魏裔介的一件奏疏。当时钱元修作为新科进士,已被分发知县,到吏部领凭上任去了。不想魏裔介却利用他与钱开宗的父子关系作出了文章,上书皇帝"新科进士钱元修系钱开宗之子,当仲春入场之时,正开宗逮审之日。元修知有科名,不知有父,明系不孝。应革职。"顺治帝批给吏部讨论,吏部同意革职意见,并于十月二十一日上疏皇帝。既然魏裔介已经把问题提到"不孝"的高度,在当时不孝与犯上作乱差不了多少,皇帝当然不会容忍。一句"从之",便断送了钱元修的仕途。然而,对钱家来说,灾难才刚刚开始。

精神最松懈的时候,往往也是最容易出现意外的时候。

平地一声惊雷,十一月十九日,顺治帝忽然降旨严责刑部,追问南闱舞弊一案的审讯结果:

"谕刑部,江南乡试作弊一案,奉旨严审,已经一年,尔等至今并未取有供招,拟罪具奏,明系故为耽延,希令遇有机缘,以图展脱。其中敢无情弊?尔等作速明白回奏。"

天子严旨责怪,刑部主管们委实被打了个措手不及。怎么办?证据不足,如何拟罪呢?几位尚书、侍郎计议再三,只能比照北闱的处理原则拟罪,由皇帝最后决断。九天以后,十一月二十八日,刑部上奏顺治帝:

"刑部鞫实江南乡试作弊一案,正主考方犹拟斩,副主考钱开宗拟绞,同考试官叶楚槐等拟遣尚阳堡,举人方章钺等俱革去举人。"

平心而论,与北闱相比,这一拟罪还是适当的。北闱案中两位同考官贿赂关节,经过审实以后,予以正法。两位主考官则法外施仁,毫发无损。但是南闱案并未审实,说到底仍然只能算是事出有因,查无实据的嫌疑犯。两位主考被拟处斩、绞,已经是太重了。当然,这当中主审官大概已经考虑到了当时案犯审决中哪一项不成文的惯例,即法司拟重,皇帝施恩减等处刑的因素,毕竟皇帝是最高的主审,要留出充分的余地,所以,主审官们估计,如果减等处刑的话,两位主考应该可以保住性命,而被发往尚阳堡,同考官们不至于发遣,应当免官赶回老家。而方章钺等举人的功名怕是保不住了。

谁也没有料到,谁也不可能料到,皇帝竟然一反常例,做出了令人不可思议的终审裁决:

> 方犹、钱开宗差出典试,经朕面谕,务令简拔真才,严绝弊窦,辄敢违朕面谕,纳贿作弊,大为可恶,如此背旨之人,若不重加惩治,何以警戒将来!方犹,钱开宗著即正法,妻子家产籍没入官。叶楚槐、周林、张晋、刘廷桂、田俊民、郝维训、商显仁、朱祥光、文银灿、雷振生、李上林、朱建寅、王熙如、李大升、朱滟、王国桢、龚勋,俱著即处绞,妻子家产籍没入官。已死卢铸鼎、妻子家产亦籍没入官。方章钺、张明荐、伍成礼、姚其章、吴友兰、庄允堡、吴兆骞、钱威,俱著责四十板,家产籍没入官,父、母、兄、弟、妻、子并流徙宁古塔。程度渊在逃,责令总督郎廷佐、亢行时等速行严缉获解,如不缉获,伊等受贿作弊是实。尔部承问此案,徇庇迟至经年,且将此重情问拟甚轻,是何意见?作速回奏。余如议。

顺治帝的一纸谕令令所有的人都目瞪口呆,人们再一次切实地感受了"天威难测"的厉害。皇帝不仅没按惯例减刑处理,反而罪加一等,甚至几等。按照清代的刑罚制度,法定刑只有五种,即:笞、杖、徒、流、死。其中死刑又包括两种,斩和绞。八位举人被杖责四十板,当然是杖刑。这是一种比较重的身体刑,其刑具为大号竹板,这竹板长五尺五寸,大头宽二寸,小头宽一尺五寸,重约二斤。行刑时手握小头用力抽打犯人臀部。这群饱读诗书,自小被灌输礼义廉耻的准"上上人",本想求个功名,光宗耀祖,谁会想到十载寒窗换来的却是这样的奇耻大辱。家产籍没入官,这是一种非法定的额外追加的经济处罚,是一种落后的财产刑。它最初只用于犯贪污罪的官员,用意在于没收其家产归官府所有,用来抵偿国库的亏空。没收的家产包括两部分,即官员任所一切财产和原籍所有的田地、房屋及其他财富产业,此外,常常还包括罪犯的妻、妾、子、女、家丁等人。由此也可见封建时代法律大搞株连的非人道性质。所谓株连,顾名思义,就像一棵大树一样,一根树枝出了问题,比如长歪或者枯死,那么整棵树的枝桠果实都要跟着遭殃,甚至会被连根拔掉,刚好与那个时代特有的一人得道、鸡犬升天相对称。这次被处理的主考、同考官就是连人带物,一起没收为官府所有。而八举人略轻,至少妻子儿女保住了自由身。那么,钱与物籍没入官以后成了官家财产,花用就是了。而人,妻儿子女被官家收走,有何用处呢,一般说来等待他们的只有被奴役的命运,即所谓"赏给披甲人为奴",当然也就由着主人随意处置了。因为她们从一开始就没有独特的人格,被看做是丈夫的附属财产———一宗动产而已。八举人的妻儿虽然保住了自由身,也只是名义上的自由身份而已,他们要和自己的亲人一样,承受另一种形式的,更漫长的煎熬——无限期的流放。

　　流刑仅次于死刑,按照顺治三年清朝公布的《大清律集解附例》的规定,流刑只有三等:即流二千里杖一百,强制劳役一年;流二千五百里杖一百,强制劳役一年;流三千里杖一百,强制劳役一年。这样说来,再苦再难,也还是有指望的,可以计算的。但顺治帝觉得不过瘾,又加了一条三流之外,"边远充军"的旨意。所谓"流不足以尽其罪,又不可即坐以死,故令从军,流止边地为民,终身不返;军则入卫当差,且有极边烟瘴之地方者"。这样一来,等于是今天的无期徒刑,那就如坠苦海,无边无际了。八位举人正是参照这两条被判刑的。本来,尚阳堡已离京师三千里,应该是流放的极限了。在此之前的十几年间,被处流放刑的最远也就是这里。但现在皇帝给他们指定了一个更为辽远、更为可怕的陌生地方——宁古塔。这地方距京师到底多远,当时并没有准确数字,反正自京师北去,到达尚阳堡还没有走上一半路程。按清人的算法,怎么也在七八千里之外了。原来由刑部给八举人拟定的处理意见只是革去举人身份,用今天的话说就是虽有法律责任,但却不予追究。现在皇帝大笔一挥,他们便越过笞刑,将杖、徒、流三刑集于一身,成了仅次于死刑的重犯了。充军发遣名义上皇恩浩荡之下的"贷死"之罚,实际上与死刑也相去不远。因为人犯们不仅被迁徙安置于极其边远的苦寒之地,还要终生服苦役,所以常常有死于途中的,死于苦役的,即使侥幸能活下来,也是苦不堪言,生不如死。还有一条,清朝流放与明朝最大的不同是流放地不同。明代以前,流人以发往中国西南越桂黔滇一带为主,即所谓烟瘴之地。清朝则一变而为东北或西北边疆。为什么会有这一变化?从客观情况来说,大概与清初这些西南地区尚在南明及其他敌对势力的控制之下,无法发遣不无关系。东北与西南自然环境各具特点,西南最可怕的是瘴厉之气,多是由炎热气候造成的;东北难以忍受的则是苦寒,一年中有一大半以上的冰天雪地,寸草不生。对于这批江南读书人来说,东北的自然生态环境比西南的生态环境恐怕是更难对付,更难适应,对他们的生存环境是更严峻的考验。

十九位正副主考被押赴法场,身首异处,真正是法上一点墨,民间千滴血!中国科举史空前绝后的一幕上演了。面对着一大群朝廷命官血肉狼藉、长流法场的场景。此时此刻,人们有着怎样的感想呢?

不久前还是众人艳羡的考官名单,现在却成了录鬼簿,天上地下,这落差也委实太大了。毫无疑问,至少有个人是在庆幸,也应当庆幸。此人是江南某府的一名推官,专门负责一府的司法审判。他是正宗的科甲出身,以往历届江南乡试他都是当仁不让的同考官,口碑也不错。偏巧这一届乡试谋求考官职位的人太多,主持遴选的人怎么也摆不平。从内心说,主持者还是希望他能入选,但用了他就得推掉别人,就得给个说法。思来想去,只好求助于一个最古老的办法——抓阄,看看天意如何,运气如何。谁料三次抓阄都不中,只得怏怏不乐地放弃。不料想因祸得福,反而捡了条性命,安然无恙,他怎么能不庆幸呢。同样值得庆幸的,还有一位吴江士子,此人与吴兆骞同为吴江人,是一位富家子弟。本来已买通考官,拿到了关节。自以为功名已在囊中,不免得意忘形,在老父面前说漏了嘴。乃父虽是家资巨万,却是饱学之士,平生最见不得的便是投机取巧。当即将不肖之子叫来,狠狠教训了一番。立逼他保证不参加此科考试,否则便不认他这个儿子。此君无奈父命难违,只能认错应允。可转念一想,上千两银子扔到水里还有个声呢,哪能就这么罢了?可送出去的银子是泼出去的水,是不可能再要回来的,看看考期临近,只能忍痛割爱,把手里的关节贱卖给一位熟识的贫家子弟。此人就是八举人之一,至于到底是哪一位已无法考订了。他放弃了到手的举人,也放弃了举族株连,倾家荡产,男女老幼全家北戍,成为异域之鬼的厄运。从此他更加笃信这样一个信条:死生有命,富贵在天,守拙守命,才能颠扑不破。

二十名殒命的考官中,方、钱两位前已约略谈到。其他十八名考官大多数我们只知道他们的姓名,籍贯年龄、生平事迹一无所知。现在史料中能看到的只有商显仁的一些记载,这里就转述下来。

商显仁,严州府人。是前明名臣商辂的后人。商辂青年时代曾连中三元,获乡、会、殿试三个第一。正统、成化年间两任大学士。许是家风所及,商显仁也是少有才名。顺治十二年(1655)中乙未科进士。遗憾的是,殿试时回答皇帝的问话,他操着一口乡音,尽管口若悬河,对答如流,皇帝却没有听懂。这便得本来唾手可得的翰林院庶吉士位子,一下子变成了七品上海知县。这年九月,商显仁到任不久,便出了一宗人命案子。清初由于明清易代鼎革,中原动荡,经济残破,社会秩序大乱,税负紊乱,而清廷忙于与南明势力较量,又急需财赋支付战费和官僚政府开销,于是清廷责成地方官对拖欠皇粮国赋者严行追缴,重点当然是江南的富家大户。恰巧商显仁任职的上海县石桥镇就有这么一户。此人姓陆,单名一个彬字,也是秀才出身。陆姓源远流长,在当地号称世家大族,家资盈千累万。陆家虽然有钱,官运却不济,无论朝中还是省府,都没有做官撑门面的,这样一来,免不了就成了历任父母官的钱粮仓库。所以任他何等殷实,怎奈赋役繁重,苛敛频频,不几年下来,便家业荡尽,由小康退而维持温饱了。赶上这商知县到任,粮赋方面,也无起死回生之术,讨得前任的真传,依旧拿富户开刀。几番催逼,仍是不见动静,心想真是善人难做,不动真格的怕是这陆秀才是不会拿银子来,于是打发班头率一干衙役,一根链子便将他锁进县衙来。这陆秀才虽是读书人,却不懦弱,目睹祖宗家业在自己手里日非一日。连生计都成了问题,早已悲愤满腔。这一次又被锁拿,旧怨新仇,已成干柴烈火之势。顾不得大堂之上,疾言厉色,奋力抗争。这商知县也是年轻气盛,见陆秀才竟敢咆哮公堂,如此大胆强梁之辈,不杀杀他的威风,自己日后在这堂上还能坐得住吗。想到这里,沉下脸,令签一掷,左右两班虎狼皂役一拥而上,一顿暴打。陆秀才哪受过这个?实在捱不下去,他忍着痛,挣开身子,摸出事先藏在身上的匕首,心一横,眼一闭,大叫一声,刎颈自杀。顿时血溅四壁,绝气而亡。商知县好半天才回过神来,冷汗已湿透了前胸后背,公堂之上逼出人命,他怎么也没有想到。当下一面火速派人通知其家人前来领尸收敛,一面安排手下,将尸首移出县衙,并与手下人订了攻守同盟,统一口径,对上对下就说陆秀才是因为追赋,自己想不开自绝于旅邸,以逃避责任。可是陆的家人并不相信,于是远远哄传,说商知县公堂之上逼死秀才。商知县自己也是提心吊胆,生怕走漏案情,上司借故把自己卖了。好在当时朝廷上下的注意力放在追缴地主乡绅拖欠的钱粮上,可谓方兴未艾,为达到这个目的,各地都同样不择手段,自然也就没人深究此事。商知县的担心,多少有点多余。这股风潮的最高潮是四年以后出现的震惊全国的江南奏销案。一万三千多名士绅被革去功名身份。

　　两年以后,商显仁以上海县知县身份选为乡试同考官,虽然他的政声不佳,但求托关节的人仍然不少。商知县自然是来者不拒,但他毕竟只是十八位同考官之一,所以发榜以后,众多求托者中只有赵半眉、叶苍崖二人中了举人。落第者当然免不了怨谤。终于一发不可收拾,第二年,商显仁本人也被绞死在长安街上。

尽管如此严厉地处置了考官和责任举子,但顺治帝心头的愤恨仍然没能全部舒解。接着又把矛头转向刑部,要刑部解释此案何以久拖不绝。他当然不可能满意刑部的解释,于是又令吏部商议如何处置刑部官员。吏部不得已乃提出将尚书图海、白元谦、侍郎吴喇禅、杜立德、郎中安珠护、胡悉宁、员外郎马海、主事周明新等人分别革职,革前程及加级(均为进一步升职的资本),并且要罚其俸禄,罪名是"谳狱疏忽"。这一处分显然过重,所以也来个减等处理,将图海革去太子太保职衔,其他人有加级的革去加级,没有加级的全部降一级留任。

被流放的八位举人中,最富传奇色彩的仍是本书开篇写到的吴江吴汉槎。围绕着他,有许多至今仍未解开的谜团。

谜团之一,他是不是江南乡试案揭发以后总督郎廷佐采访到的"显有情弊"的八举子之一?

有人认为他不在八举子之列,根据是他曾参加复试,因为过度恐惧,颤栗不能握笔,最后"曳白"(交了白卷)而被治罪。

由此又牵涉到谜团之二,他有没有参加顺治十五年三月的"御前复试"?

这两个问题是紧密联系,互为因果的,关于八举人名姓,史料中没有明确指出,但我们认为就是顺治十五年十一月底被流放的八位举人,其中有吴汉槎。因为复试结果名单中无论是通过复试的还是未通过复试者中都不见这八人的名字。况且通过计算初试录取人员和复试人员的数量也发现刚好缺少七八人。这只能证明上述八人根本就没被允许参加复试。确实当时人的笔记传闻有不少人认为他参加了复试，但交了白卷。像许嗣茅《绪南笔谈》、李延年《鹤征录》、戴璐《石鼓斋杂录》均持此说，近代清史大专家孟森也采用此说。但从吴兆骞自身的情况来分析，此中不无可疑。一是时间，吴兆骞被逮入狱是在顺治十五年三月初九日，见吴氏书信集《归来草堂尺牍》，而复试是在四天以后的三月十三日，见《清世祖实录》。显然，吴兆骞被逮下狱在先，复试在后，怎么可能因复试交白卷下狱呢？二是吴兆骞本人极富才华，尤长于诗赋。还在青年时代已是江南著名文社慎交社的主盟人物，著名诗人吴伟业把他与华亭彭师度、宜兴陈维崧并称为"江左三凤凰"。绝非胸无点墨的绣花枕头。何况试题中有一诗一赋，正是他的拿手戏，何至于交白卷呢？如果说他因为复试气氛森严，惊吓过度，导致大脑空白，没发挥出水平，可他四月四日在刑部大堂上还能立就成诗，见吴氏《秋笳集》卷四《西曹杂诗》中的《四月四日就刑部江南司命题限韵立成》，长达几个时辰的集体复试怎么会不能呢？恐怕也难于解释。三是吴兆骞本人从未提及因复试不合格而遭遣戍这件事，相反屡屡喊冤。如他在被押往刑部的当天，曾写过两首七律，其中有"冤如精卫悲难尽，哀比啼鹃血未干"之句。说明不仅有冤，而且冤情似海。如果清廷给了他复试的机会，而是由于他个人的原因没能通过，他还有什么脸皮鸣冤叫屈呢？看来其中必有隐情。由此又牵出谜团之三，到底吴氏遭到遣戍的真实原因是什么？

这还需要从吴兆骞自身方面找原因。顺治十八年吴兆骞被流放数年后，曾在戍所致其父吴晋锡说："我遭昌、文贼奴陷害，家破人离。四载沉冤,无可申雪。今幸圣主当阳而奸谋复久败露,此正覆盆得白之日。乞父亲赴刑部,将此沉冤及昌、文二贼因文社恨儿,遂乘机构毒,一一明告。"吴晋锡也在给儿子的复信中说:"仇人一纸谤书,遂使天下才人忽罹奇祸。"这样看来,吴兆骞的下狱,实际上是遭了别人的诬陷。诬陷他的人,即所谓的"昌、文二贼",指的是章在兹(字素文)、王昌(长)发(字其倬)。事情还得从多年以前说起。在吴兆骞主盟慎交社的同时,江南还存在着另外一个文社,即同声社,同声社主盟人物就是章、王两位。当时两社双峰并峙,各有一大群支持者。文人相轻,某种意义上说既是陋习,也是本性。彼此之间难免有些摩擦和嫌隙,互为水火,有如敌国。加上吴兆骞少负文名,更是自负了得。"性简贵,不谐俗",用今天的话说就是不合群。一次垂虹桥边散步,他曾对同郡好友汪琬说:"江东无我,卿当独步。"对好友尚且如此不客气,对他人的狂傲可想而知。这样一种性格和做派使周围的人都不愿与他接近。特别是在慎交社主盟期间,他因为操纵选政与同样想插手的章在兹、王昌发结下宿怨。两人遂在江南科场案发后诬告吴兆骞,使他蒙冤遭遣。

次年闰三月初三日,八举人携带父兄妻儿老小迤逦上路,出关北去。目的地是遥远和陌生的宁古塔。连这地名,他们也是第一次听说。

宁古塔,是清代东北重要的战略要地,宁古塔将军的驻所。宁古塔有新旧两城,旧城在今黑龙江省海林县海浪河南岸旧街镇,新城在相距不远的黑龙江宁安县。现代许多书籍和学者都把顺治科场案诸举人的遣戍地宁古塔定在今黑龙江宁安县,即新城,这是错误的。因为新城是康熙五年始建的。顺治末年的

黄粱梦

宁古塔还是在旧城,也称石城。这个荒凉僻地,说来与爱新觉罗皇室还有点渊源关系。相传,宁古塔是满语"六个"的意思,清皇室远祖兄弟六人居住在此,所以称这个地方为宁古塔贝勒,简称宁古塔。照说也是一块风水宝地,实则不然,清初这里是极荒凉的。当时的人有这样的描写:"宁古塔近鱼皮岛,无庐舍,掘地为屋以居。地极寒,四月尽,布火烧之,冻始解。五月可锄,急种蔬菜,六七月便采食,一交白露即枯,至寒露则根亦腐烂矣。"更可怕的是它的辽远和陌生,特别是中原人士对它的无知和隔膜。所谓"宁古塔在辽东极北,去京七八千里,其地重冰积雪,非复世界,中国人(按此处意指中原人,汉人——引者)亦无至其地者。诸流人虽各拟遣。而说者谓至半道,为虎狼所食,猿狁所攫,或仇人所啖,无得生也。向来流人俱徙尚阳堡,地去京师三千里,犹有屋宇可居,至者尚得活,至此则望尚阳如天上矣。"这一段描述,当然不乏夸张的成分,但以当时它所处的未开发的原生状态和极其简陋的交通条件,人们把它视为畏途裹足不前,也是很可理解的。当然,要想了解宁古塔的真实面目,无疑,流人自己的描述更为可信。吴兆骞之子,在宁古塔出生并长大成人的吴振臣这样写道:"宁古塔去京四千余里,冬则冰雪载道,其深丈余,其寒令人不能受。夏则有哈汤(即沼泽)之险,数百里俱是泥淖,其深不测。边人呼人在草中如淖者,曰'红锈水'。人依草墩而行,略一转侧,人马俱陷。所以无商贾往来,往来者惟满洲而已。音信难得,岁仅一至,真所谓'家书抵万金'也。后来哈汤之上,俱横铺树木,年年修理,往来者始多。"

怀着料无生还之理这样的悲观心绪,吟唱着"只应一片江南月,留照飘零塞北人"这样的凄凉诗句,吴兆骞一行上路了。

他们闰三月初三日起行,四月初才抵达盛京(沈阳),在这里,狱中的难友、先遭流放的大学士陈之遴一家热情地迎接了他们,并希望留他们住一年,明年再行,这当然是不可能获得允许的。他们稍事休息,继续北行,一路上久病的吴兰友,再也经受不住漫漫长途的颠沛,勉强行到抚顺,终于一病不起。流放者们揩干眼里的泪水,掩埋了同伴的躯体,一面默祝他魂归故乡,一面继续远行。不久,在松花江边,吴兆骞因洗浴而得了寒疾,时而高烧,时而发抖,初夏的季节里却只能裹着毡毯,蜷伏在马背上踽踽前行。他以为此命休矣,他将是第二个吴兰友。或许是阎王爷认为他所遭受的苦难还不够,也许是难友的悉心照料给了他生的勇气。他居然挺了过来,这真是奇迹。

经历了千万险阻,饱尝了无数的苦痛,一百个日日夜夜过去了,七月十一日他们终于到达了海浪河边的戍所。

初到戍所的吴兆骞,囊无分文,一贫如洗,生活的艰辛是可想见的。据说,他经常独自一人坐在柴门旁边,用斧子敲碎冰块,以冰水煮野外采集来的稗子,以充饥渴。同是天涯沦落人,相逢何必曾相识,共同的遭际突破了彼此之间陌生的防线,从感情上一下子把人们拉近了。多亏了难友们"解衣推食,得免饥寒"。他在无奈中苦度着日月。有一年清明节前,节令寒食,正逢大雪,这时节在江南正是细雨纷纷,踏青郊游的日子。触景生情,他忆起了故乡的青青草色,忆起了风景如画的垂虹桥头,忆起了柔弱爱妻,忆起了白发高堂……他抑制不住自己的乡思,吟出了一首《寒食大雪》:

寒食边庭雪,严阴郁未开。

> 遥怜战场柳,春色几时来。
> 客泪沾筇吹,乡心托酒杯。
> 莺花何处也,万里梦吴台。

一轮明月,两地婵娟。吴江的家人也无日不在牵挂着远戍的亲人。兆骞的结发妻子葛采真盼夫心切,朝夕悲哭,多次想只身出塞,探望夫婿。可上有公婆两位白发高堂,下有两位幼稚女儿,全家都依靠她一人操持。一朝离去,谁来赡顾,谁来怜爱呢?天长日久,葛氏的心病和踌躇还是被兆骞老父察觉到了。老人深为儿媳的忠贞所感动,考虑到儿子孤羁天涯,既没有赎身的银子,又孑然一身,无可倚恃,既然儿媳不避艰辛,毅然前往,应该成全她才是。于是开始为葛氏出塞做准备,经过与葛氏商量,决定将大女儿嫁给吴郡杨俊三家长公子杨峟瞻,小女儿年幼就送往昆山县李氏葛采真的妹妹家,由妹妹代为抚育。又变卖了一些家产,作为一路上的盘缠开销。料理完这一切,已是顺治十八年的冬天了。临行前二老不放心葛氏只身万里出塞,又派家人吴御和沈华夫妻一路护送。三人且走且停,在盛京,看到当地奴婢非常便宜,便出资购买了一个婢女,以为日后料理生活打算。康熙元年二月初五日,葛氏终于见到了阔别五载、朝思暮想的夫君。

随着葛氏的到来,吴兆骞的生活终于有了一线转机。为了生计,他开始设馆授徒,开始主要是教流人子弟,渐渐地当地土著人子弟也有从他读书学艺的。

文人就是这样,一旦他们从最初猝然降临的灾难下缓过精神,往往比一般人更善于协调环境与自身的关系,更善于苦中作乐,以苦为乐。这就是文化的伟力。这批学富五车的流放者那久被压抑的心灵,在缓慢地但却是不可阻挡地在复苏,这是精神的复苏。康熙四年,吴兆骞、张缙彦、姚其章、钱威与钱虞仲、钱方叔、钱丹季三兄弟结成"七子之会",每月集会三次,轮流做东,吟诗唱和。这大概是黑龙江这块荒莽的黑土地上有史以来的第一个诗社。万不可小视这个简陋的诗社对缓解严酷生存环境给予文人们心灵压力的巨大作用。因为,一旦他们敏感的心灵找到了寄托,身外的一切不幸便很难在他们的心灵上施以打击了。哪怕这慰藉只是暂时的。

诗社的建立,使吴兆骞的情感找到了宣泄的场所。他思如泉涌,时有佳作。现存于《秋笳集》中前几卷的作品,大多是这一时期写成的。他在致友人的信中也说,诗社使他在"穷愁中也饶有佳况"。

康熙五年,宁古塔将军驻地由旧城迁往新城(今宁安县),吴家也迁居到新城东门外。此时吴家又添了一子振臣。康熙七年,康熙皇帝在听说了流放者们的苦况之后,特别降恩"绅袍特许优复",恢复了他们的士绅身份。这样他们就成了"塞外散人",可以在一定范围内活动,得以从强制劳动和监视之下解脱出来,也可以说是在政治上得到了一定程度的解放。当然,他们遣犯的身份并没有改变,离开流放地就更不可能了。

然而,幸福的日子总是那样短暂。很快就发生了沙俄先遣军一再东侵黑龙江的事件,东北边境为之紧张起来。由于中俄冲突时有发生,东北流人既未得到彻底解放,就难免被征调充役,他们或者被编入营伍,或者被补编入官庄。随着大家各奔东西,"七子之会"自然瓦解了。吴兆骞也被派往乌喇(今吉林市)

地方充军,为免意外,他带着老仆上路。一路上,"天寒地冻,雪深三尽","山草尽为雪掩,艰苦万状",幸好病中的巴海得知了这一消息,派飞骑火速将他们追回,不然,再过两天,待他们进入乌鸡林。那里雪深数丈,一定会连牛带人一起冻死。后来巴海又特许可以出钱认修工程代替服役,吴兆骞认修太常寺衙门,直到时局平静为止。

康熙九年,北疆大旱,农作物大面积受灾,有些地方甚至绝收,粮价眼看着往上涨,吴家刚刚好转了一点的生活又陷入困境。吴兆骞打发掉了奴仆,却改变不了薪桂米珠的局面。不巧的是,吴家又添了个女儿。望着嗷嗷待哺的儿女,吴兆骞几乎走投无路了。在这困难时刻,一向敬重读书人的宁古塔副都统安珠护出手相援,"以米相饷";他又得到了朝中大臣龚鼎孳和昔日文社的文友宋德宜、徐乾学等人的衣物、银两接济,从而使全家"幸免沟壑",度过了难关。

吴兆骞还得到了镇守宁古塔等处将军巴海的特别关照。康熙十三年,吴兆骞受聘任巴海的书记官,同时兼任巴海的家庭教师,负责教育巴海的两个儿子额生、尹生。待遇很优厚,"待师之礼甚隆,馆金三十两,可以给薪",而且"每赠裘御寒",这使吴兆骞"旅愁为解"。

三十两银子,这对吴兆骞说来是个不小的数目,凭着它至少可以做到衣食无忧了。但这样的日子并没有持续多久,巴海接到清廷命令,移镇乌喇(吉林市),家眷子女自然要随迁。尽管巴海很希望吴兆骞能继续培育自己的两个儿子,但以吴氏自身的处境,这毕竟不是马上就能办到的。巴海一家走了,他失去的不独是一笔可观的收入,更失去了一棵可以遮风避雨的大树。

吴兆骞仿佛又回到了从前。尽管从他授业解惑的仍大有人在，但他们与自己一样，都是吃了上顿没有下顿的流人子弟。他一年到头的所得，还不足以维持全家的温饱。

尽管清廷颁布了条例，允许出银认修工程以赎罪，但吴家几经折腾已经一贫如洗，依靠自己的力量自救是不可能了。他把唯一的希望寄托在在朝中任职的几位故友徐乾学、徐文元、宋德宜、徐釚等人的身上。当然，他不知道，他那多年的挚友，飘零京师多年、无权无势的顾贞观也在四处奔走，寻找一切机会营救他。

在等待的漫长日子里，吴兆骞还做了一件值得大书特书的事情，那就是把中国词家的词介绍到了域外朝鲜。这是康熙十七年冬天的事。一次偶然的机会，吴兆骞将收到的京师文友顾贞观的《弹指词》，纳兰性德的《侧帽词》、徐釚的《菊花词》三种词集，交给一位骁骑校，请他带往朝鲜会宁府。由于地理位置的接近，常有朝鲜会宁府的文人雅士过境到宁古塔拜访这批放逐的才人。当时朝鲜是清王朝的属国，他们久受中华古老文化的濡染，十分仰慕华夏文明，同样也有着极好的修养和相当高的鉴赏水准。"天下才子半流人"，他们才不理会什么犯人不犯人呢，而只渴望读到他们的诗词佳构。因此，吴兆骞与他们之间建立了颇深的友谊。再说会宁都护府书记官仇元吉、前观察判官徐良崎接到吴兆骞托人送来的三种词集，一览之下，拍案激赏，认为就是北宋著名词家柳永（字屯田）复生，也不过如此而已。拜读再三，不忍释手，于是出价一个金饼购去。叹赏之余，两人当即挥毫，就在词集之上各题写了一首绝句。仇元吉题《菊花词》谓：

> 中朝寄得菊庄词,读罢烟霞照海湄。
> 北宋风流何处是?一声铁笛起相思。

徐良崎在《弹指词》和《侧帽词》上题道:

> 使车昨渡海东边,携得新词二妙传。
> 谁料晓风残月后,而今重见柳屯田!

徐诗巧妙地将柳永的名句"杨柳岸,晓风残月"嵌入其间,也深得诗中三味。两人题罢,又用高丽纸誊写一过,让这位骁骑带回。此事很快便什口相传,远近皆知,成为清代词坛上的一段佳话。

时隔不久,朝鲜节度使李云龙因公来到宁古塔,他很仰慕吴兆骞的才名,便请他写一篇《高丽王京赋》。吴兆骞二话没说,研墨铺纸,欣然命笔。一烛未尽,洋洋数千言已跃然纸上。口颂着落英缤纷的华章,目睹着吴氏一泻千里的才思,李云龙深深折服了。李氏回国后到处传扬,一时间吴兆骞的绝代才华在高丽上层有口皆碑。"其国颇以汉槎为重",吴兆骞的才名在域外几乎是家喻户晓。后来,当有人当面提起这件事时,吴兆骞也掩饰不住得意说:"此赋仿佛是班固、杨雄所作。"班、杨是汉代著名的文学家,执中国赋之牛耳者。吴兆骞自比班、杨,也正说明这是他相当满意的作品。他已经许久许久没有这样得意了。

如同本书开篇所述,通过友人们的鼎力相助,康熙二十年冬,吴兆骞一家终于回到了睽违二十余年的京城。

"秀才人情纸半张",为了感谢纳兰性德的搭救之恩,吴兆骞忍下自己的故园之思,留在明珠府上教授性德弟弟揆叙诗文,这是他能够想到的最好的报答方式了。直到一年以后,他才在性德和友人们的一再催促下买舟南下,回吴江省亲。康熙二十二年春,红杏闹春的日子,他回到了苏州,家门已经在望。舟泊苏州西城门阊门时他即兴吟了一首《阊门泊舟口号》:

此日当年载酒行,春风兰渚荡船轻。
飘零氍帐归来日,漾水红栏到眼生。

读着这首诗,不由令人想起唐代才子"四明狂客"贺知章的那两首历代传颂的还乡诗:

少小离家老大回,乡音未改鬓毛衰。
儿童相见不相识,笑问客从何处来。

离别家乡岁月多,近来人事半消磨。
惟有门前镜湖水,春风不改旧时波。

一样的感慨,一样的风物!但是吴兆骞二十二年来的坎坷磨难,又岂是几句诗能够表达的!"少年不识愁滋味,爱上层楼。爱上层楼,为赋新诗强说愁。而今识尽愁滋味,欲说还休。欲说还休,却道天凉好个秋"。太多的离愁别恨,已压积在心头很久,他不再会轻易地感动了。但是望着熟悉而又陌生的景物,仍然难以遏制住心底涌动着的阵阵波澜。

看到了,看到了,眼前又是魂牵梦萦的垂虹桥,那不远处便是吴家祖屋。不经意间,泪水已经模糊了他的双眼。

然而,物是人非,他的父兄都已去世多年,墓木已拱。所幸老母李氏仍然健在。白发苍苍的老母亲,望着从天而降的儿子,竟不敢相信自己的眼睛。吴姓男女老幼闻讯赶来相见,一时竟不知该说什么,好像是在梦中。在家宴上,吴兆骞手捧巨觞,一祭天地,二祭亡父,三谢乡邻,最后举觞齐眉,为老母上寿,那情景,令观者终生难忘。

他已经漂泊得太久,绝域生还,他还有什么奢望呢?他只想做两件事,一是侍奉老母终老。父亲去了,他知道父亲在很大程度上是因为他才去世的。"子欲养而亲不在",还有什么能比这更令人悲怆的呢,他不想在母亲的身上留下遗憾。二是读书,这时的读书已不再为了应举做官,而是为自己构筑精神的家园。为此他在祖居旁筑屋三间,读书其中。友人汪退谷特地为他这几间草庐题了块匾额"归来草堂",以祝贺他绝域归来。

不久,老母去世了。刚刚平静下来的生活再一次被打破。没有了亲人,友人便成了他最大的牵挂和希望,他忘不了他们。这年六月,他又一次携子吴振臣北上京师。但他的身体已承受不住长途往返颠簸,很快就身染疾病,先是手脚肿痛,接着是腹痛,还干燥不泄,虽百般调治,却不见有明显好转。他在给友人的信中绝望地写道:"二十年来,冰雪之人,忽逢毒暑,竟委顿不可耐。百老此刻住闾门,明日想欲解杂,杯酒剧谈,恐不能矣。"他的预感是准确的,果然,在病痛和贫困潦倒下挣扎了一年以后,一代奇才溘然病逝于旅邸,时年仅仅五十四岁。二十三年的荷戈戍边,使他留下了一部词集《秋笳集》,一部书信集《归来草堂尺牍》。其子吴振臣留下了一部著名地志《宁古塔纪略》。

流放者中,桐城方氏一门也是值得着墨的人物。

由于儿子的牵连,已经六十三岁的方拱乾不得不率领着一家老幼数十口颠连于万里无人之境。方拱乾共有六个儿子,除最小的方奕箴外,其余五子方玄成、方亨成、方育盛、方膏茂、方章钺连同家眷都随同出塞,不过其中方育盛、方膏茂是第二年抵达戍所的。

方拱乾以垂老之年远赴绝域,当时的人们都以为他此生休矣,绝不会再活着回来。但他自己倒是一个颇有乐观精神的人。他生平酷爱写诗,到戍所以后,吟诗更成了他唯一的精神寄托,几乎没有一天不写诗。在他流徙塞外的短短三年多的时间里(包括往返流放地的途中)竟然创作了一千五百余首诗,辑为两本诗集。方家在狱中和流放途中一直与吴兆骞在一起,彼此建立了很深的友谊。到了流放地后,两家相距不远,来往更加频繁。经常"商榷图史,酬唱诗歌",共同的语言、共同的抱负往往使他们忘记了自己身处的逆境,谈诗论史,每每到了深夜时分。方吴两人的唱和诗集被认为是黑龙江地区最早的诗集之一。

方拱乾较之吴兆骞要幸运得多。顺治十八年十月,他最早从流放地赎还。当时清廷刚刚颁布了流犯认修工程赎罪条例。方家为江南望族,毕竟有一定的财力。因此他们通过认修前门城楼工程得到了赎身的机会,当时有人赋诗"狱中拔取双龙剑,天上修成五凤楼",指的就是此事。但方家为此也大伤元气,当方拱乾夫妇归途中途经盛京时,老友陈之遴夫妇热情地款待了他们,送行时陈夫人专门为方夫人赋诗一首《送方太夫人西还》:

> 旧游京国久相亲,三载同淹紫塞尘。
> 玉佩忽携春色至,兰灯重映岁华新。
> 多行坎坷赠交谊,遂判云龙断凤因。
> 料得鱼轩回首处,沙场犹有未归人。

此际,陈家已是第二次流放盛京,当然很羡慕方氏夫妇能重获自由。但是,方拱乾有幸能够生还故里,却无力改变晚景的凄凉。据说他南归以后,"既老且贫,无家可归",最后竟不得不流落扬州街头,靠卖字为生。词人陈其年曾在《卖字歌为龙眠方坦庵先生赋》中这样写道:

> 龙眠老子真豪雄,一生破浪乘长风。
> 行年七十正矍铄,自号城南卖字翁。
> 雪花打门月在地。破屋榱桷蠹三四。
> 广陵城中醉尉多,老翁自卖床头字。
> 拦街小儿拍手笑,老翁掉头只长啸……

龙眠老人对东北文化的开发是有贡献的,南归后的第二年(1662),为了答复亲友的问询,他曾将自己在宁古塔的见闻专门写成《宁古塔志》(也写作《绝域纪略》)。"从死地走一回,胜学道三十年",三年的流放生活给他的教益太多了,包括让他懂得了什么是人生的意义,什么是真正的学问等等。

应该说写这部书是他很久就有的愿望,还在流放地,他就与吴兆骞商议过,并多次嘱托汉槎执笔。但是面对汉槎的叹息"此生哪还有生还的道理!"他也同样黯然无语。现在他已经先于汉槎返乡,自当着手了此夙愿。汉槎虽未执笔写宁古塔志,但他的儿子吴振臣并未辜负方氏的期待,代父写出了一部更翔实的《宁古塔纪略》。于是宁古塔终于有了自己最早的两部志书。人们赖此得以一窥宁古塔这方绝地的真面目。

康熙五年,七十一岁的龙眠老人方拱乾卒于扬州。

方家的几个儿子并没有父亲那般幸运。他们在流放地呆了多年,具体放归时间不详,但至少在康熙九年(庚戌)前后。有宋琬《安雅堂集·送方邵村归桐城诗》为证:

> 轏车犹忆赴辰韩,抆血郊原不及餐。
> 一别北梁张俭去,再封三府蔡邕还。
> 卢龙塞外霜鸿绝,鸭绿江深雪窖寒。
> 幭被连床惊复喜,方知蜀道未为难。

据此可知方亨成刚刚从宁古塔南归。宋琬与方亨成为同年进士,此诗写于他康熙九年庚戌入都之际,"再封三府蔡邕还"一句,清楚说明这第二次赎还兄弟三人同归。那应该是方亨成、方悬成(孝标)、方膏茂。至于其中是否有方章钺,不得而知。不过正如孟森先生推论的那样,三藩之乱后,既然清政府重新开始执行认修工程赎罪条例,应该与吴兆骞等人一样有了赎归的希望。何况方氏毕竟树大根深,经济方面大概是不成问题的。

方悬成(字孝标)曾写有多种著作,如:《钝斋文选》、《钝斋诗选》、《光启堂文集》、《易学十解》等等。他的诗文都很有水平。如写于塞外期间的《二弟绘山水花鸟将以之高丽易米盐》

写道：

> 中原知己事难论，欲向殊方留墨痕。
> 身世已看同长物，流离翻笑长名根。
> 彩毫春色唐人苑，素壁家山杜曲村。
> 若问姓名须隐约，莫令蜀国叹湘魂。

他是个极要面子的人，放归以后，或者是因为他心有未甘，或者是他的名声所致，总之，他并没有像父亲那样归老田园，而是进入云南，并且在吴三桂叛乱建立割据政权以后出任了吴三桂朝廷中的翰林承旨。这反映出他在政治上是幼稚的，或者是他功名之心太切吧。这一政治上的失足，铸成了他身后被掘尸剉骨，合族再遭谴戍的大悲剧。方悬成当日自然想不到貌似强大的吴三桂政权会在短短的几年间土崩瓦解。吴三桂败亡以后，他已清楚地看到吴三桂政权的覆亡只是早晚的事，所以当清军大兵压境之际，他率先迎降，一如其父方拱乾在明清易代之际的选择一样。这一亡羊补牢的举动，使方悬成暂时逃过了劫难，得以免死放归。乡居期间，他写成了《钝斋文集》《滇黔纪闻》等书。问题出在这两部书的某些内容引起了其同乡榜眼戴名世的极大兴趣，被采录到《南山集》中，而这些内容又恰恰是清廷讳言和不愿意为人所知的。康熙五十年，左都御史赵申乔上书说《南山集》"语多悖逆"，兴起一场罕见的文字狱。结果戴名世被腰斩，案子直接牵涉到方孝标（方悬成）。此时方氏已死去多年，但人可死罪不可免，清廷竟下令开棺戮尸。子方登峰、孙方世樵、为《南山集》作序的族人，古文大家方苞及其服内族人均遣遣戍,重返冰天雪地黑龙江。只不过戍所由原来的宁古塔改为卜魁(今黑龙江省齐齐哈尔)而已。

《南山集》案以后,方悬成的所有著作都在禁毁之列,有清一代无人敢保存他的片言只字。方氏在《钝斋文集》和《滇黔纪闻》中到底写了些什么内容,致令如此大动干戈,已经无由得知了。但从情理推断,大致应不外乎两类内容。一类是诗文,方氏一生坎坷,空怀抱负,尤其是仅仅为小弟科举问题就遭全家流放,诗文中流露出一些不平之气,甚至对当局不满也是情理中的事。第二类应是方氏关于吴三桂政权的一些见闻记载。而且这些记载肯定是怀着好感记述下来的。戴名世是把它看做是难得的史实加以转述保存。当然,这些在清廷看来都是难以容忍的,兴师问罪也就不奇怪了。

桐城方氏六十年间连遭两场大狱,使这个号称世代簪缨、江南首屈一指的名门望族受到了几乎是毁灭性的打击,一株枝繁叶茂的大树无可避免地凋零了。这种局面持续了整个康熙、雍正两朝,无人在朝中为官。直到乾隆初年方悬成的四世孙方观承出任浙江巡抚,方家才算再一次中兴。

由南闱案而与吴兆骞、方章钺同时遣遣戍的其他几个人的生平行实,我们知之甚少,有的干脆是一无所知。

姚其章,字琢之,秣陵(今南京)人。曾著有《唐人诗略》,但已散佚。

钱威,字德维(一作德惟),苏州府吴江县北麻人,与吴兆骞是同乡。二人都是"七子之会"的重要成员。吴兆骞南归时,钱威曾作《送吴汉槎同年南还》相赠,当时他虽已"白发吾衰矣",却因"未堪杨意荐,久乏邓通钱",而"忘尘难附尾",不得不凄苦地留在流放地。

令人意想不到的还在后头。前面已经谈到顺治十五年的复试,根据复试结果,清廷本来已经做出了分别的处理,该奖励的奖励,该停科的停科,该黜革的黜革。当时虽有忧喜,但一段时间过后,也就逐渐地按部就班了。不幸被革去举人的,重新开始"三更灯火五更鸡"发愤读书,准备下一次重新闱场一搏。侥幸通过的,虽然心有遗憾,不能参加会试,问鼎三甲。但比上不足,比下有余,留得青山在,不怕没柴烧,只要保住了举人身份,三年之后,再不行六年之后,还有机会一试身手,一较高低。所以,就好比一池春水,一石击起千层涟漪之后,复归于宁静。

谁也没有想到,又过了一年之后,顺治十六年(1659)春二月,礼部忽然传下皇帝旨意,朝廷将在闰三月二十八日对江南丁酉科乡试举人再次复试,届时皇帝将亲临监试。

圣旨如山,有关州县长官自然又是一通手忙脚乱,他们的任务当然是确保应该参加考试的人员一个不缺,并且要如期赶赴北京,参加考试。他们最害怕某位举人闻讯出逃,倘若真是如此,茫茫人海又到何处觅寻?届时找不到人,恐怕被摘去的就不仅仅是头上的顶子,怕是这吃饭的家伙也保不住了。所以他们都怀着十二分的小心,有的干脆给举人戴上铐子,像押解犯人一样登舟北上。作壁上观的地方官们尚且如此紧张,身在其中的举子们更是心惊肉跳,实际上,面对煌煌圣旨,他们根本没有胆量规避。大多数人在接到复试消息的当天,就在州县官们的催促下仓皇束装上路了。父母兄弟还没弄清怎么回事就被迫与亲人挥泪相别,但他们却有一种不祥的预感,朝廷如此三番两次地复试,一定会出现更难以预料的结果。因为几个月前朝廷才严厉处理了考官和涉嫌作弊的举人，这一次复试一旦落第，岂不要步八举人的后尘？这种可怕的预感使离家复试的人忐忑不安，更使家里人如坐针毡，一日数惊。为了化解即将到来的灾祸，他们不惜倾家荡产，换成银两，让复试者带在身上，用来打点上上下下，只要能够平安度过眉睫之祸，他们宁愿毁家破财。

不知道是因为孔方兄的巨大威力，还是顺治皇帝网开一面，反正参加复试的九十名举人全部过了关，预料中的结局没有出现，又是一个出乎意料！但这一次出乎意料可以说是皆大欢喜。

复试是在闰三月二十八日举行的，地点仍是一个以前复试的瀛台。

这出新科举人"三进宫"上演后的第十天，清廷公布了复试结果：

> 谕礼部：此次复试之江南丁酉科举人，第一名叶方蔼至第七十名程稷，俱准作举人。内陈溯潢、潘之彪、曹汉、杨兆皋、杨大鲲、万世俊、黄中、何亮工、何炳、沈鹏举、张允昌前经罚科，今俱免罚，准其会试。第七十一名王克巩至第九十名杜瑜亦准作举人。内许允芳、秦广之、马振飞、史爽、周篆、许凤、谢金章、史继佚，仍旧前罚停会试两科。吴维骏、董粤固、宗书、俞振奇、詹有望、李煜、张仲馨、韩揆策、王淳中、朱扶上亦准作举人，俱著罚停会试二科。

到此人们才算弄清了顺治帝匆匆忙忙再一次举行复试的真实想法，原来是给江南举人即将到来的会试机会。因为按照上次复试的处理结果，这些合格的举子将受到停二科会试的处理。

那就是说,尽管新的一科己亥科(1659)会试试期已近,他们仍不得参加。或许是顺治帝终于意识到这处罚太严厉了,而且对照北闱,太不公平,因而在这种情况下复试成了临时采取的补救措施。从中不难看出顺治帝虽贵为天子,却也是煞费苦心。他既要尽可能地纠正自己的错误,又要维护前面一言九鼎的圣旨权威。于是就有了上述七十人可以会试,而二十人仍罚二科这样一个折中的决定。

《清代野史大观》和《清稗类钞》中都有这样一条《世祖念南榜举人之会试》的专门记载,很有助于说明这第二次复试的背景和目的。

"顺治丁酉,世祖既诛方犹、李振邺、张我朴,南榜举人不得会试。已而复试江南第一名叶方霭,第二名某。世祖悔而惜之,每谓江南举人被累之困。"

这一年的八月,饱经磨难的江南举人终于得到了参加会试的机会。会试发榜以后,顺治帝曾询问礼部,江南复试举人中有多少人中试,礼部堂官回答说有十七人考中。世祖进一步询问复试举人叶方霭是否中了,礼部官回奏说:"已中。"世祖又问复试的第二名是否也中了,礼部官员回答:"此人名在副榜。"皇帝略作沉吟,又问:"此人现在何处?"回答说:"已经回原籍了。"顺治帝没再说什么,脸上现出了遗憾的神情。到了廷试(殿试)那天,顺治帝终于使叶方霭脱颖而出,荣登一甲三名,成为探花。顺治帝的本意是想通过收拔江南复试举人来挽回此前处置不当带来的不利影响,以造成"皇帝爱才,一切都是不得已而为之"的印象。不想这位第二名无此福分,竟因为回原籍而错过。两年以后,顺治十八年顺治帝晏驾。第二年为壬寅,又逢大比之年,此人终于成为进士。当时人们谈到这件事,都无比感叹,认为"功名皆有定数,不可侥幸获得"。换句话说,就是一切都是天意,绝非人力所能改变。

仿佛是给这句话作反面证明一样,叶方霭的经历也的确太富有戏剧性。本来,他在第一次复试时已经显露了自己的才华,这位昆山才子以一篇洋洋洒洒的《瀛台赋》赢得了顺治帝的深深喜爱。第二次复试又不负众望,拔得头筹。因此殿试被顺治帝拔为三鼎甲之一,不能完全说是偶然。叶方霭被授予翰林院编修职务,本以为从此可以平安无事,直步青云。谁想到仅仅过了两年,江南发生了震古烁今的奏销案。一万三千五百一十七名江南士绅因为"逋赋",即逃避或拖欠国家钱粮而遭降职。叶方霭又一次名列其中,他因欠折银一厘而被降职,叶方霭在给帝的上疏中申辩说:"所欠一厘,准今制钱一文也。"但一文也是欠,奏销案的真实目的不在于解决经济问题,而在于压制江南地主阶级知识分子。以欠钱一文而遭降职处理,又是一个空前绝后的记录!所以当时有"探花不值一文钱"的民谣,不胫而走,很快传遍天下。这一句短短的民谣,可谓意味深长,其间隐含了多少愤懑、辛酸和无奈。

作为江南一案的尾声,还应该对另外两位直接当事人略作交代,这两位就是阴应节和尤侗。

阴应节是有目的地掀起江南大狱的。他所期望得到的,都如愿以偿地得到了。顺治十四年十一月,阴应节掀起这场大狱时,其职务不过是一名普通的工科给事中,次年八月,即调升为刑科右给事中,半年后再次调升为户科左给事中,一年半的时间里,连升两级。

尤侗是无意之中点燃了大狱的导火线,同样是在无意之中引起了皇帝的注意。顺治帝在读了流传到宫中的尤侗的作品之后,曾由衷地赞叹"真才子也"。就在叶方蔼被顺治帝拔为探花的己亥科殿试上,尤侗的弟子徐元文摘得状元。徐氏利用侍从皇帝的机会,向顺治帝介绍了自己的老师,顺治帝曾流露出要起用他的意思。但很快顺治帝便去世了,尤侗失去了一次很好的机会。这机会一去就是十七年。康熙十七年,清廷再开博学鸿词科,年已六十一岁的尤侗在兵部尚书王熙和工部尚书陈敱永的联合推荐下,被康熙帝征召入京,次年三月殿试,他被授予翰林院检讨官职。据说,他曾与同时录取的几十名名士联名献平蜀诗文,康熙帝看到了他的名字,高兴地说"此老名士",这使他感到无上的荣光。他一生中最大的愿望便是金榜题名,现在这愿望总算实现了。尽管不是正规的科甲出身,但好在清廷承认特科中试者的进士身份,他也就聊以自慰了。这一年冬天,尤侗进入叶方蔼主持的明史馆,参与编写明史。两年以后,他有幸参加迎接吴兆骞回京的宴会。康熙二十二年,六十五岁的尤侗告老还乡。

又过了十六年,康熙三十八年二月康熙帝南巡,八十二岁的尤侗亲自到无锡接驾。当时正赶上万寿节(康熙帝生日),尤侗写了《万寿词》和《平朔颂》献给康熙,表示祝贺。康熙帝高兴之余,赏赐给他酒宴和亲笔书写的"鹤栖堂"字幅。尤侗回家后喜不自禁,他在自家堂柱上镌刻了一对联语,左边为"章皇天语'真才子'",右边为"今上玉音'老名士'"。又把御书"鹤栖堂"高悬堂上,以此作为文人的"百世之荣"炫耀亲友,传之子孙后代。四年以后,听到康熙帝再次南巡的消息,尤侗不顾年老体衰，以八十六岁高龄前往无锡迎驾，并一直伴驾到杭州。康熙帝难得他一片忠君之情，特别降旨擢升他为翰林院侍讲，并晋封为承德郎，还亲自赐书予以嘉奖，次年尤侗走完了他漫长的人生路，病逝于家中。

余波回流

丁酉科场案,以上述南北闱大案为主,但大体同时作为两案的余波,还应提到河南、山东、山西三闱科场案。

顺治十四年冬天,科道官员们的注意力随着清廷都转移到了科场上来。当时参劾典试官员成了这些人最热衷的事情,竟然蔚成风气。台谏官员如果是想露露头角,表现一番的话,无不从科场入手,吹毛求疵,罗列三两条罪名,以迎合时尚。朱绍凤是继任克溥、阴应节、上官铉之后,又一位这样的人物。

顺治十四年(1658)十二月壬申,即阴应节奏参江南闱之后的第十天,刚刚升任刑科右给事中不久的朱绍凤也迫不及待地抛出了对河南典试考官的参劾：

"河南主考官黄钪、丁澎进呈试录四书三篇,皆由己作,不用闱墨,有违定例。且黄钪居官向有秽声,出都之时,流言啧啧,又挟持铨曹,恣取供应。请敕部分别处分。"

顺治当即下旨："黄钪著革职严拿察究,丁澎亦著革职察议。"

这是见于清代官书《东华录》中的记载。如此寥寥数十个字,令人难以看明白前后头绪。实际上朱绍凤自己刻印的奏议中收有详细的原文可以提供给今人参考。

"刑科右给事中加一级朱绍凤谨题,为主司违例可疑,闱卷并宜严察事：窃惟设科取士,关系匪轻。主司衔命而行,动曰矢公矢慎。公者,屏绝苞苴之谓也；慎者,钦遵功令之谓也。少涉私情,便干物议,天威有赫,殷鉴昭然。乃臣于黄钪、丁澎不能无议焉。复查顺治十一年五月内,礼部题覆臣同官孙珀龄科场关系大典一疏,内开试录宜用闱墨一款,凡科场题目,预先泄露,种种奸弊,多因主考场前预撰试录程文。今应如科臣议,用诸生原墨,稍加裁订,以刊程文,违者纠参等因,奉有谕旨,历科各省,罔不通行。独今年河南试录则大异是,首篇刻李模,仅同四句；次篇刻李敏孙,一语不符；三篇刻李士召,所存者两股耳。若以为文字堪首列,何不扬于王廷？若以为理碍进呈,何以压于多士？苟非徇私,便为抗旨,百口难为二人解也。又闻黄钪出都之日,啧有流言。及乘傅入闱,挟恃铨曹声势,恣取供应,地方官积不能堪,事属风闻,未敢轻告。要之,钪服官素有秽声,典试复多缺失,似又不可与丁澎同日而语也。伏祈敕下该部,将钪等分别从重议处,以为人臣专擅者之戒。其闱墨全卷,务须严加磨勘,据实指陈,庶不负朝廷书升之重点,并皇上迩来惩戒之盛心。功令肃然,科名幸甚。顺治十四年十二月题。"

奉旨:"据所参河南录文违例,并黄钺服官素著秽声,出都之日,啧有流言,挟恃铨曹,恣取供应等情,殊干法纪,著革了职严拿察究,丁澎系副考官,也著革了职一并察究议奏。该部知道。"

通过对照,可以看出朱绍凤纠参的实际只有两件事,一是两主考试录违例,二是黄钺凭借权势索要供应。关于前者,这里需要详细作一些解释。关于试录违例,按清代科场条例的规定,主考在录取工作完成后,应把已录取举人的原卷(闱墨,也称闱卷)装订保存,朱卷(将闱卷原样朱笔抄写装订后供考官评阅的试卷)也要妥善保存,以便磨勘(两相对照检查)之用。录取举人的前几名的闱卷要单独呈报皇帝阅看,称为试录呈文。而且这几份试卷应保持原样,一般不允许改动,以防舞弊,否则便是违例。现在朱绍凤认为黄、丁两位主考将进呈的三份试卷,大加删改,甚至重写,便肯定两主考不是有意徇私,便是故意抗旨。这两项罪名无论哪一项都是要命的。第二条是说黄钺本来说没有资格出任主考。现在一朝权在手,便把令来行,随意向地方官索要财物,败坏了朝廷声誉,这当然也够严重的。从朱绍凤本意来看,把"试录违例"放在前头,而"恣情索要供应"放在后面,并且又抬出皇上的意思,很明显,他是要仿照任克溥、阴应节的先例,也要掀起一场科场大狱,也来红火一把。但他的证据远不如南北闱翔实和引人注目,所以又留了一点余地,"事属风闻",请求由礼部"详加磨勘,据实指陈"。

皮球既然踢向了礼部,礼部不敢等闲视之,赶快组织人力磨勘,为防止再出现类似情况,索性将全国各省进呈试卷全部磨勘了一遍。结果拔出萝卜带出泥,发现山西、山东两闱也存在一些问题,于是次年二月初九日一并向皇帝作了报告:

"礼部磨勘丁酉科乡试朱卷,劾奏违式各官:河南省考试官黄鈜、丁澎用墨笔添改字句,山东省同考官同知袁英、知州张锡怿、知县唐瑾、吴遇、向铿、章贞用蓝笔改窜字句,山西省考试官匡兰馨、唐赓尧批语不列衔名,俱属疏忽。"

这是礼部经过严格磨勘后得出的结论。由此不能看出朱绍凤的指参明显的是捕风捉影,夸大其辞了。所谓"用墨笔添改字句"并不能作为舞弊证据,更不构成犯罪,因为即便按照以往的规定,主考官也还有权"稍加裁订",至于如何"裁订","裁订"到何种程度,并无明确标准,这样一来也就仁者见仁,智者见智了。所以礼部也只能定出一个"疏忽"的罪名。

尽管如此,顺治还是下令"俱着革职逮问"。由刑部进一步审理。

七月二十六日,刑部形成结案意见,上报皇帝:

"河南主考黄鈜、丁澎违例更改举人原文作呈文,且于中试举人朱卷内用墨笔添改字句,黄鈜又于正额供应之外,索取人参等物,黄鈜应照新例籍没家产,与丁澎俱责四十板,不准折赎,流徙尚阳堡。"

顺治皇帝只是免去了两位考官应挨的四十大板,其他则"如议流徙"。山东、山西等闱考官如何处理,官私文献中都不见一字,想是当初就没有深究,因为以他们犯的小小毛病,予以革职处理已经绰绰有余了。

黄梁梦

对比之下,黄钸得罪,应该说还有一些理由,毕竟他缺少官德,说得严重一点儿,也属于贪官污吏一类。丁澎可就太冤枉了。仅仅以"疏忽"之罪就惨遭流放,真有些"欲加之罪,何患无辞"的味道了。

黄钸其人,史书上记载不多,我们只知道他字仲宜,一字岳生,湖南善化(今长沙市)人。顺治九年进士,当时任职吏部郎中。他和吴兆骞之兄吴兆宽交谊很深。康熙十年前后他被释归时曾先到吴江吴家作客,临行时吴兆宽还赠有《送黄岳生吏部还楚》诗。卒年不详。著有《洞庭钓叟诗集》。

丁澎(1622~约1686),字飞涛,号药园,回族,浙江仁和(今杭州)市人。他是上一科(顺治乙未,1655年)的新进士,当时任职礼部祠祭清吏司郎中。出生于诗书之家。少年时就很有才名,传说他曾赋《白雁楼》诗,流传于吴下各地,深得才子佳人的喜爱,士女争相采撷,并将这些词写到衣襟和衣袖上,吟咏传唱。丁家世居盐桥,丁澎与二弟景鸿、三弟丁潆三兄弟驰名远近,号称"盐桥三丁"。他曾加入杭州著名文社"登楼社",并被誉为"西泠十子"之一。明朝灭亡的前两年他考中举人,时年只有二十岁。顺治十二年中试进士后先在刑部任主事,他很讨厌当时刑部审案不从大处着眼,相反专门挑剔一些鸡毛蒜皮小事罗织罪名的作风,曾两次给刑部尚书上书,提出自己的改革意见,当然他一个小小的主事,人微言轻,不会有人重视他的。刚好在此时,顺治要举行大婚仪式,礼部缺少精通典礼仪式的人才,丁澎被调到礼部的主客清吏司任郎中。专门负责办理礼宾事务,特别是送往迎来等等。据说当时朝鲜等属国贡使来京公干,都知道主客司丁澎的诗名,往往用珍贵的貂鼠皮、犀牛角或金玉等宝物交换丁药园的诗篇带回。可见这时的丁药园已经有了国际影响。丁澎在京为官期间，与张文光（祥符人）、赵宾（汴州人）、宋琬（莱阳人）、旋闰章（宣州人）、严沆（余杭人）、陈祚明（仁和人）等文人关系密切，互相之间常常酬酢唱和，号称"燕台七子"。

丁澎为人旷达大度，颇有古人处变不惊、宠辱置之度外的遗风。是年八月，丁澎携带妻妾子女全家出关。由京城到尚阳堡有着三千里漫长崎岖之路，一路上，每到驿站，总要停下欣赏历次发往辽东和宁古塔的流人迁客写在壁上的诗词。一路读去，不由得喜形于色。以至于引吭高歌。坐在后车的妻妾们不明究竟，高兴地询问："莫不是听说了朝廷召您回京的诏书吧？"药园回答说："皇上圣明，特赐我在皇家的汤沐邑中畅游。出关北去的流人迁客都是大才子，我这一去就不愁没有朋友了。"行了很久，终于越过莽莽辽海，远远地望见了长白群山。所过之处，但见当地土人都以鱼为饭。由于随身所带的粮食有限，行到此时，粮食已尽，周围百里之内，渺无人烟，无处可以补充粮秣。丁家幼子难忍饥饿，哇哇啼哭。丁澎的爱妾边哄孩子，边安慰丁澎说："您有朋友，一定会满载干粮恭迎您这位天涯远客的。"丁澎强忍着辘辘饥肠发出的抗议，风趣地回答说："恐怕真的像你说的那样，不过眼下得先给我壶酒解解渴。"说完相视大笑，饥饿仿佛也减轻了许多。

丁澎一家抵达流放地不久，冬天便提前到来了。"凿冰十丈得泉归，却望千峰白雪围"。在这严寒的冬季里，丁澎初来乍到，还不具有在这冰天雪地里生活的基本能力和心理准备。因为住处的水井井口被冰封死，无法用辘轳汲水，没有水便不能生火做饭,没有办法,丁澎只得取来门外的雪,把小米和雪咀嚼咽下去充饥。就是在这样的艰难困厄之下,丁澎仍然不见消沉,依旧保持着可贵的乐观精神。农忙时节,他亲自照料耕牛,和自家的牧童吃住在一起。闲暇时,则坐上牛车漫游在紫塞之中。徜徉在大自然的怀抱,他真正体会到了乐而忘忧的快乐,每次出行回来,除了抛却了心灵的忧郁和烦恼之外,带回的还有一沓沓的诗稿。他在戍所生活了五年,完成了一部厚厚的《辽海杂诗》诗稿。这部诗集的品味和境界,清人精炼地概括为四个字"磊落雄秀"。且看他的《送季天中给谏奉诏归榇之海陵》:

> 龙沙古塞截云霄,北向冰天壮气消。
> 三载梦回丹阙近,一身愁遣玉门遥。
> 非关死后求遗疏,不待生还负圣朝!
> 万里故人齐引绋,灵旗风急路萧萧。

可谓苍凉悲壮!有人说他的诗文中"绝无失职不平之慨",只是看到了表面现象。丁澎是一个城府很深的人,深知在官场之上是没有什么公正、公平可言的,因此他绝口不谈自己的冤枉。显然,在这种形势下鸣冤,不会给他带来任何益处。然而,悲愤早已贮存心底,只要细心谛听,是不难感觉到的。不妨再读一首《贺新凉·塞上》:

> 苦寒霜威冽。正穷秋,金风万里,宝刀吹折。古戍黄沙迷断碛,醉卧海天空阔。况毳幕,又添明月。榆历历兮云械械,只今宵,便老沙场客。搔首处,鬓如结。

羊裘坐冷千山雪。射雕儿，红翎欲坠，马蹄初热。斜鞴紫貂双纤手，抢罢银筝凄绝。弹不尽，英雄泪血。莽莽晴天方过雁，漫掀髯，又见冰花裂。浑河水，助悲咽。

真如裂帛一声，红珠迸碎，让人只觉得耳后生风，丝丝剑气，不绝如缕。

丁澎在戍所住了多年，这些年，一方面靠了他的乐观主义信念的支撑，另一方面，他也得到了盛京将军及其他官员的照顾。康熙四年(1664)，他盼来了还乡诏，被赐还中原。他客居京师八年，然后又回到家乡隐居。当时浙江总督、兵部尚书李之芳曾屡次表示要向朝廷推荐他，丁澎致函李之芳，再三辞谢。从被流放的那一天起，他就对仕途不抱任何幻想了，唯一不改的初衷是他对大自然的热爱。为此他遍游天下名山大川，著述更加宏富。康熙二十五年(1686)辞世。留传世间的著作有《白燕楼诗》、《扶荔堂诗集》、《信美轩诗选》、《药园集》等多种。

黄粱梦

蓦然回首

　　顺治丁酉科场案前后历时三载,此狱北闱先兴,南闱继起,接着又波及河南、山东、山西等省,牵连的面不可谓不广。因为此案,数十人被杀,数百上千人遭流放,如果再加上死在流放地的人,受害者更不知凡几。其中有身居高位的大臣,有考官,有新进的举子,也有普通得连名姓都不知的眷属,株连的人不能说不多。正因为如此,几百年过去了,人们仍然关注它,思索它,在知识人和学者们的心目中,它更占据着独特的位置。

　　历史和现实大不相同。现实的东西,例如眼前的景物,是离得越近看得越清楚。历史则正好相反,往往是离得远一点看得更清楚。因为离得太近,置身其间,很难看清在历史巨系统中活跃着各种因素的相互关系。无论大小,在任何一个历史过程中,都有着许许多多的因素在起作用。这些因素相互交织、纠缠在一起,经常给人以"剪不断,理还乱"的感觉。但这些因素的地位,关系不是平等的,必须区分出它们之间的主从、因果、先后关系,然后才可以谈认识历史。这是历史的难点,同时也是它的魅力所在。

观察丁酉科场案也不例外。为了视线的展开,需要将时空向前后拓展一下。这就像摄影一样,先要确定一定的景深。那么,就以顺治和康熙初年的四十年间作为背景吧。

应该讲,丁酉科场案有远因,也有近因。远因,即我们在前面已经谈到的,明代后期以来科场舞弊之风的蔓延。但仅仅用这一条原因来解释是不够的。因为科场营私在清初的十几年间并非第一次发生,为什么单单到这一年血雨腥风,一发不可收拾呢。这还应当从清廷对汉族地主阶级知识分子的政策上着眼。

顺治元年,后金以区区二十万之众入主中原,并得到吴三桂、洪承畴等一大批原明朝官员的鼎力襄助,顺利地奠都北京。但是面对着汪洋大海般的明朝臣民,如何扎根中原,并在辽阔的国土上建立起有效稳定的政治统治秩序,是新朝面临的头等大事。显然,像元朝蒙古贵族那样,建立以军事统治为主的政治不仅是不可取的,而且也是不可能的。为此,以多尔衮为首的满洲贵族明智地接受了范文程等汉族官员们的重建秩序的建议:争取民心,争取汉族知识分子的支持。"治天下在得民心。士为秀民,士心得则民心得矣。今宜广其途以搜之"。于是敞开科举大门,成了赢得汉族地主阶级知识分子的拥戴之心,进而网罗到足够的统治人才的首选策略。

说干就干。新生的大清政权,挟着初生牛犊的虎虎生气,犹如一个涉世未深的青年,极其富有行动精神。而且,手段是为着目的服务的,为着目的的需要,可以调整手段。清初的科举,大胆地突破了明代科举的条条框框。这至少表现在两个方面。一是连年开科。按惯例应为三年一科,乡试为子午卯酉年举行,会试为辰戌丑未年举行。但实际上顺治二年乙酉科之后,次年又增加乡试一次;会试也是这样,顺治三年为首科(丙戌科),次年又补增会试一科。从顺治二年到十六年之间竟举行了七科。较正常情况下多出两科。二是增加录取人数。按明朝惯例,会试每科录取进士一般为三百人,可礼部向多尔衮拍马说:"龙飞首科,正是士人弹冠之日,宜当增广进士名额,"多尔衮大笔一挥,欣然同意:"开科宜始,人文宜广,中试额数扩增到四百名。"有了这两条,新朝当然大受读书人的欢迎。顺天乡试第一次开办,多尔衮还担心读书人会恪守儒家传统的"从一而终"信条,忠于明朝,不给新朝面子。为此这位摄政王还怀着惴惴不安的心情来到考场外观看,没料到进场的秀才竟达到三千人之多,他不由得惊叹"可谓多人"!尽管如此,大学士们还在歉意地解释,如果不是战乱的影响,应该有四五千人来这里考试。

除了这些以外,清廷还拓宽了进士的入仕道路,特别加以重用。顺治六年的会试是在两广初定的情况下举行的,所以,名列二甲的进士分别授予参议官职,三甲进士全部授予知府职务,派遣到两广地区任职。而且进士一成,马上就给予四品顶戴,这也是前所未有的。因为过去进士授职,无论京官、外官,一律都是七品芝麻官。

经过这一番努力,清廷确实搜罗了一大批人才,仅三科会试便取中一千一百人,全部安插到了中央和地方各级机构之中。其中不乏能员干吏,如第一科进士中便出了四位大学士、八位尚书、十五位侍郎、三位督吏、还有六位位列内阁九卿的高官。

但是科举也带来了新的问题。这就是随着各地汉族地主的登堂入室,官场中有不可避免地又出现了以地域籍贯论亲疏交谊的倾向,接踵而来便是南北党争的重新出现。这应该说是明末政治遗产。因为顺治三年的进士中多为北方地主,山东一省就占了四分之一以上。而到顺治六年江南进士一跃到总数的百分之四十以上,并且三鼎甲均为江南人士。这样一来,清廷统治核心除了要协调满汉地主关系之外,又出现了新的更棘手的问题,就是平衡南北汉族地主阶级内部的关系。

还在多尔衮时代,南北两党已经开始真刀真枪地交锋了。顺治二年的参劾冯铨案是一次爆发。结果多尔衮采取平衡术,又打又拉,实际上两派处于势均力敌、互相牵制的状态。顺治亲政以后,形势进一步复杂化了。首先是满汉矛盾。顺治九年关于顺治帝是否应该亲自出迎达赖的大争论,可以看做是满汉争锋的一个回合。结果是汉族臣僚取势。但在第二回合,即顺治十年议处任珍事件上,则是满族大臣大获全胜。其次是汉官内部南北倾轧更趋白热化。顺治十一年,以宁完我(辽阳人)、冯铨(直隶人)、刘正宗(山东安丘人)为首的北党参劾南党领袖陈名夏(江南人),结果陈名夏被绞死。此后,南北党各有胜负。顺治十三年,南党首领陈之遴(海宁人)被革职,科场案前夕又被流徙盛京。冯铨也一度被赶出朝廷。刘正宗下场更惨,不仅被革职,而且被籍没家产入官。

在这一背景下的科场案就不能不带有满汉之争的痕迹,而且甚至可以看做是新一轮的较量。此时的顺治帝在"首崇满洲"的前提下当然要打击汉族地主阶级。而其中打击的重点,又是江南地主阶级。很明显,比较一下南北科场案就可以发现,南北案情、案件性质都差不多,而江南案的处理比顺天案要严峻得不知凡几,矛头所向,不言自明。

　　顺治重点打击江南士人,除了南北党争的背景外,还与顺治本人对江南士人的态度有关。顺治是同意冯铨关于"南人优于文而行不符,北人短于文而行可嘉"的看法的。这话在今天来说,就是南方人有才无德,北方人才情不行却对皇帝忠心耿耿。顺治联想到江南地主阶级四处抵抗清军,很快自然表示"铨之言是"。顺治帝需要的是既有文采,又能忠于朝廷的人。

　　同样,相继而来的顺治十六年的"通海案"(借郑成功北上反清,江南人民群起响应事件,而兴起的一场大狱),十八年的"哭庙案"、"奏销案",都具有同样的因果关系。或者可以说,清廷对江南地主阶级知识分子的打击是全面的,政治上表现为"哭庙案"、"通海案",经济上表现为"奏销案",文化上表现为"科场案"。

　　《清史稿》在评价科场案时认为,清廷严惩顺天、江南纳贿坏法的考官及行贿举人,"一时人心大震,科场弊端为之廓清数十年"。此一评价虽有避重就轻之嫌,但在一定程度上还是符合实际的。顺治帝确实有借科场案整顿科场弊端的考虑在内。这首先源于他对科举考试的重视。他虽然生长塞外,但却很仰慕汉族文化,花费不少精力研习汉族诗文、书法、绘画。他尤其看重科名,不少会元(会试第一名)、解元(乡试第一名)他都选为翰林院庶吉士。庶吉士考试,他也每每亲临考校,希望发现自己喜爱的真才。正因为如此,他对科场舞弊当然是难以容忍的。丁酉科场案后,他以此为契机,进行了一系列改革。如重新修订了《科场条例》,加强对考试的管理,以期防患于未然。再如改革命题制度。清初按惯例,乡会试三场试题,都由主考命题。从顺治十五年开始,顺治规定:会试及顺天乡试头场《四书》三题,由皇上钦命密封,然后送交内帘官员刊印后发给士子。并规定官员子弟科考,单立官卷,另定名额,不得与平民考生争名额。还有一条更严厉的规定,那就是从这一年开始,乡会试的中试额数一律砍去一半。这一来,本来就是羊肠一线的科举蜀道,更进一步成了千军万马竞过独木桥的景观。

但是"科场风波总难平",不应夸大科场案在整顿科场积弊上的作用。事实上,科场案,包括上述改革,没有也不可能根绝科场舞弊现象。康熙年间比较著名的就有两起。一次是康熙三十八年己卯科。这一科顺天乡试主考官为新进士李蟠、老臣姜宸英。出闱以后,士子不平,街谈巷议,所谓"老姜全无辣味,小李大有甜头。"借姜、李子两种植物影射两位考官受贿舞弊。结果李蟠被流放,姜宸英死在狱中。第二次是十一年后的辛卯科江南乡试,主考左必蕃、副主考赵晋。第一场《四书》首题为"能行五者于天下为仁矣",次题为"博厚所以载物也"三句,三题为"孔子登东山而小鲁"一节。发榜以后,贡院大门口出现了一副对联"左丘明两眼无珠,赵子龙一身是胆",横批则在"贡院"二字之上贴上"卖完"二字。还有的士子就题目作诗一首"能行五者是门生,贿赂功名在此行。但愿官囊夸博厚,不须贡院诵高明。登山有竹书贪迹,观海无波洗恶名。一榜难为言皂白,孔门学者尽遭坑。"江南总督噶礼闻讯,将两主考逮入狱中,并在扬州开庭审讯,最后左必蕃以不知情,被判处流放,赵晋则被斩首。据说,未斩之前,赵晋的同年好友王式丹曾带着一个身患重病的仆人前往狱中探望,并企图以病仆顶替赵晋受死。不知哪个环节出了问题,偷梁换柱不成,王式丹反而被牵连进来,吓得他立即出逃,官府一连通缉数年不获,最后还是花了银子才遇难呈祥,取消了通缉。

两案距丁酉大狱不过几十年。科场舞弊是科举制度本身带来的,仅凭几起大狱,或许可以震慑一时,却不可能从根本上解决问题。

咸丰八年(1858)的戊午科场案再一次雄辩地证明了这一点!

这一年恰好是丁酉科场大狱的二百年纪念!

王立新 著

藤缠树

—— 菜市口斩杀大学士

宦海蓬莱

抢　宴

咸丰八年(1858年)八月初六,金秋时节的北京依然很热。崇文门内东南隅的顺天贡院,气氛与往日殊不相同。三年一度的顺天乡试将于八月初九正式开场。

贡院那高达一丈五尺的外墙和一丈高的内墙,重又似顶盔挂甲,被铺满了荆棘。直到这个时候,人们才会明白,缘何贡院又被冠以"棘闱"之"美名"。

派驻于贡院之外的清军官兵交相巡查,

一个个手按腰刀,横眉立目,恰如凶神恶煞一般。然而,在贡院的大门附近,却挤满了说说笑笑的百姓。

俗话说:见怪不怪,其怪自败。京城的百姓什么场面没见过?这点儿"小排场"对他们来说已算不得什么,更何况一会儿还有一场好戏在等着他们。

一阵清脆的锣声响过,大家迅速闪到路旁。一队健卒,导引着十数顶官轿缓缓而来。

走在最前面的那顶官轿最为引人注目。八抬大轿的轿竿上裹着五彩的绸缎,轿身上设大宝座,蒙着虎皮,左右踏足处为木狮,尽显威严之气。再往上看,四无围障,正中端坐一人。

此人非是别人,正是本年乡试的正主考、协办大学士柏葰。柏葰,原名松葰,巴鲁特氏,蒙古正蓝旗人,道光六年进士。他曾先后于道光二十九年(1849年)和咸丰六年(1856年)被赐紫禁城骑马,这在清代可是了不起的殊荣。而且最近柏葰官运颇佳:咸丰六年十一月,奉命在军机大臣上行走;十二月,授翰林院掌院学士,旋以户部尚书补授协办大学士。如今,他又被皇上特简为顺天乡试正考官,足见咸丰帝对他的信任。

对于主持乡试,柏葰颇有经验。他曾先后充任过山东乡试副考官、江南乡试副考官、江南乡试正考官。对于这顺天贡院,柏葰也不陌生。五年前,他曾以副考官的身份进驻这里。今天,他以正考官的身份旧地重回,自是另一番感受。

行至贡院门口,军卒两厢闪开,轿夫落轿,柏葰稳步而下。抬眼观看,大门前那"天开文运"牌坊赫然就在眼前。大门东西又各建一坊,分书"明经取士"、"为国求贤"字样。在柏葰看来,这一切都昭示着浩浩皇恩,渗透着无限威严,他不自觉地挺直了腰身。

此时,其他官员也已纷纷下轿,跟了过来。其中包括副考官户部尚书朱凤标、都察院左副都御史程庭桂以及纠察关防总摄闱场事务之监临、提调、监试等各官。按照清朝的规矩,每逢乡试,均于八月初六这一天入闱(特殊情况除外),并设入帘上马宴,主考、同考官、监临、提调、监试各执事官都要参加。

柏葰吩咐下去,先行摆设香案,顷刻而就。于是,柏葰率领各官员,面向皇宫方向,行三拜九叩首大礼,仰谢天恩。香案撤去,入帘上马宴已经摆好,柏葰又率众官入席。直到此时,那种紧张的气氛才有所缓和,官员们一边喝着茶,一边看着戏,一边相互交谈着。

茶过三巡,戏过三折,众官纷纷站起。此时,围观的百姓突然蜂拥而上,冲至席前,叫喊着,掀桌的掀桌,踢椅的踢椅。一时间,杯、盘、碗、筷,纷乱散落。各官慌忙退后,一场盛宴顿成狼藉。而在场的官兵竟然观望不前,任凭闹事的百姓哄散而去。原来,这也是入闱仪式必不可少的一项,名曰"抢宴",无怪乎这些百姓竟敢在御林军的眼皮底下如此放肆呢!这一规矩不知始于何时,只不过是一种颓风罢了。

虽是定例,各官仍不免心惊。待得神情稍定,夫役人等将残宴收拾下去,开始正式入闱。首先是杂职、杂役及帘官(贡院体制分内外帘,中以一帘隔之,于此帘内工作之官为内帘官,于帘外工作之官为外帘官),之后是内外提调、监试,接着便是正副主考,监临押后。

进入大门之后,便是龙门,门内又平列四门,取《虞书》中开四门之义。再往里走,便是监临、外帘官办事之所——至公堂。

堂门正中高悬御匾,书曰"旁求俊乂",两楹为明朝士人杨士奇所题之楹联:

> 号列东西,两道文光齐射斗;
> 帘分内外,一毫关节不通风。

堂前有回廊,周围环以木栅。至公堂东西两旁为监临、提调、监试各堂,并各有院落,外帘各官俱宿于此。

柏葰在至公堂前下轿,入室更衣。至公堂后首有门,是为内外帘之分界。监临率司道各官将柏葰送入内帘,所有内帘各官及内帘之执事杂役一同随入。

在柏葰的身旁,跟着一个肥头大耳的家人。虽是家人,众官对他却颇为恭敬。此人名叫靳祥,是柏葰的心腹,很有几分能耐。柏葰这次带他入闱,是想让他帮帮自己的忙。但是柏葰怎么也不会想到,他日后身遭极刑也正是因为这位能干的家人。

内帘各官都相继进入,唯有副考官程庭桂逡巡不前,大伙儿这才注意到他的行李还没有送到。本来,按程庭桂的意思,叫一个家人带着行李同他一道赴贡院就行了。可程庭桂的儿子工部候补郎中程炳采坚持要为其父妥为置办,请程庭桂先行,行李随后送到。如今马上就要封门了,行李还没来,叫程庭桂如何不着急。等待封门的监临虽满心的不高兴,也只好赔着笑脸,站在一旁。

"老爷,行李!"大家的目光寻声而望,只见一个家人扛着打好的被褥,满头大汗地飞奔而来。他见到这么多人,却又讪讪地不敢上前,满脸紧张的神气。

"胡升,怎么才来？没用的家伙！"程庭桂一边骂着,一边吩咐杂役赶紧取过行李,进入门内。他明白,不能再耽搁了,时间已经不早了。

"老爷,里边有大公子给您预备的东西。"胡升此时又突然喊了一句。

"难道我不会看？"程庭桂回过身来骂道,"还不快滚,混蛋！"胡升转身,一溜烟似的跑了。

监临吩咐将此门关闭,贴上封条,并挂上帘子："非有本官之命,任何人不得随意开启,违者重惩不贷。"

柏葰等人回视帘门。从今日起,直到发榜之日,他们将在这里过着与外界隔绝的生活。

龙门难进

八月初八,是士子们入闱的日子。

顺天贡院的四个砖门之外,挤满了吵吵嚷嚷的考生,巡查的清军吆喝着维持秩序。

砖门之内,搜检王大臣们各协一名门千总,督率搜役分守四门,各持名册,等待点名,个个神情肃穆。

乡试乃抡才大典,清政府对此非常重视。为防士子挟带作弊,清政府规定了一套严格的检查制度。顺治时规定士子必须穿拆缝的衣服,单层鞋袜。雍正、乾隆时又规定：禁止携带木柜木盒、双层板凳、装棉厚褥、卷袋装裹;砚台不许过厚,笔管要镂空;糕饼饽饽均要切开;入场携格眼竹柳考篮,只准带笔、墨、食具等物。即便如此,挟带作弊者仍屡见不鲜。

寅时，士子开始点名入场。搜役按名册高唱考生姓名，在门千总的督促下，两人检查一名。他们喝令考生敞开衣襟，脱去鞋袜，然后从头发直到脚跟详细检查，丝毫也不放过。再看被检查的士子，左手是考篮，右手提鞋袜，敞衣露肚，赤脚而立，那破落相恰似乞丐一般。

士子考试的号舍位于龙门之内及至公堂后。经过第一道关，士子们要由龙门入号舍。在龙门内，又有稽查官员往来巡视，以防考生交谈、换卷、乱号。

待士子进入栅号，则有副都统、步军统领、总兵等带领官员、弁兵数十名随时巡查弹压，以备不虞。号栅则即行封锁。

在龙门与至公堂的中间，建有一座高楼，是为明远楼。楼下南面悬有一联：

> 矩令若霜严，看多士俯伏低徊，群嚚尽息；
> 襟期同月朗，喜此地江山人物，一览无遗。

相传此联乃康熙时李笠翁寓金陵之日所作。登楼而望，全闱内外形势尽收眼底。此时，监临、监试及巡查官早已来到楼顶，察看士子有没有私相往来，执役人等有没有替别人传递交通。

直到傍晚，点名才告完毕。随着三声炮响，监临下令将贡院大门、龙门均行加封，禁绝出入。

士子间的一轮较量又开始了。

自隋唐而始的科举制度，抱着为国家求经邦济世之才的目的，彻底改变了魏晋时期"上品无寒门，下品无士族"的不合理现象。它既为寒门之有才干者提供了入仕的机会,又为统治阶级网罗了人才,从而有利于封建王朝的统治。

商衍鎏老先生说:"世之言科举者,谓其使草野寒畯,登进有路,不假凭藉,可致公卿。然究其旨,实欲举天下之贤智才能,感纳于其股中,舍是即难以自见。"其言足是,后者才是科举制的根本。

正因如此,历朝统治者都以功名利禄为诱饵,以考试之内容为指针,控制知识分子的思想,使之服务于自己的统治。明、清时期的八股文,正是这种机制的产物。

对于士子们来说,科举制又是那么具有吸引力。

"万般皆下品,唯有读书高。"

"书中自有颜如玉,书中自有黄金屋。"

读书可以获取功名,而功名是一种荣誉,是社会地位的象征。读书可以做官,从而得以置身于统治阶级的行列,得以光耀门楣。做官可以获得丰厚的俸禄,在"三年清知府,十万雪花银"的时代,做官可以当作致富的代名词。

利之所趋,人心所向。

读书——考试——做官,成了大多数士子们心目中的理想道路。获取功名以显父母、光宗族,是一般士子所追求的目标。正所谓:

> 天意从来靳富贵,人情到底爱功名;
> 漫夸一字千金重,不带乌纱只觉轻。
> 人生何境是神仙,服药求师总不然;
> 寒士得官如得道,贫儒登第似登天。

> 玉童金马真蓬岛,御酒官花实妙丹;
> 漫道山中多甲子,贵来一日胜千年。

古人云,人生有四大喜,即:

> 洞房花烛夜,金榜题名时,
> 久旱逢甘雨,他乡遇故知。

"洞房花烛夜",一般人均能享受,并非难求,而多数人都能得到的东西难称其贵。"他乡遇故知",不过一时之喜而已。"久旱逢甘雨",实为可遇而不可求,天道遥远,此喜非人力所能致。唯有这"金榜题名时",所能带来的种种利益,最使人欣喜若狂。因而此喜实为"四喜"之最。

为了这一纸功名,千百年来,有多少知识分子皓首穷经,身许科举!中第者自然欣喜若狂,范进不是因为得中举人而高兴得发疯了吗?然而更多的士子则是屡试不第,怀才不遇,困于场闱,抑郁终身。

科举制究竟给封建时代的知识分子带来了什么?是幸福?是辛酸?其中滋味,局外人大概很难说清楚。

蒲松龄,以其一部《聊斋志异》而名传后世,但在科举上却是个久困于场屋之中的不幸者。怀才不遇的蒲氏在《聊斋志异》卷十六,即《王子安》一则中,曾对士子参加乡试的情形做过一段惟妙惟肖的描写,从中足见士子之辛苦与狼狈。他说:

> 秀才入闱有七似焉。初入时,白足提篮,似丐。唱名

时,官呵吏骂,似囚。其归号舍也,孔孔伸头,房房露脚,似秋末之冷蜂。其出闱场也,神情惝怳,天地异色,似出笼之病鸟。迨望报也,草木皆惊,梦想亦幻,时作一得志想,则顷刻而楼阁俱成,作一失意想,则瞬息而骸骨已朽;此际行坐难安,则似被絷之猱。忽然而飞骑传入,报条无我,此时神情猝变,嗒然若死,则似餂毒之蝇,弄之亦不觉也。初失志,心灰意败,大骂司衡无目,笔墨无灵,势必举案头物而尽炬之,炬之不已,而碎踏之,踏之不已而投之浊流。从此披发入山,面向石壁。再有以且夫尝谓之文进我者,定当操戈逐之。无何日渐远,气渐平,技又渐痒,遂似破卵之鸠,只得衔木营巢,从新另抱矣。

科举可能带来的利益与场闱的艰辛,似乎是一对难以调和的矛盾。而中举名额的有限,更增加了中第者与落榜者之间的不平衡。"得何欢喜失何愁"!

利益是诱人的。短暂的羞愤与失落之后,落榜者重操旧业,继续匍匐于科举的道路上。人,成了科举的奴隶。

挡不住的诱惑

世上万事万物都是良莠不齐的,举子之中也是如此。老实者继续埋头于八股,头白而犹锲而不舍;油滑者狗急跳墙,设诡谋,施奸计,以遂其志,各种投机取巧名目层出不穷。怀挟传递者有之,冒考顶替者有之,交通关节者有之,行贿请托者有之……

《泾林杂记》述及明人怀挟之事,云:

> 隔年募善书者,蝇头书金箔纸上,每个篇厚不及寸;或藏笔管,或置砚底,更有半空水注夹底草鞋之类;又或用药汁书于青布衣裤,壁泥糁之,拂拭则字立见,名曰文场备用。

《研堂见闻杂记》记载清初顺治丁酉(1657年)前后乡试情形,说:

> "科场之事,明季即有以关节进者。""每榜发,不下数十人。至本朝而益慎。顺治丁酉、壬子〔?〕间,营求者蝟集,各分房之所私评,两座师之所心约,以及京中贵人之所密属,如麻如粟,已及千百人。闱中无以为计,各开张姓名,择其必不可已者登之,而间取一、二孤贫,以塞人口,然晨星稀点而已。至此闱尤甚……甲午一榜,无不以关节得隽。于是阴躁者走北如鹜,各入成均,若倾江南而去之矣。丁酉,辇金载宝,辐辏都下;而若京堂三品以上子弟,则不名一钱而无不获也;若善为声名,邀游公卿〔间者亦〕然。"

漫漫的历史长河中,关于科场作弊的记述不绝于书,关于科场作弊的实例不胜枚举。

乾隆五十二年(1797年),闱中员役泄露考题,以谋取重利。他们将考试题目缚于砖石之上,掷出场外。场外接应的人马上请高手依题作文。及做完之后,有的远远地挑起点燃的灯笼,有的燃放炮竹,有的将驯养的信鸽脚系风铃放飞空中,以此作为信号。之后在预先约定的地方,将成文仍用砖石扔入场内。场中员役暗中取下做好的文章,乘便交给自己所关照的考生。

考场作弊,是清代科举中的一个顽症。

多数主办考试的人,自然不愿意作弊现象发生,这是对他们尊严的亵渎。正直的考生也不愿意有作弊的情形发生,因为这将堵塞他们步入仕途的门径。整个社会,上至官绅,下至百姓,对科场作弊深恶痛绝者不乏其人。"天下兴亡,匹夫有责",他们认为作弊使国家失去了栋梁之材,却使无能者得志,国家的治乱兴衰将因此而改变。科场丑闻败露之后,士子们骚乱、抗争,也使清廷深感棘手。严申禁令,肃风纪而端士习,自然成了清代科举中的要政。于是,各种条规禁令纷纷出台。

顺治二年(1640年)规定:士子入场,如有怀挟片纸只字,或请人代作文字及受请托之人,均枷示问罪;场内供应夫役,如有假冒考官亲识,诳骗士子及士子央浼营干者,皆枷示三个月,发烟瘴之地充军。

康熙三十九年(1700年)规定:主考官有交通嘱托、贿卖关节、士子夤缘中式,事发情实者,按律从重治罪;其父兄为子弟作弊者,有官者革职提问,无官者从重治罪。

雍正元年(1723年)规定:主考士子交通关节中试者,如审实,则处斩立决。

雍正八年规定:如试官不公,科场作弊,下第举人生员可据实赴衙门控告,实则究处,虚则反坐。

乾隆九年(1744年),乾隆帝以怀挟拟题之风日甚,命亲王大臣严定搜检之法,规定:

士子服式：帽用单层毡，大小衫、袍、褂俱用单层，皮衣去面，毡衣去里，裈裤绸、布、皮、毡听用，止许单层。袜用单毡，鞋用薄底，坐具用毡片……至士子考具：卷袋不许装里，砚台不许过厚，笔管镂空，水注用磁，木炭止许长二寸，蜡台用锡，止许单盘，柱必空心通底。糕饼饽饽，各要切开。此外字圈、风炉、茶铫等物，在所必需，无可疑者，俱准带入。至考篮一项，或竹或柳，应照南式考篮，编成玲珑格眼，底面如一，以便搜检。至裈裤即用单层，务令各士子开襟解袜，以杜裹衣怀挟之弊。

种种苛细的规定，令本来就受场闱辛苦的士子更是叫苦不迭。遗憾的是，搜禁愈严，规避之术愈巧，怀挟交结舞弊之风依然存在。

乾隆皇帝对考弊之风也禁不住有过哀叹：

　　从来顺天乡试，易滋弊端，多招物议……如进场之怀挟、场内之传递，皆向来人所共知；且有通晓举业之人，假充誊录，为举子改窜文艺者。其他弊端种种，难以悉数。又闻有应试士子，于场前结纳新进翰林，互相标榜，遂成奔竞钻营之恶习。夫国家之所以重士者，谓其品行端方，足备异日公卿之选，若苟且侥幸于目前，而始进不正，贻诮终身，尚安望其受爵服官，克自树立，为朝廷有用之材乎？

清代朝廷，视防弊为要政，行法亦不姑息。科场之案，处罚之严，行刑之重，令士子、考官不寒而栗。腰斩之刑已经见于科场案之中。主考官如不检点而交通关节,一旦败露,必遭刑戮之惨。他们不得不检点自己的行为,并多方表明自己的清白。

康熙十八年己未科状元归允肃,于二十年辛酉顺天乡试中充任主考。当他入闱之时,作誓神文:"允肃等素著清贫,谬叨荣遇,期为朝廷遴选真材,不为身家营谋私窟,期诸同事务矢此心,倘或为己营私,循情欺主,明正国法,幽伏冥诛,甘受妻孥戮辱之惨,必膺子孙灭绝之报。"

朱彝尊典试江南,在渡江时作告江神文:"如其寸衷有昧,徇人贿托,废弃真才,神灵有知,允当罚殛。"入贡院时又作誓神文曰:"如或心存暗昧,遏抑真才,循一人之情面,受一人之贿托,通一字之关节,神夺其算,鬼褫其魄,五刑备其体,三木囊其头,刀斧分其尸,鸟鸢攫其肉。"

康熙四十五年丙戌科会试,张廷玉为考官,他的一位同僚以微词相探,希求请托。张廷玉遂作闱中对月绝句四首,其中有句话为:"帘前月色明于书,莫作人间暮夜看"。其人怀惭而退。

钱陈群为顺天学政,作题帐诗,云:

不寝常如枕有警,屏私直似镜无尘;
题诗自有纱笼护,留伴他时绛帐人。

在其诗序中,钱陈群写道:"往年学使者下车,供张甚盛,厥后相继简任于此者,多清节素著之前辈,以次删除。惟卧室内设一帐,寒则御风,夏避蝇蚊,余前后视学此凡七年,泹郡试罢将行,必撤帐归有司,曰,明年来无烦改作也。辛酉春复来,见帐极新,因缀数语,并缀以诗,继余而役于此者必朝右君子,慎乃俭德,有同志焉。"此事一时传为美谈。

然而,我们不得不承认,在权钱相因的社会,一些主考不会放弃利用莅临考试赚取钱财的机会,利令智昏的他们甘于冒险。考风日下,是个难以否认的事实。

清代科场案件,大多数为交通关节案。对此,主考难脱干系。没有不透风的墙,主考徇私舞弊一旦败露,自然成为落第士子们攻击的目标。讽刺主考之事不绝于书。

光绪癸巳科正主考为殷如璋,副主考为周锡恩。发榜后落第士子撰联云:

殷礼不足征,业已如聩如聋,那有文章操玉尺;
周任有言曰,难得恩科恩榜,全凭交易度金针。

辛卯科浙江主考为李端遇、费念慈,时有联云:

木子公木不可言,偏于两浙有缘,无端遇合;
弗贝兄弗为已甚,但有千金相赠,举念慈祥。

某科浙江主考为乌拉喜崇阿,副主考为恽毓鼎,时人撰联云:

鸟不如人,只少胸中一点墨;
军无斗志,都因偏了半边心。

某科广东正主考为刘福姚,副主考为萨廉,监临为许振祎,

而当时的两广总督为谭钟麟,落第士子便以他们四人姓氏撰得一联:

> 公刘好货,菩萨低眉,
> 少许胜人,空谈无补。

又浙江某科正主考为李文田,字仲约,副主考为陈鼎,字伯商,于是有联云:

> 旧有文名,李仲约无妨约略;
> 新开鼎记,陈伯商大可商量。

凡此种种,不一而足。虽说是无风不起浪,士子攻击考官往往是因其行为不检,但也不能排除好事者信口雌黄。毕竟科场人多额少,自必有榜发见遗之士,借此以泄私愤。这事也在情理之中。

科场无常

千年科举制有常,千年科场人无常。士子们能够持续不断地获得步入统治阶层的机会,这使他们感到欣幸。种种复杂因素的作用,却增加了考试结果的戏剧性,陋者未必不中榜,真才未必不见遗。得中者名次之先后,亦在主持者一念之间。

清道光年间,林则徐在其《请定乡试考官校阅章程并防士子剿袭诸弊疏》中留下了这样的记载:

> 窃查江南为文人渊薮,入闱士子,多至一万四五千人,额设同考官十八房,每房约须校阅八百余卷……乃头场荐卷未毕,而二三场试卷已陆续送入内帘……似此校阅情形,定弃取于俄顷之间,判升沉于恍惚之际。

清梁章钜在其《归田琐记》中叙及张腾蛟之事:

> 张孟词名腾蛟,汀州宁化人。乾隆辛丑(乾隆四十六年,1781年),朱文正师(珪)试汀州府属秀才,孟词文,为幕客校阅者置劣等。师覆阅之,大加惊异,擢冠其军。翌日覆试,愈加赏识,召入署中授业。而幕客已于前夜袱被去矣。逾年,举乡试第一。

生童院试,试官阅卷假手于幕客,实乃常有之事。

科名的得失高下,不全在于才学的高低,而常决定于偶然的因素。"科名得失,迟早高下,莫不有命",这是芸芸士子们的无奈。中国人喜欢凡事都有个说法。有人说,人这一辈子能不能得功名,那是命中注定之事。命中该有功名,虽非高才亦能得中;若是命中本无功名,则即使是旷世奇才也难登科第。

翻开宣鼎的《夜雨秋灯录》,我们从中会看到这样一则记载。在浙江嘉兴有一吴生,他是一位儒士,又做些生意,已有好多年不入科场。且说这一年,又值乡试之期,吴生突然夜得一梦。梦见他的父亲催促他入闱应试,并说如果他不去,该场中将缺少一位孝廉。同时,其父亲让他拜访同族吴兰陔,索取吴兰陔《乡人皆好之》一文。吴兰陔为当时的作文名手,但却久困场屋。待及入场应试,试题发出,二人不禁骇然:试题正是《乡人皆好之》。吴生大喜,直录吴兰陔旧作交卷。而吴兰陔则不胜悔恨,恨自己不该把旧作交给吴生。但事已至此,悔也无用,"谅天意,终身不得售矣",于是草草终篇了事。可等到发榜之日,二人心情刚好调了个个儿。吴兰陔竟然得中,而吴生却未中。吴兰陔拜见座主,将自己的旧作呈阅。他说,闱中之作,乃是匆匆草成,聊以塞责,不堪入众人之目。座主看过兰陔旧作之后,深表赞赏,但同时又说;"虽然,此文若在场中,未必中式,盖阅卷时走马看花,气机流走者易于动目。此文非反复数周,不知其佳处,试官有此闲情乎?故无益也!"落榜的吴生则对其父怨恨至极,心想父亲怎能诓骗儿子呢?结果,其父亲夜梦中复来,怒气冲冲地斥责他:"不肖子,何如! 此中自有天命。汝若不抄截兰陔之文,彼必自录,又不得中式矣!"生曰:"彼之中与不中,与我何干耶?"父曰:"闱中饭食,皆出帑项,非生时注籍,岂易得哉! 汝命中尚有一次,不完,总不得安静也。"在这里,连士子的入闱次数也成了命中注定的了,真是可悲又可笑。

同样是人,为何有的人就有命中榜,有的人就没有这个命呢?"聪明"的士子们经过苦苦思索,终于找到了问题的症结所在——祖坟。

许叔平在《里乘》卷二,《程太封翁》条中,记江西新建程氏家事时,这样写道:

> 江西新建程太封翁……双庆古稀,是日咸党毕集,太夫人受贺毕,忽入房端坐,仰药而逝。时方暑月,举家悲泣,惶恐无措。以天热不能备礼,草草殡殓,又虑被人口实,仓促

> 葬于田陇。后有形家过其地，见之叹曰："此吉穴也，必热葬易于得气，子孙发祥乃速，且贵不可言。"不数年间，其孙晴峰先生商采，辛未（嘉庆十六年，1811年）进士，官至两湖总督。憩堂先生楸采，甲戌（嘉庆十九年，1814年）翰林，官至浙江巡抚。霁亭先生奂采，庚辰（嘉庆二十五年，1820年）翰林，官至江苏藩司，兼摄巡抚。其他曾孙，科第仕宦，至今不绝，益服堪舆之言不谬。憩堂先生巡抚吾皖时，予馆子署中，亲为余言之。

在他们看来，程家之后之所以能荣登科榜，身居要职，全在于太夫人之墓风水好。言者诤诤，信者云从。这倒使风水先生发了财。

人们相信好的地形，可使人逢凶化吉，遇难呈祥，福及子孙，因此纷纷延请"精堪舆壬遁术"之士，帮助本族选择佳地，以为坟茔。人们相信祖坟择地不善，会使自家背运难转，于是纷纷相良茔以易之。因为迷信风水，就有了迟葬与迁葬等陋习，白白浪费了许多精力与财力。

"敬鬼神而远之"，乃是孔夫子的信条。孔夫子是儒家的始祖。儒家学说是中国两千年封建社会的正统思想。科举制正是以儒学为本。封建统治者借助科举制来使天下知识分子尽奉儒学。

但科举制度下的有些知识分子群却最终走上了迷信的道路。在他们看来，命数、因果报应以及风水更胜于他们所尽心追求的学问——儒学。不知我们的孔圣人于九泉之下当作何感想。

法网初张

鱼和熊掌

按照清朝的定例,顺天府的府尹、府丞分任每次乡试的监临和提调,而顺天乡试闱官及士子的供给则向由顺天通判、治中会同大兴、宛平知县办理。在贪污成风的清代,乡试供给官可是个肥差。所以,历任顺天府粮马通判,都盼着在自己任期内多举行几次乡试,多设几次特科,以便从中牟利。

然而,令人奇怪的是,正当本次乡试考期日益迫近之时,顺天府粮马通判萧鼎禧却整日长吁短叹,坐卧不宁。在他心中,装着一个令他左右为难的问题:是照例出任供给官呢?还是设法推掉这一差事呢?

人们不禁要问,难道这个萧鼎禧要保持自身的清白?

难道这个萧鼎禧一时犯傻,竟要扔掉这一别人梦寐以求的"肥差"?

难道这个萧鼎禧听到了什么风声,所以有意规避?

……

其实,萧鼎禧没有那么高的觉悟,要保持什么自身的清白;他也没有那份洞察力,会嗅到咸丰帝要整肃场闱。

但萧鼎禧也绝对不傻,如果不是事出有因,他绝不会舍弃这一"美差"。

原来,今年乡试,萧鼎禧的胞弟萧鼎祜正值应试之期。而自乾隆九年始,乡试会试主考官、房官、知贡举、监临、监试、提调之子孙及宗族例应回避,不许入考。乾隆二十一年更推及受卷、弥封、誊录、对读、收掌等各闱官之子弟近戚也一概回避。

按规定,回避的人,本族为五服之内与虽系服外而同居一地者;外姻为母妻之父,母妻之亲兄弟及子,母妻亲姊妹之夫及子;本身为亲姑、亲姊妹之夫及子,女之夫及子,孙女之夫及儿女亲家。

凡此种种,皆为防止朝官子弟易于认识、沟通生弊而设。

作为顺天府粮马通判,萧鼎禧例应入场,督理供给,他的胞弟萧鼎祜自然应照例回避,不能参加本次顺天乡试。

萧鼎禧很想照例入场,办理供给事务,借机从中捞一把。可一旦这样做,胞弟将失去一次中举的良机。毕竟他此刻正任顺天府之官,闱场中有许多同僚、下属,许多事情都好商量。等自己离任,机会将不再来。

更何况,自己胞弟早中举三年所得的利益,将远远大于他办理一次供给所能捞到的利益。

萧鼎禧翻来覆去,思索再三。

从手足情感而言,为了萧鼎祜的前途,他应放弃这次入闱机会。从长远利益着眼,萧鼎禧应设法推掉供给官之职,因为这可能会带来更大的好处。

萧鼎禧最终做出决定,为了能使自己的胞弟参加这次顺天乡试,他甘愿做出"牺牲",设法辞掉闱官之职。

顺天府粮马通判充任顺天乡试供给之官,这是定例,是不能随便不入闱的。

萧鼎禧几经琢磨,最后决定以受暑吐泻为由,称病不出。于是,他派家人禀明顺天府尹梁同新,称自己病重,恐贻误场务,故请假十天,要求另派官员入闱办理供给事务。

梁同新得知萧鼎禧有病,即派既补知县萧履中接办供给事务。

萧鼎禧既然患病请假,萧鼎祜自然毋庸回避,是以仍行入场。对于萧鼎祜,自是欣喜有余。对于萧鼎禧,心中却不无几分遗憾。

顺天贡院内,各种考试前的准备工作正在紧张地进行。紫禁城中,咸丰皇帝也通过各种途径,密切注视着这次抡才大典。

咸丰帝这次任用他所深信的柏葰为主考,是有他的考虑的。

近年来科场漏洞百出,歪风日盛,令咸丰帝深感不满与忧虑。但他所注意的,只是考试、判卷过程中的作弊情形。

然而,当咸丰帝真正重视起本年乡试,他却发现事情比他想象的更糟。参考士子们还没有拿到试卷儿,问题就已暴露出来了。

咸丰八年八月初八,咸丰皇帝先后接到两份奏折,参奏顺天府治中蒋大镛、粮马通判萧鼎禧。

其一是顺天乡试监临景廉等十一人奏请议处承办试卷迟延之蒋大镛等折,折中云:

> 窃查每科乡试由顺天府治中、粮马通判办理,卷册于初六日送入贡院,随即钤用监临关防,次日印用号戳,原期办理裕如,以免仓猝滋弊,历经遵办在案。乃本科乡试迟至初六日戌刻,尚未将卷册送进,屡次札催,至初七日辰刻始行送到。虽经臣等督饬所委官员连夜钤印用戳,严密稽查,尚无贻误,但事关科场大典,该治中、通判等宜如何小心慎重,乃漫不经心,任意迟延,殊属不成事体,谨据实参奏,请旨将顺天府治中蒋大镛、粮马通判萧鼎禧交部议处,以警玩忽而肃场规。

另一奏折是征麐等四位巡察砖门御史奏请议处承办卷册迟延舛错之蒋大镛等折,云:

> 窃查每科乡试由顺天府治中、粮马通判办理,卷册于初六日早送入贡院,历经遵办在案。乃本科乡试迟至初六日戌刻,尚未将卷册送到,屡经严催,至初七日辰刻始行送进,已属迟延之至,及检查点名册,竟有舛错之处。经臣等逐册悉心校正,始无贻误。查该治中蒋大镛、粮马通判萧鼎禧,

办理卷册是其专责,宜如何小心慎重,乃任意玩忽至此,殊属不成事体,相应据实参奏,请旨将顺天府治中蒋大镛、粮马通判萧鼎禧交部议处,以警玩忽而重场事。

原来,为了防止泄漏考题,清政府规定,历届乡会试考试之题目只有主考一人知道,题纸也专门供应。

顺天乡试分三场,一般分别在八月初九日、八月十二日和八月十五日举行。头场题纸应于初六日由顺天府治中、粮马通判筹办送入内帘,初七日在内帘钤盖关防。

八月初八日晨,主考亲书是科考试题目(或由房官代书),由内监试、收掌、房官监督刊刻。地点是在聚奎堂,由内监试点入刻字印刷匠后封门,不许外出。

题纸先有定数,不许多印一张,以防泄露。印完之后,内监试于亥刻通知外帘使迎题纸,正副主考花衣补服送题纸至内帘门,门外击云板,门内答以梆,帘门随即打开,监临、外提调、监试隔门与主考互揖,将题纸点数送出,互揖而退。

八月初九日,外帘官按士子人数散给题纸,并留若干存案解部。

顺天乡试士子众多,各个环节都须按例进行,不得延误,否则难免忙中出错。

本届乡试,由于代替萧鼎禧入闱的萧履中对于场务不熟,而顺天府治中蒋大镛又办事拖拉,以致本该八月初六日送入闱的题纸,迟至八月初七日辰刻才送到。弄得钤印诸官好不紧张,只得连夜加班,才得以在八月初八日晨前将印盖完。

更糟糕的是,由于办事草率,随同题纸一同迟送的点名册,竟多有舛误,害得负责点名的四位巡察砖门御史亲率属员,悉心检查,逐一更正。

这些身负监察之责的监临、御史对此大为不满,于是联名上奏,要求严惩这些敢于玩忽职守的官员。

咸丰帝没想到顺天府的这些小官,竟敢拿场闱重事不当回事儿,不觉大为恼怒,心想:此次整肃场闱,就先拿你们开刀。他随手提起御笔,下达谕旨:

> 顺天府治中蒋大镛、粮马通判萧鼎禧,承办乡试试卷已属迟延,名册复有舛错,实属玩忽,均著交部议处。钦此。

凡事就怕撞到枪口上。

蒋大镛实是罪有应得,这一切都是由于他本身的过失造成的。可怜的倒是这位粮马通判萧鼎禧,待在家里也要被交部议处,可谓祸从天降。

原来,顺天府尹梁同新并未将萧鼎禧患病请假之事上报朝廷,所以那些本应对萧履中的处分便都落在了萧鼎禧身上。

负气的提调

闱中诸官,也并非没有人注意到萧鼎禧没有照例入闱。顺天府府丞、文闱乡试提调蒋达对此早看在眼里。

所谓提调,就是提举调度之官。作为顺天乡试提调,蒋达要负责闱中一切日常事务的处理。因此,他必须与各个环节的负责人接触。

法网初张

如果说朝中指派下来的诸闱官对于萧履中接替萧鼎禧难以注意的话,那么作为顺天府府丞,蒋达当然知道顺天府粮马通判是谁,当然早已注意到萧鼎禧并未照例入场。

但城府很深的蒋达并未声明此事,他另有打算。

虽然同在一个衙门办事,蒋达与顺天府尹梁同新却长期不和。

梁同新这个人胸无大志,性耽安逸,办事总是漫不经心,毫不认真。而蒋达则凡事力求办得圆满,从不肯敷衍了事。

梁同新自然不喜欢这个总爱挑三拣四的属下,蒋达也始终不满这个凡事敷衍的上司。久而久之,两人越来越觉得对方不顺眼。

这次顺天乡试,从入闱的那天起,蒋达就注意到许多事情杂乱无章,毫无头绪。于是他决定暗中搜集证据,乘机参劾府尹梁同新,给他点教训。所以,当八月初八日景廉等奏请处分蒋大镛、萧鼎禧时,蒋达也在奏折上具名,而没有将事情点破。他认为光凭这一点,不可能给梁同新多大处分,不如等证据渐多后,一并揭发。

梁同新的草率令蒋达窃喜,因为这将使他抓住梁同新更多的把柄。但梁同新的草率也给蒋达平添了诸多麻烦。

蒋达是提调,不论哪个环节出了毛病,大家都要来找他。

顺天乡试的闱官,除部分从朝宫中指派外,大部分皆由顺天府及直隶省属官担任。他们的分工都由顺天府尹来指派。由于员数甚多,为避免误事,一般都要先令书役造册,标明各员职司,以备查对。可梁同新觉得这样做太麻烦,因此省去造册之举。等到入闱之后,他草草开列了一个名单了事。

这些执事诸官入闱之后，照例点名。蒋达就发现这些人连点名规矩都不懂，他们不遵约束按名排列，仨一群俩一伙地乱作一团，令蒋达好不生气。

分派完任务，诸人各自散去。

随后，监察御史到各处稽查，竟发现至公堂委员巡检王式金并不在差。更有甚者，至公堂委员、直隶试用经历潘淳，虽被梁同新开入单内，但实际上却并未入闱。

顺天府治中所进卷册，颠倒错乱，以致散卷点名，诸多棘手。在至公堂当差的书役，熟悉场务的只有二人，其余皆糊涂疲玩。一切公事，错误百出。

内帘主考、房官各处，煤、米、纸、烛全不敷用，应用各物屡索不应。

各号之内，所应派管龙门水夫办理疲玩，士子用水俱无。

等到试题散发之后，士子们纷纷以破烂之纸，甚至仅有关防而无字者来换。蒋达虽心急如焚，却心有余而力不足。他渐渐看出，事情这样发展下去，早晚会招致处分。自己待在这里，自然难辞其咎，与其这样，还不如早点儿避出去的好。

八月初十日，蒋达行文梁同新：现在身患急病甚重，不能办公，恐有贻误，理合随棚出院，将关防交出，移会奏办。

八月初十日未刻，蒋达不顾梁同新、景廉及巡察砖门御史征麟等人的劝阻，随棚出闱。

这下可气坏了梁同新。

他心里暗暗盘算：蒋达负气出闱，皇帝肯定要追究原因。不如先参他一本，转移皇上的注意力，或许能蒙混过去。

于是，梁同新连夜具写奏折，参劾蒋达，并于次日进呈：

顺天文闱乡试监临、顺天府尹臣梁同新跪奏,为文闱乡试提调告病即行出闱,据情入奏,请旨迅赐简放,恭折仰祈圣鉴事。

窃臣自入闱日,即传令各委官严加申饬,凡有供给,务必照例,毋得不丰不洁,致干参处。初九日,提调度蒋达面向臣说,告病出闱,臣询以何故,具言场内各委官呼应不灵,不能办理。臣当即劝导,以大典所关,必须终事,始可出闱。又监临臣景廉、都统臣宝鋆、监试臣志文、清安、宗室宝麟、那苏泰、谢增、朱文江、毛昶熙、颜培瑚,共同相劝,臣复传供给所等官,再加申饬,该提调复出视事。初十日,忽接该提调文称:现在身患急病甚重,不能办公,恐有贻误,理合随棚出院,将关防交出,移会奏办等情。并在至公堂面言,即要出闱,又备文将自行买备火腿、绍酒等物,及京钱三千吊,移送至公堂查收,交后任办理。臣复劝以告病出闱,例应请旨办理,不肯令其出闱。时监临臣景廉云,可以单衔独奏。该提调遽行出闱,臣亦不得不单衔据情入奏。现在文闱未竣,提调事务繁多,相应请旨,迅赐简放,以专责成。

所有闱中事宜,臣与臣景廉商量,变通办理,以期无误。理合恭折具奏,伏乞皇上圣鉴训示遵行。谨奏。

咸丰八年八月十一日

在这一奏折中,梁同新着意刻画蒋达擅自出闱的情形,并把自己装扮成一个实心任事的监临,只字不提场闱之内办理不善的事实,力图为自己开脱。

该奏折恭呈御览后,咸丰帝果然震怒:这蒋达怎敢如此放肆,竟擅自出场?说是得了急病,情况是否属实?一定要查个水落石出。

咸丰帝继续翻阅奏折,看到了巡察砖门御史征麟等奏参蒋达擅自出闱折。折中云:

> 窃本月初十日午刻,臣等准至公堂来文称,准提调堂移称,本堂现在身患急病甚重,不能办公,恐有贻误,理合随棚出院,相应移会查照办理等因前来。
>
> 臣等查提调官例不准出闱,如果患病属实,须俟奏明,请旨遵办。讵该提调、顺天府府丞蒋达,到贡院门前见臣等,坚称必须立即出闱,刻不能缓。臣等查该府丞蒋达并无患病情形,再三拦阻,坚执不允,已于初十日未刻随棚出闱。

咸丰帝一看,原来蒋达有病是假。不过,他为何要擅自出闱呢?此中定有缘故。

再往下看,是监临景廉奏梁同新贻误场务及蒋达擅自出闱折,其中写道:

> 窃奴才蒙恩简派监临,谨于八月初六日卯刻恭诣贡院至公堂视事。所有一切事宜,皆与府尹梁同新、府丞蒋达虚心严酌,并严饬承办各员振刷精神,以期无误。乃进卷迟延,诸多棘手,曾经会同监试御史奏参在案。此次至公堂当差书役,熟悉者甚属寥寥,诸事纷纷错误,虽经随时改正,已属不成事体。至供给诸所,尤为草率,奴才与府丞蒋达力求整顿,昼夜焦灼,无如府尹梁同新性耽安逸,毫不认真,又复

袒护属员,以致奴才与府丞蒋达呼应不灵。蒋达气愤已极,移会至公堂,托病出场。奴才力加劝慰,勉以公义,该府丞负气任性,不肯少留,已于初十日未刻径行出场。所有场内事务,奴才一人办理,实形支绌。查提调为总办之官,事务殷繁,非有专员办理,不足以臻妥善。现在蒋达业已出场,办理需人,可否于外帘监试御史中,请旨简派一员,就近署理,以专责成。该府尹、府丞等意见不合,置公事于不问,殊出情理之外,谨据实纠参,伏候圣裁。

至奴才未能先事调停,俾臻妥协,亦有不合,应行请旨交部议处。谨奏。

再下边,是副都统载鹭等的奏折,指出了本届顺天乡试闱中的杂乱情形:

窃臣等前因进卷迟延,将办理卷册之治中蒋大镛等奏参在案。乃细查所进卷册,颠倒错乱;以致散卷点名,诸多棘手。至公堂当差书役,熟悉者不过一二人,余皆糊涂疲玩。一切公事,纷纷错误族虽经监临、提调及臣等随时查出,立予更正,已属不成事体。至办理供给官,尤属漫不经心,任意草率,题纸之破碎,供给之腐败,内帘应用各物屡索不应,种种错谬,不可枚举。府尹梁同新袒护属员,与府丞蒋达意见不合。蒋达呼应不灵,一时气忿,竟欲出场。臣等力加劝阻,并责以大义,无如坚不肯听,于初十日未刻移文至公堂,声称急病,擅自出场。查乡试为抡才大典,理宜慎重,监临、提调责有专司,宜如何和衷共济,妥为办理,及府尹、府丞各执意见，视公事如弁髦。惟监临景廉认真督办，恐一人精神有限，不无贻误，所关甚巨。臣等目睹情形，理合据实参奏，伏候宸断。

看罢这几份奏折，咸丰皇帝恍然大悟：原来蒋达是因为与梁同新意见不合，呼应不灵，负气而走。

这梁同新也不是个好东西，诸事不负责任，还敢上折称自己与景廉商量变通办理闱中各项事务。

看来这场闱之中真是杂乱无章，如此下去，将如何是好？整肃场闱，势在必行。等事情弄清楚，一定要严惩这些敢于玩忽职守的官役人等。

这场闱之中，是不是还有别的办理不善之处？

水落石出方罢休

咸丰帝此时的心思，已不在蒋达擅自出闱这件事上，而是想更多地了解闱中场务的真实办理情形。他也在努力抓这些闱官们的把柄，以备将来之用。

这时，咸丰帝看到了顺天府府丞蒋达奏自请严议并参监临梁同新等人折。

原来，蒋达负气出闱之后，自知难逃处分，便主动自请严议，同时也借机参劾老对头梁同新，将闱中混乱情形捅出去，让他也同样受到朝廷的严惩。

而咸丰帝此时正生梁同新的气，也正想多了解些闱场中的事，便迫不及待地看下去：

顺天府府丞臣蒋达跪奏，为自行检举，据实严参，以遵国纪而肃场规，恭折仰祈圣鉴事。

窃惟辟门吁俊，大典攸关，况顺天为首善之区，乡试之事，小心臣工宜如何勤慎严肃，以期无负圣主为国求贤之至意。今岁戊午科举行秋试，皇上既命工部侍郎臣景廉、顺天府府尹臣梁同新以为监临大臣。臣达亦以顺天府府丞，例得入闱提调，凡一切闱中应办事宜，是其专责。然责虽有专属，而权则向无寸柄，盖以府丞之官，惟司试事，平日除与各县教官相见外，其余大小各官，并无公事觌面，以故入闱之日，无论直隶调来之员不能认识，即顺天本属之官，亦全然不知。所有内外执事各官，全赖府尹梁同新为之详察，然后商同分派，庶无旷官，亦无废事。况员数甚多，应办事宜亦复不少，皆宜先令书吏造册备查，方可临行无误。乃此番乡试，该监临梁同新，并不令书吏造册，以致入闱分派，草草开单，漫无稽察，甚至有派入至公堂委员、直隶试用府经历潘淳，并未入闱，亦开单内，临点时又不遵约束按名排列，以致派后稽察，有其名而无其人，殊属不成事体。

至于闱中要务，铃卷打戳，巡逻剔弊之外，供应亦有常规。内而主考房官及百执事，外而士子、书役、夫匠等，日用皆所必需。此项用度向由大（兴）、宛（平）两县领款报销，各县复有津贴，数至一万余金。而入闱供应，例以本府粮马通判总办，盖以闱中所有书吏夫役，皆系两县之人。而粮马通判专管京师市价，故一切弹压买办，俱可期其得手。乃该府尹不知何故，并不令该通判萧鼎禧入场，而又派其同党之既补知县萧履中、署县丞萧端成及试用典史王肇屋、试用州吏目翁世鉴，为之盘踞于场内之大所，而以大兴典史李光澜、宛平典史李建中，盘踞于小所。小所者，在砖门外，所以总办一切供应者也。此辈贪污苴阘，惟知营私肥己，不知主考房官之煤米纸烛全不敷用，即刊印题纸亦不精选，以致发题后，士子等纷纷以破烂之纸，甚至有关防而无字者来换，不胜骇愕。谨一并封送军机处，备呈御览。

又，印卷造册是治中与通判专责，昨以承办迟延及名册舛错，经监临与臣等据实参奏，疏忽玩泄，实为从来未有。乃既奉谕旨议处，该员等并不儆省，各项委官及各色书吏人等仍复不遵约束，按派当差，该府尹亦竟置若罔闻。臣舌敝唇焦，徒深焦急。此皆弹压、监试诸臣所共见，非臣所敢捏造者也。臣愚以为，方今天下纷纷多事，皆以各省督抚不能破除情面督率属员认真办公，以致百事废弛，积习难挽，深可痛恨。此次顺天乡试，该府尹梁同新护庇属员，因循不振；治中蒋大镛办理草率；通判萧鼎禧胆敢不照向例入场，而又夤缘使其同党盘踞两所，事事把持；大兴知县贺廷鋆、宛平知县毛庆麟，又于内外供给偷减迟误；典史李建中、李光澜，尤其积滑刁奸，遇事延抗。又有至公堂委员巡检王式金，并不在差，所应派管龙门水夫雷树谟、州库大使丁学洙，办理疲玩，士子等用水俱无。似此场务，万分竭蹶，势必贻误，臣惟有据实严参，伏候圣裁。

至臣有提调之名，无提调之实，连日昼夜呼唤不灵，事之不能应手，致积劳陡患头痛目眩，咽喉干结，似成急症，刻即不能治公，只得移会监临及监试都统等，据情请假，随棚出闱，奏请提调接办。臣才疏性拙，办理未能裕如，相应请旨,将臣交部严加议处。

所有自行检举,据实严参缘由,理合具折恭奏,伏乞皇上圣鉴。干冒宸严,不胜惶悚恐惧之至。谨奏。

看罢蒋达的奏折,咸丰帝是又惊又怒。惊的是作为朝廷抡才大典的科举考试竟然混乱到这种地步,怒的是他的这些臣子们竟敢无视国家法纪,如此无法无天。

"必须严惩这些办理不善的官员,以儆后人",咸丰帝怒火中烧,"如此下去,科举考试还怎能为国家遴选人才?国家将何以兴?外侮将何以去?内乱将何以平?"

咸丰帝在屋中来回踱着步,思索着。

"笔墨伺候!"咸丰帝没好气儿地喊。

小太监吓得一哆嗦,连忙拿过笔墨纸砚,动手磨墨。咸丰帝提起御笔,书就谕旨一道,谕内阁严议擅自出闱之蒋达并查办乡闱徇庇之梁同新等。

对于蒋达,咸丰帝认为:"府丞提调乡闱,是其专责,如果委员人等呼应不灵,自当与监临和衷商榷,实力整顿。即有意见不合,亦何妨专折具奏,乃竟自称患病,负气出闱,实属谬妄糊涂。"他一面将蒋达交部严议,一面派毛昶熙(原任监试)暂行署理顺天府府丞之职,接办乡试提调事务。

梁同新于乡闱要务,不知认真办理,任用非人,以致诸事废弛,有心徇庇,著先行交部议处。景廉于顺天所属各员,并非统辖,但既充任监临,亦难辞其咎,一并交部议处。

最能引起咸丰帝注意的,还是乡闱供给不善之事。他说:"治中蒋大镛办理草率,通判萧鼎禧并不照例入场,使其同党盘踞两所,营私肥己,大兴、宛平两县知县偷减供给,各委员等遇事疲玩各情,蒋达与监临景廉、副都统载鹭等、监试志文等所奏大致相同,著派瑞常(礼部尚书)会同载鹭、宝鋆逐款查明,据实参奏。"

咸丰帝对他发现的每一个问题都要弄清楚,大有"水落石出方罢休"的意思。

这次咸丰帝要动真格的了。

上谕由内阁分发到吏部和礼部,吏部尚书麟魁和礼部尚书瑞常立即秉承皇上旨意,带领属员分头行动。

吏部这边,事情比较简单,主要是给那些办理不善,事实确凿的官员量行定罪,然后报请皇上圣裁。

这麟魁不愧为吏部尚书,果然老于官场世故,善于捕捉主子的意向。从咸丰帝今年的言行之中,他已看出了某些不祥之兆:又一桩科场大案行将发生。

既然天子有意严惩,那我何不顺水推舟,从重量刑?按照这样的想法,麟魁等人本着从重的原则,拟出了对蒋达等人的处分意见:

> 此案顺天府府丞蒋达,提调乡闱是其专责,如果委员人等呼应不灵,自当与监临和衷商榷,实力整顿。即有意见不合,亦何妨专折具奏,乃竟自称患病,负气出闱,实属谬妄糊涂,钦奉谕旨著交部严加议处,应请将顺天府府丞蒋达,照溺职例议以革职。
>
> 顺天府府尹梁同新,于乡闱要务,不知认真办理,任用

非人,以致诸事废弛,有心徇庇,钦奉谕旨著先行交部议处,应将顺天府府尹梁同新,照徇庇例,议以降三级调用。

工部右侍郎景廉,于顺天府听属各员,并非统辖,惟既充监临,亦难辞咎,钦奉谕旨著交部议处,应请将工部右侍郎景廉,照防范不严例,议以降一级留任。

对于梁同新,咸丰帝谕令俟瑞常等查明后,再行具奏议处。对于景廉,依议降一级留任,但因系公罪,准其抵消。

抵消,即以功抵过,乃是封建官僚的特权。当一个官员获罪时,如系公罪,则查看他在以前为官之时可否受过记功的奖励。如有,可准其功过相抵,从而免予处分。

惟于这蒋达,咸丰帝倒抱有几分同情。虽然他负气出闱这一做法不足为取,但从其本心来讲,倒是出于无奈,出于对朝廷、对皇帝的负责任。如果闱中诸官都能像他那样急于公事,场务也不至于如此混乱。

倘若是在往常,咸丰帝肯定会下旨减轻对蒋达的处分。可惜蒋达命运不济,这一回咸丰帝已下了整肃场闱的决心。

咸丰帝下谕:"顺天府府丞蒋达,提调乡闱,擅自出场,著照部议,即行革职。"

丢了官的蒋达,只能哀叹他生不逢时了。

剩下还有两个人,那就是顺天府治中蒋大镛、粮马通判萧鼎禧。由于此时吏部还不知道萧鼎禧没有入闱,所以他只得代萧履中受过。

在清代,"例"是政府定罪量刑的重要依据。如前代发生过什么案子,当时是如何处理的,就记录下来,成为"例",以后如果再发生此类案件,就按"例"上的办法去处理。

此案顺天府治中蒋大镛、粮马通判萧鼎禧,承办乡试卷册,应于八月初六日送入贡院,乃迟至初七日辰刻始行送进,名册竟有舛错。这在清代科举考试中还没出现过。麟魁等人查遍了《大清律例》,也没找到根据。

最后,麟魁等人找到了这样两条定例:乡试之举人、贡监生员等姓名,经管官于点名册内开造舛错者,罚俸三个月;例轻而案情较重者,即照加等之例办理,其由罚俸加等者,自一个月至二年酌量递加。他们一想,反正皇上肯定要重治玩忽职守之员,索性在罚俸三个月例上加等,并加成最多的。于是他们作出了如下决定:

> ……惟事关科场大典,该员等办理试卷任意迟延,点名册内复有舛错,未便仅照造册舛错例,议予罚俸三个月,自应酌量加等议处。应请将办理乡试试卷迟延及开造名册舛错之顺天府治中蒋大镛、粮马通判萧鼎禧,均照开造名册舛错,罚俸三个月例上酌量加等,各议以罚俸二年。

同时,因为二人所犯系公罪,所以麟魁等在奏折中写道:"系公罪,例准抵消。"

咸丰帝对于罚俸二年的处分,没有提出任何异议。对于这"系公罪,例准抵消"一条,咸丰帝颇感不满,心想像这种负朕之官还准其抵消?当即朱批:均不准抵消。

麟魁等人着意从重判处二人,但还是判轻了。

咸丰帝的意图已很明显了。

供给的黑洞

礼部那边,在瑞常的主持下,对蒋达所检举各种情形的调查也在紧锣密鼓地进行。他们可不敢怠慢。瑞常拣派御史司员,对蒋达所参各条逐款详查。

据蒋达称,派入至公堂委员、直隶试用府经历潘淳并未入闱,以致派后稽有其名,而无其人。

瑞常等先行文至公堂,询问潘淳是否到场,至公堂回文称潘淳确实未曾入闱。

既然未曾入闱,就应该有个原因。礼部随即派员至调用分派闱官的顺天府,究问何故。

顺天府的官员们也正在为此事恼火。他们说:"委员潘淳临时不到,我们当即派人传他到府,他竟说初六日忽然患病,所以未到。他怎么早不病,晚不病,偏赶到初六日再病?"

礼部一看,潘淳既然于初六日患病,为何不当即呈明,却等到传问他时才说?这不明摆着是旷误推托吗?当即具折请旨照例参办。

又据蒋达奏称:入闱供应,例应以粮马通判总办,府尹不知何故,并不令通判萧鼎禧入场,而又派其同党之既补知县萧履中、县丞萧端成及试用典史王肇垩、试用州吏目翁世鉴盘踞大所,以大兴典史李光澜、宛平典史李建中盘踞小所,营私肥己。关于这一点,蒋达并没做调查,只不过是他的推测,其矛头其实只是指向梁同新的。

恰在此时,至公堂也行文礼部,称萧鼎禧并未入闱视事,而点名册内有萧鼎祜一名,闻系该员胞弟,恐有意规避。

礼部一面行文顺天府,质问为何不派萧鼎禧入闱;一面将萧鼎禧传讯到部,亲加查问。

萧鼎禧还以为是为了试纸卷册送迟了的事儿,心想我当时又不当差,关我什么事?正好当面说清楚。待到礼部大堂,看到两旁衙役一个个神情肃穆,萧鼎禧顿觉气短。

"跪下!"随着一声断喝,萧鼎禧的双腿不自觉地一弯,跪到了地上。

瑞常看了看萧鼎禧,问道:"下跪者何人?"

"卑职乃顺天府粮马通判萧鼎禧。"

"你可认识萧鼎祜吗?"

萧鼎禧不禁一惊:看来他们已知道了事情的原委。可他转念一想:反正我是提前请的病假,只要我咬紧自己确系生病这一借口,谅他们也查不出什么。于是他把心一横,答道:"萧鼎祜乃卑职之胞弟。"

瑞常一拍惊堂木:"大胆萧鼎禧,你身为顺天府粮马通判,例应入闱,督理供给,你胞弟自应照例回避,为何本次乡试,萧鼎祜仍行入闱参考?"

萧鼎禧连忙叩头答道:"大人息怒。卑职于七月二十四日受暑,又吐又泻,恐有贻误,故于二十五日禀明尹宪,给假十日,另请委员办理。卑职既患病给假,毋庸回避,是以胞弟仍行入场。"

瑞常并没有接着问下去,而是突然把话锋一转:"萧履中和你是什么关系?可是同乡吗?这乡试供给官可是个肥差呀!"

萧鼎禧一听这话可急了,心想:我是想贪污,可我哪有那个机会呀？今年我已够倒霉的了,怎么这事还要往我头上栽呀。他磕头如捣蒜:"大人明鉴,大人明鉴。萧履中并非同乡,大小两所委员,均由府尹札委,何由使同党盘踞。一切供给,均由大兴、宛平两县承办,造册报销,从无营私肥己。大人可要明鉴呀!"

瑞常不再往下问,宣布退堂。他要等顺天府的答复。

不久,顺天府回文覆称:萧鼎禧于七月二十五日因病请假,查照成案,改委既补知县萧履中接办,至派萧端成帮办大所,并派王肇垦、翁世鉴随同帮办,亦系照成案委派。

这一问题也只能到此为止了,不过瑞常心里也有了谱。

关于蒋达所参闱中诸员的表现,据至公堂称:委员王式金始怠终勤,尚知奋勉;丁学洙、雷树模虽办事疲玩,但尚无贻误。

最重要的一个问题,还是乡闱供给腐败问题。蒋达在奏参折内称:主考房官煤、米、纸、烛全不敷用;刻印题纸亦不精选,发题之后,士子纷纷以破烂之纸、甚至有关防而无字者来换;大兴县知县贺廷銮、宛平县知县毛庆麟于内外供给,偷减迟误,典史李建中、李光澜遇事抗违。

礼部首先要核实贡院内供应的状况,这就必须向在闱中供职的官员探问,于是派员分头行动。

不久,各员纷纷回报:至公堂各委员众口一词,说内帘应订簿册纸张等物,屡次督催,虽经送入,已属迟延。题纸破碎,士子纷纷索换,系属众目共睹。巡察砖门御史称:每日进送供给迟缓,屡经严催;并查有变色变味之猪肉,粗糙难食之老米,随时饬令更换;水夫每日进水不足。小所委员李光澜、李建中虽无盘踞情事,而督催迟延,亦难辞咎。

至公堂又专门行文指出：士子粥饭，头二场皆不满足，二场"如"字"松"字两号，粥饭全无，旋经查出，饬令补放。三等供给皆系腐败不堪，二等供给亦复草率，各号水缸彻夜督挑，始能充足。

了解到这些情况，瑞常不禁气不打一处来，心想这些办理供给的人也太差劲了，怎么能这样对待这些考生呢？这群贪官就知道营私肥已，这次非要好好整治整治他们不可。

瑞常也是读书人，也曾多次入闱，他深悉士子在闱中的辛苦。他先下令传讯大兴县知县贺廷銮、宛平县知县毛庆麟及大兴典史李光澜。

贺、毛二人供称：承办乡试一切供给，均系照旧备办。本年物价昂贵，发价较向来加增，实无偷减情弊。再说每届科场除报销外，由通省州、县捐廉津贴银票各半，共四千两。

李光澜供称：各户行领价，俱系两县发给，我们并不经手。两县派家丁夏幅、荆升在小所办理一切供给，此次偷减草率，难保无需索抑勒等弊。

瑞常心里一动：我们何不去问问各行经纪人，看看这些卖主到底收了多少银子呢？于是，下令传集各行经纪讯问。

经纪们不无抱怨地说："我们在两县是按半银半钞的形式领的价钱，但都是九三扣。"水夫头也供称，向例发价六百四十吊，今年脚价甚贵，求两县加价，只答应加价一百二十吊，尚未说定，已领过钱一千吊。

问到这儿，瑞常心里已明白，这其中必有勒索情弊。

八月二十七日，瑞常具折向咸丰帝报告了诸事的调查情形，并表明了自己的看法，他说：

奴才等查,办理乡试供给系大兴、宛平两县专责,乃此次场内供给一切草率。既经御史传集各种经纪,供称在两县领价,系九三折扣,何以该县供称本年物价昂贵,发价较向来加增,又属两歧。诚恐该县家丁及经手吏役人等先有需索抑勒情事,相应请旨饬交刑部,查传两县所派家丁及经手吏役人等,严行审讯,以期水落石出。通判萧鼎禧供称患病告假,禀请委员接办,其两所委员均由府尹札派,场内供给系大兴、宛平两县承办,核与顺天府咨复情节相符。惟所供并无同党盘踞,亦无肥己情事,尚属一面之词。又据至公堂查出点名册内有萧鼎祐一名,系该员胞弟,恐有意规避等语。查萧鼎禧既系例应入场,督理供给,其胞弟自应照例回避,今该员托病十一日,使其弟得以应试,实属有心规避,应请旨将萧鼎禧先行交部议处。府尹梁同新办理乡闱,总司一切,乃并不认真经理,派委员遇事疲玩,题纸之破碎,供给之草率,进水之不足,粥饭缺乏,诸务废弛。试用府经历潘淳,派委场差,临点不到,该府尹均未即时指名严参,以致监临景廉与提调蒋达等呼应不灵。且通判萧鼎禧请病假十日,并未派员署缺,诚如圣谕任用非人,有心徇庇,业经吏部遵旨议处,相应声名,恭候钦定。大兴、宛平两县知县贺廷鎏等,办理供给草率,已属咎有应得,复于承办各物减扣发价,是否家丁等从中需索,该知县有无偷减,抑或粮马通判萧鼎禧等实有营私肥己等弊,应俟刑部讯明后,照例核办。小所委员李光澜等查无盘踞情事,惟进送供给迟缓,实难辞咎。大所委员于内帘应用各物,送入迟延,应由吏部查取萧履中等职名,与临点不到之试用府经历潘淳,及办理卷册颠倒错乱之治中蒋大镛，一并交部议处。

在瑞常的奏折中，还有一条很有意思的请示，即向蒋达发还火腿。原来，蒋达入闱之时，曾自带火腿、绍酒等物。后来，他负气出场，在此之前，他特地将这些火腿、绍酒及京钱三千吊送到至公堂，声明这些东西都是自己的，但不带出去了，就留给下任提调使用吧。蒋达的意思无非是借此来突出闱中供应不善的事实。可蒋达出闱后受到了处分，下任提调哪敢再动用他留下的东西？所以至公堂只好将这些东西存封不动。礼部详查科场条例，见没有食物钱文不准携带入场的明文规定，只好请旨等定案后，将火腿、绍酒及京钱三千吊由至公堂发还蒋达。

同日，咸丰帝根据瑞常等人奏报的情况，做出了对乡闱办理不善各员的处分：

顺天府大兴、宛平二县办理乡闱供给，任意草率，既据查明，有发价折扣情事，供词又有歧异，显有勒索贪污情弊。所有两县经手家丁吏役，著交部查传，严行审讯。大兴县知县贺廷銮、宛平县知县毛庆麟应得处分，俟刑部讯明后，照例核办；

粮马通判萧鼎禧，既有胞弟应试，例应回避，乃托病告假，不肯入场，实属取巧规避，著先行交部议处。其有无营私肥己等弊，著俟刑部讯明后，照例办理；

委员李光澜、李建中催办迟延，试用府经历潘淳临期不到，治中蒋大镛办理卷册错乱，均著交部议处。委员萧履中等，著吏部查取职名，一并议处；

顺天府府尹梁同新身任监临，总司场务，于派委各员不能详慎于先，以至疲玩草率，种种延误，甚至于规避不到之员，均未指

名参办,尤属有心徇庇。梁同新著照吏部原议,降三级调用,以示惩儆;

余依礼部议。

事事皆有先机。如果说闱中混乱情形暴露了科举制度的腐败,那么咸丰帝对办理不善诸员的处分则预示了一次"严打"的来临。

山雨欲来风满楼。

奖惩分明

一打一拉,是封建统治者惯用的伎俩。

在惩治这些办理不善人员的同时,咸丰帝当然要挑选一些科场勤奋之员,予以奖励,以为他人之榜样。实际上,在场闱杂乱无序的情势下,也确有少数人能够忠于职守。

按清朝惯例,科场委员如果奋勉出力,考榜揭晓后由监临咨明顺天府尹、直隶总督,量加鼓励。

八月二十七日,礼部尚书瑞常奏请仍照旧章奖励闱中当差奋勉之人。

九月初十日,顺天乡试监临景廉上折开出场中勤奋者名单:

> 惟本年卷册错误,弥封互舛,纷纷不一,稽核匪易。臣等查有顺天府送来候选县丞金廷钧,书吏余中衡,心地明白,办事谙练,咸丰五年乙卯科乡试及翻译乡试,均经在闱当差,极属勤奋,当即派令专司稽核。该员吏等昼夜不暇,小心核对,所有错误之处,均经回明更正,非寻常出力可比。

>　　臣吴鼎昌查金廷钧本系帮同东安县劝捐军需树桩，由水陆运交天津验收最为得力之员，经东安县知县白维禀请奏奖在案。今调充闱差，又复认真出力，可否并案奖励，请旨将金廷钧以应升之缺尽先选用。其书吏余中衡，可否俟扣满五年，以从九品归部即选，以示优奖之处，出自天恩。

金廷钧、余中衡的表现，与那些办事冗沓的官员形成了鲜明的对比。

九月初十日，咸丰帝谕内阁鼓励科场勤奋之委员书吏，谕中曰：

>　　景廉、吴鼎昌奏科场委员书吏，奋勉出力，请量予鼓励等语。本年顺天乡试卷册错误，弥封互舛，候选县丞金廷钧、书吏余中衡，细心核对，回明更正，尚属勤奋。金廷钧著以县丞归部尽先选用，余中衡著俟扣满五年以后，九品尽先选用。

咸丰帝虽然对金、余二人予以奖励，却言不由衷。他不希望以后科场中再出现类似的混乱情形。

因此，在上谕的最后他写道："嗣后不得援以为例。"

满 洲 优 伶

鬼映中秋月

这一天是农历八月十五,中国的传统节日——中秋佳节。

天上月儿圆,地上人团圆。人们都急急忙忙地往家赶,以期团聚。

节日的北京城也平添了几分喜气,高高挂起的大红灯笼寓示着祥和、安康。

而进京赶考的外地士子们仍在忙碌,顺天乡试的第三场恰于中秋这一天开考。

最苦的当属闱中官员夫役,受考期的限

制，他们不可能在八月十五与家人共度中秋佳节，只能在闱中望月兴叹：官身不由己。

与他们相比，考生倒还算幸运。如果卷子答得快，可于十五日出场赏月。

顺天乡试三场正期分别为八月初九日、八月十二日和八月十五日，与此相应，前两场出场之日分别为八月初十日和八月十三日。每场出场之日，当有若干人完卷时，开放号舍栅门一次，旋即关闭，如此数次。士子出号，向至公堂受卷官列坐的东西两栅栏前交卷，由受卷官发给一签，验签缴销后方能出龙门。当交卷士子汇集达千数百人时，开启龙门贡院大门一次，放出后再行关闭。如此循环，称作"放牌"。一般于午前放第一牌，午后放第二牌，至傍晚放第三牌后就不再关闭。因为到戌时要进行清场，打扫号舍，夜半就要再点名入场进行下一场的考试。

唯有这第三场提前于十五日（即发卷的当天）放牌，因此有试毕出场得赏中秋夜月者。但未完卷的士子，仍须等到十六日清场。

顺天贡院附近的店家不会放过这一赚钱的机会，纷纷将桌案摆到院中，屋内灯火通明，屋外大红灯笼高挑，并将诸般水酒食物妥为置办。聪明的店家明白，远道而来的士子即使于十五日夜交卷，也不可能赶回家中，各处小店便成了他们把酒赏月之所。

十五日傍晚，便有士子三三两两地跨出龙门，择店而坐。待月挂中天，贡院附近的小店已是顾客满堂。

"每逢佳节倍思亲"，考毕的士子们在这中秋之夜更加思念远方的亲人。无奈天各一方，只好用一轮明月寄相思。

"同是天涯沦落人",共同的际遇使本不认识的士子间的距离一下子拉近了。他们聚集在一起,把酒作诗,对月赋词,将内心感受尽情抒泄。

夜半时分,贡院门口处的一家小店内人影绰动,考毕的士子们正在院中赏月。突然,士子们听到贡院中一阵大乱,并传来了"闹鬼了！闹鬼了！"的惊呼之声。接着,数十名考生没命似的由贡院门口奔出。店中一阵骚动。人们纷纷围住从贡院中跑出来的士子,询问究竟。

他们喘着粗气,接过别人递过来的茶水,灌了两口,说:"我们正在答卷儿,忽然听见有人惨叫着'大头鬼！大头鬼抓我来啦！'从号前跑过,便也急忙交卷,逃了出来。这试可以不考,命可不能不要啊！"

人们追问:"大头鬼什么样子?"

他们摇头说:"还没等鬼来,我们就跑了。要是等看见它,我们早被吃掉了。"

这时,一个中年人煞有介事地说:"我早就发觉今晚的月相不对。你们仔细看,那月中的阴影,不正是个大脑袋怪物吗?"

人们纷纷抬头,揉揉眼睛,便跟着附和道:"果真如此,那肯定就是出现大头鬼的预兆,我们怎么没早发现呢?"

一位七十多岁的长者此时捻着胡须,意味深长地说:"听老人们讲,这贡院之中一旦出现大头鬼,那定是要有血光之灾呀！"

热闹的人群一下子静下来,他们心里一沉,一种不祥之兆袭上心头。抬头仰望天空,虽然月亮还是那么圆,但却似乎不再那么明亮了。

人，往往是自己吓唬自己。

五　色　笔

与场外惊慌失措的局面相比，顺天贡院内却依旧平静。闱中官役士子依旧各行其是。

在应考士子行将出闱之时，阅卷工作也刚刚开始。考官校阅试卷之间的弥封、誊录、对读和套分朱墨卷等各项工作正在紧张地进行。

清制，受卷官于每场试卷收毕，戳印衔名于卷面，每十卷为一封，汇送弥封处。弥封官将试卷折叠弥封糊名，将士子试卷连同所备誊录之卷（用以誊录试子答卷的专用纸张，第一二场每份七页，第三场每份二十一页，每页二十四行，每行二十五格，横直格线用墨印刷，每张跨缝处，钤用弥封官关防，用《千字文》编列红号，每百卷编一字号，由弥封官亲自盖章，送誊录所。

在誊录所，数百名誊录手在誊录官的督理下，就士子墨卷用朱笔照誊一遍。每天派誊三卷，誊录手不准携带墨笔，如有顶冒他人入场，代人窜改文者，查出后治罪。

恐誊写有草率错误，将有碍士子前程，所以又设置了对读所，以考四五等之生员为对读生（如不能供役者，可罚银四两八两来赎），如不敷用，或拨文理明通的誊录手补充，或雇用寒士充当。在对读官的管理下，将誊录所送来的朱、墨卷详为对照检查，如有誊错之处，即行改正。

弥封、誊录、对读官都要在朱卷上戳印衔名，誊录、对读生的姓名籍贯则要注于墨卷之尾，以备查考。

对读之后,将士子墨卷与朱卷套封在一起,送外收掌所。外收掌所在核对朱墨卷红号无误后,复将朱墨卷分开,朱卷分批送提调堂挨批,由监临挨包盖印。然后以若干卷为一包,若干包为一批,陆续装箱送内帘交内收掌分送考官评阅。士子原墨卷存外帘,由外收掌管理,候放榜之日,按中式朱卷红号提取墨卷,拆封填写姓名。

由于试卷处理过程手续繁多,场中各有专司,清廷采用了"以用笔之颜色,明所负之责任"的办法,以防微杜渐,力图使诸员难于从中做手脚。因此,经过闱中最后一关处理的朱卷,已是五彩纷呈。

紫色笔——乃乡试之监临、内外监试、提调、受卷、誊录、对读、弥封、外收掌等官所用。

蓝色笔——系乡试之同考官、内收掌及书吏所用。

赭黄色笔——为对读生所用,对读官于朱卷内有改正之处亦用赭黄色笔。

朱色笔——誊录生照录士子墨卷之用。

墨色笔——主考官阅看朱卷时,用墨色笔加批。

凡此五种即为"五色笔"之谓。

"五色笔"性带关防,不许乱用,乱用者参处。

做出这般规定,清政府可谓用意至深。然而规定固然不可少,更重要的还得看这些规定的执行情况。

家人的本事

自八月十三日起,柏葰的堂上日渐忙碌起来,紧张的阅卷工作由此开始,各房荐卷络绎而来。

按规定,试卷由外帘封送内帘后,先由主考升堂分卷,将朱卷分发十八房房官校阅。房官取其当意者加批评定,阅荐于主考,称作荐卷。正副主考就各房荐卷详加评校,互相商量,取定中额。

由于必须赶在九月十五日发榜,而顺天乡试的考卷数量又多,因此主考、房官只有加班加点,才能如期将试卷阅完。这一个月,他们并不轻松。

多次充任乡试主考的柏葰对此颇为明悉,为了保证阅卷的进度,减轻自己的负担,他才将家人靳祥带入闱中。

早在八月初八日,柏葰即将靳祥派上了用场。这一天,主考柏葰和副主考朱凤标、程庭桂接到钦命文诗题目,便准备刻板刊印。此时,柏葰对朱、程二人说:"乡试乃抡才大典,题纸总须严密。以前都是刻板四副,约房官分写,今天我们何不自己来写题目?"

朱、程二人闻听此言,揖手道:"柏主考所言正是,这样一来就更严密了。"

于是,三人约同监试御史将聚奎堂前后门封锁,分定朱、程二人写三张,柏葰写一张。

此时,柏葰叫过家人靳祥,对朱、程二人及监试御史道:"各位大人,本官字不工整,而这试卷又必须字迹清楚。家人靳祥写得一手好字,我想令他代书,各位大人意下如何?"

这几位都是柏葰的同僚,早就知道他字写得不怎么样,只是碍于他是正考官,不得不分他一张书写。此时柏葰主动提出请人代书,正中他们下怀,连忙道:"就照柏主考的意思办!"

柏葰也如释重负,急命靳祥提笔书题,之后在堂上监刻。柏葰暗想:"我这个家人真没白带。"

阅卷开始后,靳祥更是时刻呆在柏葰身旁,帮同办理各项事宜。

主考阅看的是朱卷,上面不列考生姓名,只有弥封官所编红号,所以主考取中一卷,则将卷上红号登上号簿。于是,柏葰便将这登入号簿之事交给了靳祥,自己专意看文章,以定取舍。

草榜定后,没有取中的落卷应发还各房,但落卷之上必须由主考加批,然后抄出。靳祥便负责抄录柏葰在落卷上所加的批语签字。

在闱中的这段日子,靳祥竟没得清闲,家人成了大忙人。

顺天乡试,在闱中分编字号以辨省份。其中属于生员的,直隶编入贝字号(贡监编北贝归北皿),奉天编夹字号,热河承德府编承字号,宣化府编旦字号,满蒙编满字号,汉军编合字号。此外贡监编为皿字号,自乾隆元年始分为北皿、南皿和中皿,以奉天、直隶、山东、山西、河南、陕西、甘肃之贡监生编为北皿字号,以江苏、安徽、浙江、江西、福建、湖南、湖北之贡监生编为南皿字号,广东(先为南皿,乾隆六年改中皿)、广西、四川、云南、贵州之贡监生编为中皿字号。各字号所取中举人的名额都有定数。

主考、副主考除按额定数目选出中卷外还要挑出一些备卷,以备写榜时忽遇中卷查出纰缪需要撤去,临时用以补入。

柏葰及朱凤标、程庭桂经过近一个月的紧张校阅,终于挑出了各号的中卷及备卷。其中,中皿所留备卷为"恭"字十二与"恭"字九十八两本。待得填好草榜,核对草底,柏葰却发现已误将"恭"字十二号交还本房,他急命靳祥去取回此卷,以备用。

过了一会,靳祥由蒲安房中返回,带回了"恭"字十二号备卷。

柏葰接过卷子,看了一眼原批,系为"气盛言宜,孟艺尤佳"八个字,不禁一笑,自言自语道:"看来此卷还不错。"

这时,靳祥凑过来低声说:"老爷,刚才小的去蒲大人房中,蒲大人说他房中只有这一个中皿卷。依小的看,还是中了他的才好,否则蒲大人也太没面子了。老爷若是将此卷点中,那蒲大人还不得感激您!更何况这一中皿卷也确实不错。"

柏葰看了看靳祥,想到他近日的辛苦,点了点头,说:"先让我看看。"他翻了一下草榜,看到中皿"光"字四号的批语不如这一卷,于是将它撤下,换上蒲安房中的中皿"恭"字十二号卷子。

柏葰转过身来对靳祥说:"你去通知朱大人和程大人,就说中皿'恭'十二号卷子优于中皿'光'四号,故将其换到正榜之上,将中皿'光'四号改为备卷。然后你再去告诉第十房刘大人(刘成忠),让他撤去中皿'光'四号。"

靳祥立即喜上眉梢,答应一声:"是,老爷!"撒腿跑了出去。柏葰看着靳祥的背影,不禁摇了摇头。

数日后,柏葰与蒲安在聚公堂相遇。蒲安问道:"柏大人,我房中皿中卷系何号头,不知可否告知?"

柏葰遂答道:"'恭'字十二号原中副榜,后来副榜也未中,今竟中正榜。"

蒲安脸上露出感激之情,轻轻地答应一声"是",便匆匆而退。

柏葰不禁眉头一皱。

戏子中高魁

旧社会有三教九流。三教为：儒教、释教（佛教）、道教。九流是：儒家、道家、墨家、法家、阴阳家、名家、杂家、农家、纵横家。

九流又分上、中、下三等。登台唱戏的戏子在旧社会被归入下九流之列，从来不为人们所尊重。而在清代升为"上等人"的旗人，如充当戏子，则更是令人轻视。

对此，《大清律例》做出了专门规定：旗人登台卖艺，有玷旗籍，连子孙一并销除旗档。但票班不在处罚之列。

按北方风俗，凡善唱者私相结合，谓之票班，俗称票房，亦曰玩票，每喜登台自夸其长，与终岁入班演戏者不同。

在京城票班中，有一位人们颇为熟悉的戏子平龄，即为旗人。平龄生活条件优厚，并不需要借唱戏谋生，但他却频频在戏台上亮相。用他的话说："我就是喜好登台演戏，没办法。"

虽然平龄戏唱得蛮好，但人们在拍手叫好之后，仍对他投以冷眼。戏子是下九流，不管你出身如何，这就是当时社会的现实。

平龄倒也真有点反叛精神。他不但要继续演戏，而且于此年参加了顺天乡试。他要向人们宣示：戏子也有真才实学。

更令人吃惊的是，考后平龄声称，此次乡试他必能得中举人。这小子是在说大话，还是确有真才实学？人们半信半疑。

乡试放榜之期，一般选在寅辰日支，因为辰属龙、寅属虎，取龙虎榜之意。此时正是秋季，桂花盛开，故榜文俗语也叫桂榜。

九月初八，依据天干地支来算，系为庚辰日。天还没亮，顺天府尹署前就挤满了等待看榜的人们。

随着鼓乐之声由远而近,数百名兵丁打着仪仗,护送榜文由顺天贡院向府尹署而来,人群一阵骚动。

黄绸彩亭(内置榜文)抬到衙署门前,人们马上安静下来,数千双眼睛一齐盯住由彩亭中取出的榜文。

张挂榜文的官员似乎也感到这一轴纸卷的沉重,毕竟这里装着百十位举人的功名,装着数千士子的希望。

空气似乎在这一刻凝固,时间似乎在这一刻停止。

兵丁迅速散开,挡住前涌的人群;放榜官员则亲手将榜文抖开,张挂在府尹署门前,然后退入衙内。

人们一拥而上,仰着头,翘起脚,纷纷在榜上搜寻着自己的名字,仿佛一群鸭子被人捏住了脖颈。

看榜时,人们情形相似;看榜后,大家表情各异:有兴高采烈的,有仰天长叹的,有默然而去的。正是得中者春风得意,落榜者失魂落魄。

在中举名单中,人们发现戏子平龄竟然高中第七名,回身寻找,却没有找到平龄的影子。大家心想:"平龄怎么没有看榜?要是他今日到这里看到自己高中第七名,不定有多得意呢!平龄前言果然不差。"

大家很自然地将话题集中到平龄中举这件事上,你一言我一语地议论起来。

这时,又来了个看榜的士子,他倒挺沉稳。看过榜之后,不禁哈哈大笑。

"兄台一定高中了吧?"大家追问道。

这位士子回过身来回答道:"中?中个鬼。我早就知道自己考不中，只不过是来凑个热闹。你们看那个戏子平龄，那才叫有把握呢，还没看榜，就在家中大摆筵宴了。我也有把握，不过是不中的把握。"

大家先是惊愕，继而叹息："世道变啦，优伶也能中高魁了！"平龄以一名戏子而得中举人，其心情可想而知，但他似乎有点太嚣张了。

物极必反，乐极生悲。正当平龄沉浸在狂喜之中时，一场大祸正悄悄地向他袭来。

咸丰八年十月初七日，御史孟传金奏中式举人平龄朱墨不符，顿时朝野物议沸腾。咸丰帝下谕派载垣、端华、全庆、陈浮恩认真查办，不准稍涉回避。

顺天乡试发榜后，顺天提调官即将中式举人朱墨试卷在场包裹，每十卷为一封，各用印信，解送礼部，以备磨勘。磨勘官已于榜文揭晓前由礼部请旨派出，此时则集中在天安门外朝房磨勘试卷。

磨勘之例，先察考官，倘有于四书文、经文出题诿错字句、割裂小巧、前后颠倒、春秋题未注年者，诗题漏限韵、引用僻书私集者，策题过三百字、自问自答、以己意立说援引本朝臣子学问人品者，分别给以罚俸议处。阅卷主考、同考官全篇或数行数句未经点到与点句钩股错误者，分别罚俸一年或数月。中式卷内主考、同考所列官衔有错误遗漏、署名颠倒或遗漏批语与取中字、荐字、重用荐条与遗漏荐条者，分别给以降级、罚俸的处分。

其次磨勘举子试卷，前场文字以明理会心不愧先程者为合式，后场以出经入史条对详明者为合式。首严弊倖，次检瑕疵，字句偶疵者可宽恕之。如有字句可疑、文理悖谬、文体不正、全篇录旧、朱墨不符、策内所对非所问者,黜革除名。不遵传注,俚言谐语,不避庙讳、御名、圣讳,誊写用行草书,文引用后世事并书名,引用四书文过七百字,抄袭雷同至十余句,三篇全用排偶者,诗平仄失黏、诗句轻佻、多韵少韵,抬头不合,策内论本朝人品学问、用本朝人名者,罚停会试三科至一科不等。

举子如有被斥革者,斥革一名同考官革职;两名同考官革职提问,主考官降级;斥革至三名以上,主考官革职或提问。举子有罚科者,以罚科人数多寡定考官罚俸、降级、革职等处分。其他誊录潦草错误,对读未经查出,朱卷与墨卷不相符合,漏填誊录手、对读生姓名及将关防、印记、条记、漏用、误用、重用、倒用者,监临、监试、弥封、誊录、对读等官议罚有差。

如此繁多、严密的规定,都是为了防止士子与闱官勾结作弊,保证科举考试的公平,真正为国家遴选人才。

本年乡试也不例外,发榜之后即行磨勘。最后,由磨勘官、翰林院侍讲学士袁希祖签出应议一卷,翰林院编修郭嵩焘签出应议一卷。其中,第七名平龄朱墨不符,墨卷内签出:草稿不全,诗内"蒸"字误写"熏"字,"澂"字不成字;第二场春秋艺,"耀"字误写为"躍"字,"诸侯"误写为"诗侯","肃毅"误写成"肃役";第三场第一问策内,"至"字误写"尘"字。第一百五十一名阎镜塘墨卷内签出:第二场书经艺,"竭"字误写"暍"字,"休微"误写"休徽"礼记艺"惩"字误写"忿"字;第三场第二问策内,"五"字误写"吾"字,第五问策内,"武"字误写"五"字;第一场第三艺,"减裂"误写为"威裂"。这两个人的试卷实属谬误太多。

本来人们就对平龄中举一事颇多微词,此时更觉得其中必有蹊跷:他整天演戏,哪有时间准备科举考试?平龄在考后即宣称自己必定得中,榜文未发,家中庆贺之宴已经摆就。如此看来,其中必有隐情。一时间,京城物议沸腾。

这样一来,也引起了朝廷的重视。除由礼部按例将平龄罚停会试三科、将阎镜塘罚停会试两科外,咸丰帝特下旨对平龄一案继续详加追查。

载垣等人接到上谕,立即下令将平龄缉拿到部,进行审讯。面对虎视眈眈的三班衙役,想到阴森森的诸般刑具,平龄吓得魂不附体,不等用刑,就将自己所知和盘托出。除了关涉自己的情况外,平龄还供出了两条十分重要的线索。就是平龄的这份供词,引发了清代鲜有的一场科场大狱——北闱之狱。

科场喋血

古道烟尘

据平龄供称,他此次中举全凭柏葰家人靳祥为之经营,但具体是怎么办的,他却不清楚。另外,靳祥还告诉他说自己曾在柏大人面前替房官蒲安说情,从而得中一卷。

平龄所供犹如投入水中的一颗炸弹,立刻掀起巨大的波澜。咸丰帝一面下谕即刻缉拿本案要证——柏葰家人靳祥,一面下谕复查中式举子之朱墨卷,如有情弊,坚决查清。

咸丰八年十月二十六日,陕西潼关古道

上,一班人正骑马而行。夕阳斜照,洒下一片金色的余晖,更增添了古道的古朴悲壮与沧桑之感。

信步古道,感受着大自然与历史共同造就的雄壮,无论主人还是仆人,胸中都生出一股豪情。

他们是谁?

主人,乃是当朝大学士柏葰(九月初十日,柏葰补授大学士)之侄,新任甘肃知府钟瑛;仆人当中,除了钟瑛的家丁外,还有一人,那就是靳祥。本月初一日,钟瑛离京赴知府任,临别拜见柏葰之时,柏葰将这个办事颇为得力的靳祥送给他,免得他到甘肃后没个心腹帮手。

靳祥此时也颇为得意。本年顺天乡试,他凭着自己的"本事",从中发了一笔小财。但平龄中举后的嚣张,却使他感到很不踏实。毕竟平龄能中举,全凭他贿赂房官、翰林院编修邹石麟。此次出京,一来可以躲开这件心烦的事,二来也能见见外面的世界。与他同在柏葰家效力的陈善已报捐知县,乔吉升已报捐州吏目,这对他触动很大。靳祥此次随侍钟瑛,正可借机考察考察,如有可能,他也要捐个一官半职,步入仕途。想到这些美好前景,靳祥心里就美滋滋的。

靳祥紧紧跟在钟瑛身旁,不时地向这位知府大人讲解着有关潼关的历史。

正当主仆二人谈得兴高采烈的时候,忽见前方尘土飞扬,几十匹快马飞驰而来,挡住他们的去路。钟瑛等人赶紧勒住马观看,却是一队清军。

这时,只见对方为首两人提马上前,先看了一眼靳祥,之后对钟瑛抱拳拱手道:"想必这位就是分发甘肃知府钟瑛钟大人喽?"

"正是本官",钟瑛道,"不知尊驾何人,有何见教?""来呀,把要犯靳祥给我拿下。"两人话音刚落,早有两名清兵过来,把靳祥拉下马,捆了起来。

靳祥大呼:"冤枉! 冤枉!"钟瑛也急了:"两位大人,无缘无故,为何将本官属员拿下?"

对方这时才说,"我们是潼商道吴春焕和候补通判长起。十月二十三日,陕西巡抚望颜大人接到圣谕:本科顺天中式举人平龄案内要证靳祥,著即饬所属地方官,沿途截拿,迅速押解来京审讯。望大人即令我二人于此处截拿靳祥,押解到省。"

靳祥闻听此言,就像泄了气的皮球,瘫在地上。

就在靳祥被缉拿归案这一天,咸丰帝盛怒之下发了一道谕旨:

> 本年乡试主考、同考各官,荒谬已极。复勘试卷,应讯办查议者,竟有五十本之多。该考官等,朕闻其中亦尚有不敢昧良者,除同考官有无情贿,逐案查讯外,其正考官柏葰著先行革职,听候传讯。副考官朱凤标、程庭桂均著暂行解任,听候查办。至此案头绪纷繁,著钦派王、大臣等毋得含混了事,认真研鞫,按例从严惩办。特谕。

走运的案犯

原来,自咸丰帝下谕复查中式举子朱墨卷之后,礼部即派员逐一进行详勘,结果发现应议之卷竟达五十本之多。这怎能不使咸丰帝龙颜大怒?

事情就是这样奇怪,你不注意它,似乎什么事儿都没有;一旦仔细追究,其结果往往令你惊愕不已。经钦派大臣复加磨勘,在签出的五十本试卷中,应议之卷为三十八本,应行查办的试卷为十二本,载垣、全庆等即将举人韩宗文、亢懋庸、耿光祜、谢祖源、余汝偕、朱大淳、郭受昌、景瀛、德生等九名先后传讯到部。

其中,朱大淳、郭受昌、景瀛、德生四名,原勘或因诗内夹粘,或因抬头错误,或因字句不妥,而有洗改痕迹。

经讯问,郭受昌供称:三艺末句"懿"字不如"幸"字为妥,故房官代为更改;

景瀛供称:诗内抬头原系"湛恩",至改作"圣恩",是否房师周士炳所改,他并不知情,房师周士炳已于放榜前身故。

德生供称:诗内抬头"湛"字改作"渥"字,放榜后谒见房师涂觉纲,曾告知代为涂改;

朱大淳则供称:策内"颖"字改作"教"字,放榜后谒见房师锺琇,曾告以应抬未抬,代为更改。

载垣等随即传讯房师锺琇、涂觉纲,结果二人供代为修改属实。

余汝偕,原勘因二场卷谬误太多,与头场卷笔记不大相同。据供称:二场之卷书写草率,是因为肚子疼,又吐又泻,精神不支所致,并没请人代书。载垣等叫他节录头场诗文,并与原卷详细比较,发现二场字画虽属草率,但笔迹尚属相符。

刑部候补主事韩宗文、户部七品小京官亢懋庸及耿光祜、谢祖源四人,原勘诗内均有更改,且都改作"马丞"二字,其中必有缘故。载垣、端华等人审问时,他们或称同号吟哦原诗,或称听人传诵后更改。见其供词浮泛,载垣等当即奏请将韩宗文等四人暂行革去举人,并请将韩宗文候补主事,亢懋庸七品小京官暂行解任,然后再行饬令司员详加鞫讯。这时,韩宗文等四人口径倒是一致了,但回答却难以令人满意,他们都说:皆亲听自传闻,急于更改,未暇问及传者姓名,是以实难指出。再四严诘,仍然坚称无异。由于案内并无质证,载垣等人无法讯出实供,只好根据"更改'马丞'等弊,系由外帘处递进条子"的传闻,建议皇上命监临查明有无递送情节,据实明白回奏。

另外,举人潘观保、李汝廉、吴心鉴三名,原勘系因卷内有洗改挖补及失粘等各种情形。因为三人业已出京,未经到案,载垣等人便提讯了对读官鲍应鸣和房官涂觉纲、徐桐,结果他们承认卷内改动之处是由他们所为。

至于平龄卷内朱墨不符之弊,因平龄说不出个所以然,而靳祥又没有解送到京,载垣等便穷讯同考官、翰林院编修邹石麟。此时,邹石麟已因平龄二、三场试卷疵谬,被吏部议以降一级调用。如今又因平龄而被传讯,他实在感到心虚。原来入闱以后,柏葰家人靳祥找到他,请他帮个忙,如遇平龄的卷子,一定要荐给柏中堂,并告诉他平龄卷上所做的记号,还答应事后定有重谢。邹石麟以为这是柏葰的意思,于是爽快地答应了。后来,平龄之卷果真分到了他房中。但卷内错误太多,邹石麟心想,如果就将卷子这样荐上去,还不被人耻笑,说我没水平!不行,我得帮他改了。于是,他用偷带入闱的朱锭将平龄卷内错误之处一一改正,然后批上"荐"字,送入柏葰房中。榜发后,平龄得中第七名,而邹石麟也从靳祥处得到了一笔好处费。但他却不知道靳祥为平龄经营是背着柏葰所为,而他得到的好处费也只不过是平龄送给靳祥之银中的一小部分而已。

但到此时,邹石麟心里虽害怕,却不得不铤而走险。如果承认收受贿赂,不但头上这顶乌纱帽难保,就是这颗脑袋没准都要搬家。何况靳祥已出京,平龄估计也不会轻易招供,没准还能混过去呢。于是,邹石麟供称:因于平龄朱卷内见有脱落错讹之处,疑系誊录误写,故用误带之朱锭代为更改,并无交通情弊。

也命该邹石麟走运,不久平龄死于狱中,靳祥进京后未及审问就病死,他的供词从此无从对证。最后,邹石麟以"妄改朱卷,殊属违例"之罪,被革职,永不叙用。虽然丢掉了乌纱帽,但却保住了性命。事后看来,他在戊午科场案中算是幸运的了。

平龄、靳祥的死,使得本案人证全失,案情更加复杂化了。此时,唯一的线索就是平龄的供词,唯一的办法就是寻找新的突破口。

柏葰一时成了载垣等人注意的焦点。

平龄供称:靳祥曾提及他在柏葰面前替蒲安说话,使得蒲安房中多中一名举人,此话是否属实?

平龄朱卷内有洗改痕迹,作为主考,柏葰为何仍将他取中,其中是否有贿买情形?

最近又有人揭发,柏葰家人陈善化名恭善,乔吉升化名乔坤,先后报捐知县和州吏目,不知此情是真是假?

柏葰既已革职,载垣、端华、全庆、陈孚恩四人便将他传讯到案,共同会审。

面对堂上正襟危坐的载垣、端华、全庆、陈孚恩,柏葰心里很不是滋味,要不是自己因失察而被革职,哪有他们神气的份儿?唉,人在矮檐下,不得不低头呀!

"柏葰,你可认识陈善和乔吉升吗?"载垣发问了。

"他们曾是革员的家人。"柏葰答道。

"他们二人因何离去?"

"陈善乃自己辞去。吉升于前年告假,我才知道他已捐输杂佐,前往湖北。因近年来捐输者甚多,所以我将他遣去。"

"陈善已报捐知县,难道你竟不知道么?"

"陈善捐输知县,实无所闻。各位大人,我柏葰对皇上一片忠心,岂能结党营私?"

载垣等人相互点点头,继续问道:"你身为主考,为何将平龄点中第七名,难道你就没发现其朱卷上改写的痕迹?是否另有他情,还不如实招来?"

柏葰正色道:"革员与平龄素不相识,因场内阅其文颇有才气,后来定旗魁时,革员所中旗卷均比不过,又送与朱、程二人过目,谓如果他们二人那里旗卷内有比此卷更佳者,即可定为旗魁,二人皆云没有,是以拟中第七名。前十名试卷均系我们三人详细磨勘,才敢恭呈御览,当时未见平龄墨卷,其错误之处总怀疑是誊录草率,如看出不抹及有紫笔改迹,岂敢进呈,自找处分?至李应斗文内"欲"字并未写成"慾"字,阅文时匆匆圈点,一时疏略,未能抹出。至洗改"教"字"渥"字两卷,皆系房官填正榜后所改,是以不知。"

一番话说得载垣等人面面相觑,怎么连我们没问的问题他都说出来了?他们暗暗钦佩柏葰的坦率,看来此中确无情弊。

"靳祥在闱中曾帮蒲安说话,这究竟是怎么回事?"载垣的问话转入了最后一个问题,他期望能从中问出点什么。

此事在柏葰心中早就是个结,当日在闱中通过蒲安的表情,他已预感到其中可能隐藏着什么他所不知道的事情。但有一点柏葰是无愧的,那就是所取中的中皿"恭"十二号卷确实比撤去的中皿"光"四号卷强。于是他就将靳祥如何在闱中帮助自己办事,如何替蒲安说话,自己为何取中中皿"恭"十二号卷以及蒲安在闱中表情的异样等和盘托出。最后,柏葰又指出:"出闱后,蒲安谒见,送贽敬银十六两,因系向来如此,随即收下。"柏葰说得不错,房官送主考贽敬银子,乃是当时科场中的惯例(当然,朝廷对此是不允许的)。

柏葰心中的结在事实上也是个结,只是在没有解开之前,他始终不知道而已。

买来的举人

审罢柏葰,载垣等人认为平龄一案也只有到此结束了。至于蒲安有无交通关节之事,柏葰既不知情,便只能审讯蒲安本人了,于是差人将他带至大堂。

这个蒲安,为官虽然不贪,但就是太讲情面,别人托他的事儿,总是不好意思回绝。这次,他终于栽在了情面上。起初,蒲安还试图否认,但很快就被问出了破绽。在严刑之下,蒲安招供。

原来，蒲安在得知"恭"字十二号已中正榜后，之所以对柏葰面露感激之情，是因为这张卷儿乃是受人所托。入场前，蒲安的同年、兵部主事李鹤龄送来条子一张，告知系同乡至好入闱，求为照应。蒲安说必须文理通畅，才敢上荐，但当时没有问及姓名。阅卷开始后，蒲安看到中皿卷一本与条子字眼相符，且文笔清畅，随即上荐。九月初，堂上将落卷发房后，靳祥到他房中说，他房内多中了中皿卷一本，系"恭"字十二号，现欲撤下。蒲安因此卷有所情托，且与靳祥认识多年，于是向他说房中只有此中皿卷一本，托他求求柏主考，千万别把这本卷子撤下。靳祥答应而去，后来此卷竟中了。但柏葰是出于何种考虑，蒲安当然不知。

后来，蒲安拜谒柏葰，将赞敬银十六两，门包八两交给靳祥。见到柏葰之后，柏葰竟没提及场中中皿卷之事。蒲安就感到柏主考似乎不是有意偏袒自己。

出闱后，李鹤龄来找蒲安，说罗鸿绎（中皿"恭"十二号卷主）业蒙荐中，罗欲酬谢他四百两银子，蒲安拒不接受。不久，蒲安因胞兄乡试回避，未经入场，想给他捐个官。而蒲安这个比较清廉的官积蓄又不多，便去找李鹤龄，求他借三百两银子。李鹤龄说，罗鸿绎酬谢之款尚存他处，可以使用。因捐官情迫，蒲安便同意暂行使用三百两，并说："我日后有了钱，总以还他为是。"

蒲安的供词，为载垣等人提供了李鹤龄、罗鸿绎两个新线索。此外，他还提供了一个有关程庭桂的传闻，致使案中又出一案。

载垣等决定先将李鹤龄递条子之事弄清楚。李鹤龄所递条子虽已被蒲安烧毁，但人证还在，问题已不难解决。不久，李鹤龄、罗鸿绎分别招供，问题便水落石出了。

罗鸿绎系广东肇庆府阳春县人，二十三岁，捐纳主事。本年六月来京，签发刑部，在宣武门外西砖儿胡同寓居。

因初次到京，罗鸿绎在京中并无认识之人。因当时乡试递条子成风，罗鸿绎总怕自己被人挤下来，极力想找个靠山。后来他听说兵部主事李鹤龄系广东肇庆府鹤山县人，算是同乡，于是便去拜望，并多方请教。

七月底，李鹤龄回访，罗鸿绎便向他请教场规。李鹤龄便道："你初次入场，恐要心慌，检点不到，可以拟定一二字眼用入文内，我若能分房，可留心看你文章。"并帮罗鸿绎拟定字眼，首篇文末用"也夫"二字，二篇文末用"而已矣"，三篇文末用"岂不惜哉"，诗末句用"帝泽"二字。罗鸿绎将条子写好，交给李鹤龄，并对他千恩万谢。但二人并未提及中后要银之事。

其实李鹤龄根本没有被任命为本科乡试房官，他这样做，一是想帮同乡个忙，若能得中，自己在朝中又将多个贴心人；二是他想帮帮自己的同年蒲安，如果有些酬谢银子，可以缓解蒲安生活的拮据；同时，他自己也可从中捞取一笔钱财。

此时蒲安已被任命为顺天乡试同考官，李鹤龄从罗鸿绎处出来后，就进城之便，将条子交给了蒲安。

罗鸿绎得中举人后，于九月初九日到李鹤龄家请教拜见房师的礼节。李鹤龄拿出题名录，在罗鸿绎的名字上圈了五圈。现在一般人都不明白这五个圈代表什么意思，可在递条子盛行的清代，每个士子都明白。一个士子递条子后如果得中，关照他的房师事后向他索取谢银，就采取画圈的方式。圈一个圈，代表要一百两银子,圈五个圈就是要五百两银子。罗鸿绎因事先并未许给他银子,而他也并未许罗一定中,不过说是分房照应而已,所以不肯给。经李鹤龄委婉陈说其中"利害",罗才答应。

九月十三日,罗鸿绎将五百两银子如数送到李鹤龄处。由于银色不太好,李鹤龄拒绝接受。过了一两天,罗鸿绎的一个同乡名龙兆霖,到罗的寓所来给罗的妻子看病,因罗妻病重,罗鸿绎便托龙兆霖将银两给李鹤龄送去。龙兆霖问:"此银系何用项?"

罗鸿绎谎称:"是我借他的。"

"为何不自己送去?"

"那天我送去,李鹤龄因银色不好而未收,如今我女人病重,不能亲自去,只好烦劳龙兄了,还请帮小弟这个忙。"

龙兆霖闻系如此,便答应下来,并亲自送到李鹤龄处,李遂收下。事后,罗鸿绎才将李鹤龄给他送条子,中试后索银五百两的实情告诉龙兆霖。龙兆霖闻知此事,责怪了罗鸿绎几句,不高兴地走了。

李鹤龄拿了罗鸿绎的五百两银子后,自己留下一百两,将其余四百两以罗鸿绎的名义送给浦安,浦安不受。此后之事则如浦安所供。

这件案子总算水落石出了,载垣等人是既高兴又担忧。高兴的是此案终于有了个交代,担忧的是科场如此腐败,国家还有何前途? 他们期待着咸丰帝采取严厉措施,惩治不法官员,以肃场闱。

怡亲王妙计

浦安供词中,还有一条令载垣等人大为吃惊的传闻:"我在场时,曾闻程主考有烧毁条子之事,我也不知所烧是甚么条子。"如此看来,场中还有更多的内幕。

然而,令载垣等为难的是,要审问程庭桂肯定什么也问不出来,因为单凭浦安提供的传闻怎能令这位前左副都御史乖乖地低头,供出一切实情?

载垣、端华、全庆、陈孚恩四人连晚饭都没吃,在密室里来回踱着步。

载垣突然一拍脑袋,转过身来对陈孚恩说:"陈大人,你和程庭桂平素私交甚密,不知近日如何?"

"一如既往。"陈孚恩道。

"那我倒有一计,不知是否妥当。"载垣欲言又止。

端华、全庆、陈孚恩三人迫不及待地问:"载大人,不知是何妙计,不妨说来听听,我们也好商量商量。"

载垣正色道:"此次我们受万岁简派,全面负责办理此案,足见皇上对我们四人的信任。我们也自应对皇上忠诚,绝不徇情营私,三位大人以为然否?"

端华等三人好生奇怪:"载大人,我们对皇上忠心可鉴,那还用问吗?有什么话大人就直说吧!"

"那好。陈大人,程庭桂这案子可就全靠你了。"

"此话怎讲?还请载大人明示。"陈孚恩不解地问。

载垣唤过三人,低声道:需如此这般、这般如此,方能求得实情。

端华、全庆二人同时抚掌道:"此计甚妙,还是载大人高见。"

陈孚恩紧皱眉头,思索了半天,最后叹了口气,道:"唉!也只能如此了。"

载垣吩咐摆设酒席,四人饮至深夜,方才散去。

第二天夜幕降临之后,一阵急促的敲门声惊动了正在书房写字的程庭桂。不久,家丁来报,兵部尚书陈孚恩来访。程庭桂一听是挚友到来,急忙迎出门外,寒暄之后,二人手拉手进入书房。

陈孚恩看着案上的条幅,由衷地赞叹道:"程兄,你的字可是越来越好了,什么时候再送我一幅?"

程庭桂摇摇头道:"陈兄见笑了。如今解任在家,无事可做,也只有借此来消磨时光了,有什么办法呢?"

陈孚恩安慰道:"程兄不必着急,我想等风头一过,马上奏请皇上,为程兄官复原职。你就先忍一忍吧。"

"多谢陈兄了。如能官复原职,我一定要好好犒劳犒劳你陈大人。"程庭桂一想到官复原职,心里一阵激动,不由对陈孚恩满心感谢。

陈孚恩接着说:"不过今科由于平龄一案,闹得外间风言风语,都说此科中者条子甚多,也不知是真是假。"

程庭桂以为陈孚恩是无意问及,而且他俩向来有事不互相隐瞒,于是回答道:"条子之风又不是始由今日,何足为怪。不过我们衡文取士,主要还是看文章的好坏,条子不过起辅助作用而已矣。"

"是不是别人也给程兄递了条子？"陈孚恩半开玩笑地问。程庭桂笑着说："实不相瞒，我儿子程炳采曾擅自将条子夹在我行李中，由胡升送入闱内。我见到条子后十分生气，将条子全部烧了。回来后严训炳采，据他说有的条子还没有送入闱，其中有一张就是令郎景彦所托。"

听到这儿，陈孚恩脸色变得煞白，禁不住哆嗦起来。

程庭桂见状，急忙说："陈兄息怒，条子又没递进闱场，更何况此事炳采和景彦不说，你我不说，谁会知道？"

这时，就听门外哈哈一阵大笑，载垣、端华、全庆三人走了进来。载垣道："程大人，你所说的话我们全听到了，还是请你随我们走一趟吧！"

程庭桂简直不相信自己的眼睛，不相信自己的耳朵，看看陈孚恩，看看载垣，张着嘴巴，疑惑地站在那里。

两名兵丁走到程庭桂身后，说了声："程大人，请！"程庭桂无奈地摇摇头，跟随载垣等人走出屋外。而兵部尚书陈孚恩，仍愣愣地站在那里，一动也不动。

屋外庭院之中，程庭桂之子程炳采已被兵丁捆绑起来。

原来，这就是载垣之计。首先由陈孚恩到程庭桂家拜访，载垣等随即跟进，制服其门丁家人，在屋外窃听。陈孚恩则利用他与程庭桂的深厚交情，诱使其说出实情。当程庭桂谈及陈孚恩之子陈景彦亦曾递送条子，载垣等人知道陈孚恩已不能再问下去了，于是才出来，并命人将程炳采拿获，与其父一道带回去审问。

而陈孚恩由于程庭桂供出了自己的儿子，他演这场戏无异于引火烧身，因而又惊又怕又悔又恨，半天没回过神来。直到全庆捅了捅他，说："陈大人，咱们还是先回去吧！"他才垂头丧气地走出了程家大门。

据程炳采供称，其父程庭桂入闱之前，他收到好多人的关节条子，如兵部尚书陈孚恩之子陈景彦、工部左侍郎潘曾莹之子庶吉士潘祖同、前任刑部侍郎李清风等。这些条子，有的是送给程炳采的，意在可行可止，故登时销毁；有的是送交其父程庭桂的，故不敢不送入闱。于是便令家人胡升利用八月初六日运送铺盖入闱之机，将条子夹在行李之中带入。回想初六日入闱之时，程庭桂的行李迟后送到，胡升那欲言又止、心有余悸的表情，令人不禁恍然大悟：原来是这么回事儿！

丢车保帅

咸丰八年十一月初六日，百感交集的陈孚恩上了一道奏折：

> 兵部尚书陈孚恩跪奏，为请旨回避事。
> 窃臣奉命派审平龄一案，据解任左副都御史程庭桂之子已革工部候补郎中程炳采供出，臣子陈景彦有送交条子之事。诘以有无凭据，供称当时销毁。及诘以家丁胡升所供条子三件既经带送入闱，何以此条又不带交？供称：彼三件系交职员父亲之物，故不敢不送入闱；此条系送交职员之件，意在可行可止，故登时销毁等语。臣回寓严诘臣子，实有其事。臣痛怒愧忿，恨其玷臣清名。相应请旨，将臣子刑部候补员外郎陈景彦革职，归案办理。臣五中惭恨，无地自容，有负天恩，咎实难逭。请旨将臣交部严加议处，并准回

避。不胜悚惶待命之至。谨奏。

陈孚恩此举可谓用心良苦。其子陈景彦交送条子之事业已暴露,自己再力图替他遮掩,只会自找处分。反正此事皇上也会知道,与其等别人报告,倒不如由自己上奏,一来可能会保住自身的官职,二来也可能使儿子减轻处分。

陈孚恩此举是精明的。由于是自发检举,咸丰帝又得知陈孚恩在办理程庭桂一案内出了大力,因此下谕:

> 刑部候补员外郎陈景彦,著即革职,归案办理。陈孚恩并不知情,著改为交部议处。此案关涉陈景彦之处,陈孚恩著照例回避。余仍秉公会审,毋庸回避全案。钦此。

陈孚恩以一份自请严议的奏折,换取了继续办案的权利,不能不说是他的幸运。

不久,工部左侍郎潘曾莹也效法陈孚恩,自请严议:

> 窃臣子庶吉士潘祖同,因平龄案内程炳采供称交送条子,臣连日再三严诘,据称曾为同乡谢森墀代送条子。臣不胜骇异。事虽未成,实属冒昧糊涂,不知自爱,坠臣家风。除请将臣子潘祖同革职办理外,臣教子不严,未能先事觉察,咎实难辞,相应请旨将臣交部严加议处。

同日,咸丰帝下令,将潘祖同革职,归案办理;潘曾莹并不知情,著改为交部议处。

事后证明,陈孚恩等人这种"丢车保帅"的做法确实收效不小。不但他们本身没受太大的处分,就是陈景彦、潘祖同也由死罪而改为发配新疆,之后又准其赎罪。而在这之后,咸丰帝下了这样一道谕旨:

> 上年顺天科场一案,失察子弟递呈关节条子之尚书陈孚恩等应得处分,均经吏部照例议以降一级调用,并声明公罪,例准抵消,业已先后照议允准。朕思科场定例,向多从严,其失察子弟夤缘犯法,与寻常失察处分亦当有所区别,若概议以公罪,似未允协。嗣后官员凡遇子弟有于科场夤缘纳贿交通关节失于觉察者,俱著降一级调用,照私罪例,不准抵消。并著将此次谕旨纂入则例,永远遵行。钦此。

鉴于陈孚恩等人是自请处分,咸丰帝一时心软,准其抵消。事后,咸丰帝就感到处分太轻了,只是金口玉言不便更改,所以下谕规定,以后再出现类似情况,俱照私罪例,不准抵消,并将此条汇入则例,永远遵行。

陈孚恩等人此次拣了个不大不小的便宜。

据程炳采供称,给其父程庭桂送条子的还有一位老人,即前任刑部侍郎李清风。由于李清风此时告病在籍,咸丰帝当即下谕令江苏督抚迅速取具确供上奏。

自从解任刑部右侍郎之职,告病回家后,李清风脱离案牍之劳,寄情于花鸟虫鱼之间,专意修心养性,身体已基本痊愈。

作为一名老臣,李清风并未置政事于度外,对于有关国事的各种消息,他始终保持着特有的敏感。

近日来,有件事特别引起了他的注意,那就是有关顺天乡闱的各种传言。他已了解到,由于御史孟传金弹劾中式举子平龄朱墨不符,皇上下旨复勘试卷,结果签出五十本应议之卷;另外,社会上还纷纷传言是科举人多以条子而得中。李清风是位老翰林,他自然希望通过科举考试选拔上来的人都有真才实学,痛恨那些以条子而得中者。但他也深悉场闱之弊,知道非用峻法重典,难以刹住科场歪风。令李清风高兴的是,从近来咸丰帝所发布的诏谕中,他已嗅出了皇上有意整肃场闱的动向。他心想:就是应该严惩那些敢于在科场中营私舞弊的官员,特别是那些递条子的人。

这一天,李清风正在花园散步,想象着皇上会如何惩处那些递送条子的不法臣子,突然家人惊慌失措地来报:"老爷,不好了,总督何大人要传讯您去衙门走一趟。"李清风一愣,心想:"我好好的在家养病,又没犯法,传讯我干什么?'不做亏心事,不怕鬼叫门',去一趟又有何妨?"

来到总督署,两江总督何桂清对这位朝廷老臣还算客气,赐给他一个座位。

"李大人,今天请你来,是有些事情想问个清楚,还望能如实回答,我好对皇上有个交代。"何桂清慢条斯理地说。

李清风道:"何大人有话请讲。我李清风为官多年,对皇上忠心耿耿,凡我所知,一定如实回答,决不负我皇隆恩。"

"这就好",何桂清接着问道:"李大人在朝中为官多年,与左副都御史程庭桂程大人关系如何?"

"关系还可以,不过自我告病回籍后,就没再联系。"

"你可认识王景麟么?"

"王景麟乃小儿挚友,据说今年也参加了顺天乡试,可惜没考中。"

"王景麟试而未中,李大人不觉得奇怪吗?"

"考不中是他才望不及,何足为怪。更何况如今中者未必有才,有才者难保必中。"

"李大人所言甚是。如今递送条子之风盛行,科场难以选拔真才。依李大人之见,应采取何种对策?"

李清风一听,原来是请我发表意见的。便毫不犹豫地说:"必须实施严刑峻法,方能奏效。"

何桂清这时才说:"李大人,可是据程庭桂之子程炳采供称,你也曾替王景麟向程庭桂递送条子,这又作何解释呢?"

李清风见对方竟怀疑自己也送条子,不禁气得直发抖。他激动地站起来,颤颤巍巍地说:"这是诬告!这是诬告!我对皇上一片忠心,岂能做出如此卑鄙之事!"

何桂清之所以今天对李清风如此客气,是因为他比较了解这位老侍郎,相信李清风不会这样做。他急忙道:"李大人息怒,我相信你不会这样做。但据你所说,令郎与王景麟是挚友,会不会是令郎假托李大人之名送的条子呢?"

一句话提醒了李清风。其子李旦华七月份曾请他给程庭桂写个条子,关照一下他的好友王景麟,被他一口回绝,并将李旦华训斥了一顿。于是道:"何大人,待我回家严诘犬子,倘如何大人所说,我决不姑息。"说到这儿,李清风心里一翻个儿:"果真如此,我将怎么办呢?"

然而何桂清不再给他选择的机会,说:"我看还是将令郎带到这儿来问吧。来人哪,给我传李旦华。"

事情诚如何桂清所料,李旦华假托父名给程庭桂递了条子。不久,李旦华被押解到京,归案办理,李清风被降一级调用,准其抵消。

李清风虽没受到太大的处分,从此却一病不起。凭他的经验,他知道又一场科场大狱快来了,这使得李清风想到了顺治十四年丁酉科场案。据史书记载,当时在顺天,因同考官李振邺等贿赂关节,物议沸腾,世祖进行追查,结果刑部拟将王树德、张天植等二十五人均处以死刑,后因世祖不忍,才从宽免死,各责四十板,流徙尚阳堡。在江南,则有方猷、钱开宗等十九人被处死。后世之人读到此处,常常吓得汗流浃背。"二百多年后的今天,是不是又要有那么多人惨遭屠戮?"李清风躺在床上,不住地瑟瑟发抖:"看来今年不但长子性命难保,就是我这条老命也在两可之间。我这七岁的次子政华和三岁的三子星华及一家老小将如何是好?"

在恐惧和担忧之中,李清风病情加重,不久竟撒手西去。

后来,其子李旦华被免去死罪,初拟发配新疆,又允准捐输赎罪。李清风泉下有知,也总算可以聊以慰藉了。

一品大员之死

咸丰九年二月十三日,因为程庭桂接收关节案内尚有应行质讯人证未经解到,所以暂缓拟结。而柏葰等与程庭桂之案无关,故载垣等人先行上奏,拟定罪名,恭候圣裁:

> 查此案浦安身任乡试同考官,因李鹤龄代罗鸿绎递送

关节条子，入闱后见卷内字眼相符，随即批荐。迨柏葰欲将此卷撤去，该革员因有情托，辄称伊房中皿卷只此一本，嘱靳祥转恳柏葰取中。除罗鸿绎事后出给谢银，浦安因事借用罗鸿绎银两，均系轻罪不论外，浦安、罗鸿绎应照同考官及应试举子交通嘱托关节问实斩决例，拟斩立决。李鹤龄悉愿罗鸿绎递送关节，许以分房代为留心，并为订正关节字眼，将关节条子向浦安转送，经浦安呈荐中式，亦应比照同考官及应试举子交通嘱托关节例，拟斩立决。

……

至柏葰一犯，据刑部言称：柏葰因靳祥转述浦安房内只有中皿一卷，辄为取中，实属听受嘱托。查例内并无仅听嘱托，不知交通关节，作何分别治罪明文，向来亦未办过似此成案，应否照交通嘱托贿买关节例定拟，应由臣等酌核办理等因。查柏葰应得罪名，虽据刑部复称，例内并无仅听嘱托，不知交通关节，作何分别治罪明文，亦未办过似此成案，惟该革员身系一品大员，听受嘱托，辄将罗鸿绎取中，实属咎由自取，未便以刑部并无例案可稽，臣等妄议定拟，仍请比照交通嘱托贿买关节例，拟斩立决。谨抄录柏葰、浦安、罗鸿绎、李鹤龄亲供，恭呈御览，伏候钦定。如奉旨即予骈首，请特派大员监视行刑，以昭慎重。

很明显，对于浦安、李鹤龄、罗鸿绎三人应得处分，因有例可查，故载垣等人心里有数，明白地拟出"斩立决"的罪名。但对于柏葰，他们心里却没底。按柏葰之罪，还不至于要处以斩首之刑；可根据皇帝的言行，他们觉得应该从重判处，判轻了没准他们四人都要受到处分。四个人商量的结果,是从重拟为"斩立决",但却是以请求的口气向皇上奏的,实际上是把问题留给了咸丰帝:我们提出请求,准与不准却在你老人家。

其实,在载垣等人看来,咸丰帝肯定会否决"斩立决"之刑。柏葰本人也同样以为凭自己的地位,必不会死,咸丰帝准有恩旨,最多不过是发遣军台或遣戍新疆。而在一般人眼里,柏葰是咸丰帝的宠臣,且罪不当死,咸丰帝肯定会饶过他。

然而,事情就是那么出人意料。在众人猜测之时,咸丰帝下达了宣示科场案内柏葰等官员士子罪名的谕旨,在论及柏葰之时,咸丰帝写道:

> 科场为抡才大典,交通舞弊,定例綦严。自来典试,大小诸臣无敢以身试法轻犯刑章者。不意柏葰以一品大员,乃辜恩藐法至于如是。柏葰身任大学士,在内廷行走有年,曾任内务府大臣、军机大臣,且系科甲进身,岂不知科场定例?竟以家人求请,辄即撤换试卷。若靳祥尚在,加以夹讯,何难尽情吐露。即有成宪可循,朕即不为已甚。但就所供情节,详加审核,情虽可原,法难宽宥,言念及此,不禁垂泣。柏葰著照王、大臣所拟,即行处斩,派肃顺、赵光前赴市曹,监视行刑。

谕旨一发,满朝皆惊。不仅柏葰如五雷轰顶,就是满朝文武也都深感奇怪。毕竟这大清朝两百多年来,还没因科场舞弊斩首过一个一品大员。

人们议论着,猜测着其中的原因。就在大家的揣度当中,柏葰等四人由肃顺监斩,被押赴市曹行刑。由于出乎人们意料,关于柏葰之死便有了种种传说。

咸丰九年七月十七日,程庭桂交通关节案审结。咸丰帝颁下谕旨:

> 已革工部候补郎中程炳采,于伊父程庭桂入闱后,竟敢公然接收关节条子,交家人胡升转递场内,即系交通嘱托关节,情罪重大,岂能以已中未中强为区别。程炳采著即照该王、大臣等所拟,即行处斩。
>
> 已革二品顶戴左副都御史程庭桂,身任考官,于伊子转递关节,并不举发,是其有心蒙蔽,已可概见。虽所收条子未经中式,而交通已成,确有实据,即立予斩决,亦属罪有应得。惟念伊子程炳采已身罹大辟,情殊可悯,若将伊再置重典,父子概予骈首,朕心实有不忍。程庭桂著加恩发往军台效力赎罪。
>
> 其致送关节之谢森墀等,本应照科场专条治以死罪,惟与业经正法之罗鸿绎等尚属有间。工部候补郎中谢森墀、恩贡生报捐国子监学政学录王景麟,均著革职。熊元培著革去附贡生,与已革候补郎中李旦华、已革候选通判潘敦俨、已革翰林院庶吉士潘祖同、已革刑部候补员外郎陈景彦,已于二月间加恩免其死罪,著照所拟,均著发往新疆效力赎罪。

其他相关人员及失察各员处罚有差。戊午科场案暂告一段落。

然而是狱并未到此结束。

野 史 危 言

祺祥故事

咸丰十一年七月十七日,咸丰帝去世。十月六日,东宫慈安太后和西宫慈禧太后挟六岁的载淳(同治帝)发布上谕:"载垣、端华、肃顺,于七月十七日皇考升遐,即以赞襄政务王、大臣自居,实则我皇考弥留之际,但面谕载垣等,立朕为太子,并无令其赞襄政务之谕。载垣乃造作赞襄名目(此处所谕不符合史实),诸事并不请旨,擅自主持。""载垣、端华均著加恩赐令自尽,即派肃亲王华丰、刑部尚书绵森,迅即前往宗人府空室传旨,令其自尽。""肃顺著加恩改为斩立决(载垣、端华、肃顺三人原拟定刑为凌迟处死),即派睿亲王仁寿、刑部右侍郎载龄,前往监视行刑。"此外,"御前大臣景寿著即革职,加恩仍留公爵并额附品级,免其发遣。兵部尚书穆荫著即革职,加恩改为发往军台效力赎罪。吏部右侍郎匡源、署礼部右侍郎杜翰、太仆寺卿焦祐瀛均著即行革职,加恩免其发遣。"

当日,载垣、端华在宗人府接到令其自尽的圣旨,不禁仰天长叹,在华丰、绵森的屡次催促之下,无奈地结束了自己的生命。

与此同时,肃顺则被无帷小车押赴菜市口。他恨透了"篡逆"的叶赫那拉氏慈禧,一路上面无惧色,大骂不止,闻者无不骇然。到达行刑之地,肃顺立而不跪。两年前,是他在这里监斩柏葰,如今,他却要在这里成为刀下鬼。"刽子手以大铁柄敲之,乃跪下,盖两胫已折矣"。白光过处,鲜血四溅。

八位顾命大臣成为刀下鬼、阶下囚,咸丰帝临终前精心设计的太后与辅政大臣互相牵制、共同辅佐幼主的体制,在他过世后仅七十三天就被推翻了。

十月五日,周祖培奏请更改肃顺等人所拟"祺祥"年号,由议政王、军机大臣恭拟"同治"二字进呈,经两宫太后允准,布告天下。而所谓"同治",意即"示两宫太后临朝而治也",晚清女主统治的时代到来了。

十一月一日,养心殿装饰一新。殿内居中摆放着三个宝座:皇帝的宝座居中稍前,两宫皇太后的宝座稍后分居左右,座前各垂一帘。在清代,宫殿中还从未有过这样的设置。

两宫太后在众人的呼拥下,来到养心殿门前。轿子停下,早有太监前来搀扶,慈禧、慈安今天神采奕奕,内心激动不已。特别是慈禧,心情更是不同寻常,她萌发已久的愿望今日终于实现了。慈禧迅速地下了轿,用手分开了搀扶太监的手,踌躇满志地站在那里。然后她向四周瞟了几眼,昂首进入大殿,坐到了她向往已久的那个宝座上。慈禧环视养心殿,见一切布置甚合其意,心情愈发兴奋。

在一片鼓乐声中,满朝王公大臣,六部九卿,分班分次到御座前行三跪九叩首大礼。两宫太后垂帘听政正式开始。

昭雪风波

而发生于两年前的戊午科场巨狱,清廷上下再度评议,被肃顺监斩于菜市口的柏葰大有被"平反昭雪"之势。

太后垂帘听政的第十天,即咸丰十一年十一月初十日,就给事中高延祜奏科场例文简浑请饬详注一折,清廷颁布谕旨,说从前载垣、端华办理科场一案,利用"条例原文简浑","任意周内,借逞私忿",而"未能得情法之平",并命刑部详注科场例文。紧接着,经高延祜吁恳,清廷又启用了顺天科场案中因阅文疏误蒙受"难白之冤"的徐桐。

这一切令江西道监察御史任兆坚怦然心动。十二月初九日,他迎合朝廷意向而上的一份奏折将吁请为柏葰昭雪一事推到了顶峰。其奏折曰:

> 伏以善继善,述刑赏为先,刑莫亟于除奸,赏莫大于旌善,所以永建嗣统。先明杨震之忠,隆庆改元即赠夏言之

谥,征诸前代,史册有光。臣窃见已革大学士柏葰,老成谨慎,受恩两朝。咸丰八年九月补授大学士,圣心简毗,用向方殷。未及一月,而科场案作,尔时承审之载垣等意在揽权,多方罗织,靳祥之口未吐,交关之实迹毫无,附会科条,妄拟定案。显皇帝慎重科名,痛恨舞弊,载垣等因而激成圣怒,概置重典,以致该革大学士与情真罪当之罗鸿锋等同日弃市。行刑之际,观者皆嗟叹流涕,而肃顺扬扬自鸣得意。盖肃顺之逆焰自此张,而中外臣民所以痛恨肃顺,亦自此始矣。

假令柏葰真有取死之罪,显皇帝真有杀柏葰之心,臣虽至愚,何敢党枯骨而思翻成谳。臣伏读咸丰九年二月十三日圣谕:情有可原,法难宽宥,言念及此,不禁垂泣。等因,钦此。是其情可原,早邀睿鉴。显皇帝不忍杀柏葰之心,不惟中外共见,亦万代所仰者也。厥后程庭桂等概从末减,是皆出自显皇帝不为已甚之一念,非诸奸所能动摇也。钦惟显皇帝至圣至神,贤奸并烛,若遐龄永享,则大奸无不除,沉冤无不雪。不幸龙驭上宾,措施未及,是在天之灵默有待于我皇上也。伏睹御极以来,大奸伏罪,仁政聿新。即科场一案,条例即交部变通,废员亦蒙恩起用,惟柏葰之罪尚未昭雪,是显皇帝所有待我皇上者,尤未已也。合无仰恳天恩,将已革大学士柏葰加恩昭雪,仰承先志,俯洽舆情,甚盛典也。

任兆坚的奏折将矛头直指肃顺及其同党载垣等,认为北闱之狱系肃顺等人为揽夺大权,排斥异己而兴风作浪,柏葰是肃顺等故意罗织罪名谋害而死。

咸丰帝过世后,肃顺是慈禧的死敌。肃顺等八人被咸丰帝临终前任命为"赞襄政务"八大臣,共同辅政,成为慈禧揽权的绊脚石。尽管现在慈禧已利用恭亲王奕䜣将肃顺等人除掉,但顾命大臣成为阶下囚、刀下鬼毕竟违反祖制,有玷国体,因此一切攻击肃顺等人的言论对她来说都是求之不得的。于是慈禧下谕,令礼、刑两部会同将原案悉心确查,秉公详议。

然而柏葰之罪,一是失察平龄等五十本诗文疵谬应加查办之卷,二是听受同考官蒲安的转托,更换中卷,取中罗鸿铎。这一点,柏葰、诸考官、试子的供词俱在,可谓"众供确凿",是无论怎样评议也难以更改的。就连慈禧在次年(同治元年)正月二十四日所颁谕旨中也不得不承认:"此案柏葰听信家人靳祥之言,辄将浦安房内试卷取中,是其听受嘱托,罪无可辞。""于柏葰正法一节反复思维,谓为无罪实有不能,该御史所请昭雪情罪之处,未免措词失当。"

但慈禧绝不会放弃这样一个丑化"肃党"(指顾命八大臣)形象的良机。因此,她在谕中说:"惟承审此案之载垣、端华等,因刑部无仅听嘱托明文,辄称妄议定拟,比照交通嘱托贿买关节之例,拟以斩立决。核其情节,尚不至此。总由载垣等与柏葰平日挟有私仇,欲因是擅作威福,又窃窥皇考(因此谕是以同治帝名义下发,故称咸丰帝为皇考,意即父皇)痛恨科场舞弊,明知必售其欺,竟以牵连朦混之词致柏葰身罹重辟。"将柏葰之死归结为载垣等公报私仇,擅作威福,并对承审柏葰一案的王、大臣等进行追究。其中载垣、端华已赐自尽,陈孚恩也已被遣戍新疆,惟吏部尚书全庆,"于载垣定拟此案时,不能悉心核拟,附和成谳,联名入奏,实属瞻徇",降旨将全庆降四级调用,以示薄惩。

与此同时,慈禧也没忘了树立自己的形象:"今我两宫皇太后政令维新,事事务从宽大平允","念柏葰受恩两朝,在内廷行走多年,平日办公亦尚勤慎,虽业已置之重典,亦当推皇考法外之仁"。即令该旗引见柏葰之子候补员外郎钟濂,赐四品卿衔,以六部郎中遇缺即选。钟濂后来官至盛京兵部侍郎,九泉之下的柏葰还真得感谢这位慈禧太后呢!

至此,长达五年之久的戊午科场案终于画上了句号。在整个案件中,前后共有九十四人受到各种处罚,其中处斩五人,革职解任七人,罚俸一年者三十八人,瘐毙狱中两人。惩处人数之多,在清科场案中屈指可数;而于该案被诛的柏葰,则是清朝唯一一位因科场案被处斩的一品大员,也是自隋唐开科取士以来,为科考而遭重辟的职位最高的官员。

咸丰八年顺天乡试科场案与顺治十四年丁酉科顺天、江南乡试案并称为清朝两大科场巨狱。

震惊朝野的戊午科场案,不仅在当时成为人们议论的焦点,留下了许多野史、笔记和传闻,就是在一百多年后的今天,各种论著中仍对此多有评述。近年出版的一本传记中,对此案作了绘声绘色的描写:

> 咸丰年间有一个最大的科场案,也是清代最大的科场案,称作"戊午顺天科场案"。这是因为此案发生在咸丰戊午年(咸丰八年,1858年)而得名。从这个案件的处理中,也可见肃顺的专横跋扈。

咸丰八年,一年一度的乡试开始了。顺天府乡试的考场设在京师的贡院,主考官是军机大臣、内阁大学士柏葰(柏葰补授大学士是在九月初十日,顺天乡试则已于八月初六日开始——编者按),副考官是户部尚书朱凤标、左都御史(应为左副都御史)程庭桂等。考试结束发榜以后,有人传言:在中考的前十名中,有位旗下大爷名叫平龄,他本人唱戏,而且登台演出过。这样的人参加考试是无视国法,因为大清法是不准伶人参加科举的,何况还考中前十名呢。所以,由此引起了轩然大波。

肃顺与柏葰本来就有矛盾,当他听说柏葰主考的顺天考场出了大事,便把其心腹陈孚恩召来,令其前往调查处理。经陈孚恩调查的结果,不但发现顺天考场有开后门递条子等事,而且柏葰主考官有受贿之事。其实对科场之事,柏葰并不知实情,也未受贿作弊,只是由于肃顺从中作梗,欲以此打击异己,所以在他的推波助澜下,刑部按律定罪为:柏葰著处斩,立即执行。

行刑之日,柏葰等人皆被押往菜市口。不过,此时尚有一道手续,即行刑之前,还必须皇帝亲批,此即所谓驾帖。当刑部尚书赵光前往皇宫取驾帖时,恰巧肃顺也在。肃顺见赵光前来,便已猜出何干。赵光向咸丰叩头行礼以后,禀报来意,敬请驾帖。咸丰拿起朱笔,犹豫起来,迟迟下不得笔。他把脸朝向肃顺,似在同肃顺商量,又似在自言自语地说:"罪无可逭,情有可原啊!"肃顺见皇帝忧心忡忡,知道再迟疑肯定下不得手,就对咸丰说:"虽属情有可原,究竟罪无可逭。"咸丰听了肃顺的劝话,点了点头,但仍提笔不动。略一沉思,又欲将笔放回原处。这时久与咸丰相处,对咸丰已十分了解的肃顺知道皇帝不准备发驾帖了,如此,则会将这些罪犯改刑发落。说时迟,那时快,肃顺趁咸丰将笔往砚台上放且尚未放下之时,竟夺过朱笔代书驾帖。

赵光见此情景,惊呆了。他没想到肃顺竟敢如此而为。他本想皇帝肯定会放柏葰等人一条生路,但不巧肃顺在场,天亡柏葰之命啊!

再说柏葰,他也没想到会死。虽然刑部已判处死刑,他以为这只不过是摆摆样子罢了,清朝中期以后的科场均如此。况且,前几次科场事件发生,皇帝不是都赦免了吗?这一次肯定也是如此的。柏葰之子前来送行,见其父被推入囚车前往菜市口,眼泪就像泉水一样涌出,上牙紧咬下嘴唇,一句话也说不出来。柏葰见其子痛心,亦有感受。不过,他不相信自己就会死去。所以他对其子说:"皇上必有恩典,我一下来(指释放)即赴夕照寺候部文起解。"稍停了一会儿,见儿子疑惑不解,他便解释说:"向来一二品大员临刑时,一般都会有格外恩典,我估计这一次皇上不会杀我,但可能要发配我,不是新疆,就是军台效力赎罪,所以我叫你前往夕照寺等候改刑之部文"。儿子听懂了父亲的话,刚要转身离去,忽见父亲的脸色变得苍白。他顺父亲的眼光望去,这才发现刑部尚书赵光手里拿着驾帖匆匆地走来了,泪水洒满了他的面颊。柏葰看到这情景,知道性命难保,他自言自语地说:"完了,全完了!"

不过柏葰不像同案犯那些软骨头那样,见到死亡通知书——驾帖,就软在囚车里。他抬起了头,并且放开嗓子,大声向刑部尚书赵光喊道:"皇上断不肯如此而为,一定是肃六从中作祟,是吧?"赵光此时已伤心至极,他没有回答这位死囚的话,只是朝前走去。柏葰知道此时问话已很难为他了。他诅咒肃顺说:"我死不足惜,肃六他日亦必同我一样。"

世界上的事真可谓奇,这位军机大臣的诅咒,竟在两年以后应验了,咸丰十一年(1861年)肃顺也同样被推到这里成了刀下之鬼。

如果单单作为一则故事,这段描写当然无可挑剔,不但想象丰富,文笔生动,其结尾更是拨人心弦。在中国,虽然儒学一直居于主导地位,但佛教的因果报应之说在普通老百姓心中也大有市场。

然而,若用治史者的眼光去审视这段文字,就不难看出其中的疏漏之处。除在原文中用括号标出的两处官职错误外,尚有两点不太令人信服。一是柏葰临行前对其子所说的话,大概没有一个被判处死刑的囚犯在其被装入囚车、准备押赴刑场问斩之际,敢于明目张胆地说:皇上肯定会免去我的死罪,我死不了。尽管其内心可能是这样想的。如果他真敢这样说,那么只能令皇上打消饶他不死的念头,维持原判。皇帝最需要威严。而另一处,即关于肃顺夺朱笔代书驾帖一事,更是令人怀疑。在中央集权达到顶峰的清代,可以说没有一个能够擅权的臣子,即使是乾隆末年的和珅,充其量也只能是弄权而已,更何况肃顺呢?在咸丰九年,身任礼部尚书的肃顺是断断不敢做出如此无礼的举动的,倘若真是如此,满朝文武岂能视而不见?那么在肃顺被杀之后,关于此举的记载岂能不见诸谕旨之中,遍布私书之中?

我们不反对对历史事件进行合理的发挥,因为只有这样,历史才能够有血有肉,吸引读者。但这种发挥必须是在史实基础上的合理发挥,而不是主观臆想。正如中国武功,加在正义者身上可以强身健体、惩恶扬善,加在邪恶者身上则只能是助纣为虐。

然而,这种将柏葰之死归于肃顺的议论并非无源之水,无本之木。在清代的野史、笔记中留下了大量这样的记载。

李慈铭在其《越缦堂日记补》中说:定谳后,咸丰帝以"柏葰早正揆席,勤慎无咎,欲曲待之"。但因肃顺"夙憾于柏葰,遂据刑律,坐柏葰以因家人求请撤换试卷"而处斩。

有人认为此案系柏葰"不阿肃顺,肃顺衔之"所致(王嵩儒:《掌故零拾》)。就案情来说,柏葰"其咎只有失察,予以褫革已觉情罪相当;著军台效力,则重矣。乃肃顺等用意在修怨立威,必杀之而后快。"(王之春:《椒生随笔》)。

王之春甚至还说:肃顺同刑部尚书赵光赴市曹监视行刑时,"赵则悲泣不胜,肃则扬扬得意,都人痛恨肃顺始此"。

而叙述最详,具有代表性的还要算薛福成的《庸盦笔记》,述及此案时,其文曰:

> 咸丰戊午科场案,派载垣、端华、全庆、陈孚恩查办,牵涉柏葰之妾及其门丁靳祥,于是考官及同考官之有牵涉者,皆解任听候查办。是时载垣、端华、肃顺方用事,与柏葰不相能,欲籍此事兴大狱以示威。前刑部尚书陈孚恩终养起复,候补年余,不甚向用。孚恩乃昵于肃顺,得补兵部尚书,

遇事每迎合其意。孚恩素与程庭桂相善，孚恩驰往见庭桂曰："外间喧传此科中者条子甚多，有之乎？"条子者，截纸为条，订明诗文某处所用之字以为记验，凡与考官房官熟识者皆可呈递，或辗转相托而递之，房考官入场，凡意所欲者，凭条索之，百不失一，盖自条子兴，而糊名易书之法几穷矣。庭桂闻孚恩之言，以为无意及之，乃答曰："条子之风不始于今日矣，奚足为怪？今科若某某等皆因条子获售者也，某某等皆有条子而落第者也，吾辈衡文取士，文章之力仍居七八，条子不过辅助一二耳。"孚恩问："然则吾子亦接条子乎？"庭桂笑曰："不下百余条。"乃出而示之。孚恩曰："盍借我一观。"袖之而去。不数日孚恩奉旨审问此案，按条传讯，株连益多，庭桂之次子秀曾递数条，孚恩谓但到案问数语即无事。庭桂召其长子炳采谓之曰："汝弟气性不驯，若令到案必且获罪，汝姑代汝弟一行；陈公与我至厚，必无事也。"炳采既到堂，孚恩穷诘不已，且命用刑，炳采遂一一吐实。而孚恩之子亦有条子，托庭桂之次子递之，孚恩知不能隐，奏请回避严议，并请革伊子景彦职，诏即革景彦员外郎，孚恩交部议处，毋庸回避。孚恩乃请载垣等设法开释其子，而拟炳采以重辟，并言此案情节甚多，非革职逮问不能彻究。奉旨柏葰、朱凤标、程庭桂皆下狱，而孚恩则对庭桂用刑讯焉。柏葰之门丁靳祥闻案出即逃逸，至潼关为陕西巡抚曾望颜拿获，解至刑部归案审讯，案未结先死狱中。大抵平龄之中式，靳祥实为经营，而柏葰不知也，若仅为失察之罪，不过革职而止。肃顺与载垣、端华必欲坐柏葰大辟，锻炼久之，终无纳贿实迹。文宗以柏葰老成宿望，欲待以不死,肃顺等力言取士大典,关系至重,亟宜执法以惩积习。九年二月狱成,文宗召诸王大臣谕以不得已用刑之故,而柏葰、浦安、罗鸿绎、李鹤龄等皆弃市矣。但当咸丰之初年,条子之风盛行,大庭广众中不以为讳,敏捷者常制胜,朴讷者常失利,往往有考官夙所相识,闱中不知而摈之,及出闱而咎其不递条子者。又有无耻之徒,加识三圈五圈于条子上者,倘获中式,则三圈者馈三百金,五圈者馈五百金,考官之尤无行者或歆羡之,不知此风始于何时。世风日下,至斯极矣。识者早虑其激成大狱,而不意柏葰之适当其冲也。

在这里,尽管薛氏也承认咸丰年间科场关节之风盛行,戊午科舞弊尤多,但却仍把柏葰之死归因于"肃顺与载垣、端华必欲坐柏葰大辟"。

正是由于如此众多的记述,使得肃顺害死柏葰之说流传至今,仍为不少史家所津津乐道,好像事实就是如此一样。

历史总爱和后人开玩笑,流传颇广的一些说法却未必是真实的。

如此说来,我们倒要为肃顺感到荣幸了,能够被人们扯进一件与自己不太相干的重大历史事件,而且还充当了其中的主角,这可不是一般人所能做到的。

肃顺究竟何许人也?

肃顺推服楚贤

济尔哈朗,是清太祖努尔哈赤的侄子,是清初八个"铁帽子王"之———郑亲王,而肃顺正是济尔哈朗的八世孙。

若论肃顺与咸丰帝的关系,从辈分上来讲,他是咸丰帝的侄子,尽管肃顺要比咸丰帝大十五岁。因为从努尔哈赤之父塔克世算起,肃顺是塔克世的十世孙,而咸丰帝是九世孙。

在清朝,塔克世的直系子孙都被称为"宗室",享有众多特权。因而肃顺也是"黄带子"(宗室腰系黄色带子),从而很早就获得了内廷的职位。

"铁帽子王"可以世袭罔替,但肃顺却与王爵无缘,因为只有一个人可以承袭此位。道光二十六年,肃顺之父乌尔棍布去世,他的三哥端华承袭为和硕郑亲王。

肃顺生得状貌魁梧,眉目耸拔,据说在青少年时代,他作为一名闲散宗室,整日无所事事,斗鸡走狗,徜徉街头。严冬时节,肃顺头盘辫,反披羊皮小褂,牵狗逛于街头。有个体面的满族官员很看不惯,皱着眉头问他:"你自己看你自己像个什么样子?"肃顺满不在乎地回答道:"无赖呗!""无赖也光荣吗?"肃顺倒装出一副蛮有道理的样子:"因无所赖,所以才是无赖呀!"官员则一本正经地说:"那么,我给你保举一事,为你所赖,何如?"肃顺不以为然,叩问何事。那人回答说:"官也"。肃顺调头就走,心想,这不是戏弄我吗?然而那位官员却真的为他百计营求,结果肃顺以闲散宗室官刑部侍郎。

考之肃顺履历,虽在咸丰朝步步高升,最后成为权倾朝野的人物,但他并没有做过一天刑部侍郎。咸丰帝即位以前,道光二十九年,肃顺已由三等辅国将军、委散秩大臣升授奉宸苑卿,其时,他已是个三十多岁的四品京官,想来还不至于整日摇晃街头,斗鸡走狗。上述记载未必确有其事。

但史籍中关于肃顺为人豪放不羁,颇具游侠气质的记载却是事实。作为闲散宗室,肃顺青年时除了去内廷值差外,喜爱外出游逛,接触了各类各色的人和事,因而对社会有了较深的了解。他"习知京师五城诸坊利弊,且最喜结交汉人","其时江浙间跅弛不羁之士,辄延致上座,磬折而请焉,家虽不裕,挥霍不少吝,大有孔北海座客堂满,樽酒不空之概。"加之做事机敏勤快,有惊人的记忆力,"接人一面,终生能道其形貌;治一案牍,经年能举其词",很快得到步军统领额恒倭的赏识,"以其悉宵人诪张状,治狱频破奸",便"调令司谳,且荐其才"。因此,肃顺受到咸丰帝的召见。

召见之时,肃顺提出"严禁令,重法纪,锄奸宄"的主张,颇合咸丰帝之意。从此,肃顺开始步步升迁。道光三十年,肃顺由奉宸苑卿晋为内阁学士兼礼部侍郎。咸丰三年三月迁銮仪卫銮仪使。咸丰四年三月,由乾清门侍卫授御前侍卫,四月升任署正红旗满洲副都统兼任工部右侍郎,旋调礼部左侍郎。咸丰七年初授都察院左都御史,八月升理藩院尚书。咸丰八年九月调礼部尚书,十二月调户部尚书。其后又身兼御前大臣、内务府大臣、协办大学士等重要职务。其超擢之速,令"廷臣咸侧目"。

肃顺之所以受到咸丰帝的重用,有人认为大半是利用咸丰帝与恭亲王奕䜣的矛盾,有人认为是肃顺以进奉声色迎得皇帝欢心。我们不能说这些因素没起作用,但揆诸史实,肃顺之所以独得帝眷,主要还是因"其见识实出当时诸人之上"。

在奕䜣退出军机处,文庆又于咸丰六年病故之后,出任首辅的彭蕴章才具平庸,毫无建树,唯知"廉慎小心,每与会议,必持详慎"。外间戏称之为"彭葫芦"。至于其他衮衮诸公,按照李慈铭的评价,武英殿大学贾桢、户部尚书周祖培"庸而懵",礼部尚书朱嶟"衰弱忧贫",刑部尚书赵光"刻豁鄙夫",工部尚书张祥河"以风流自命,轻佻无检"。"诸公虽互有短长,而事上以谄,接下以吝,耆利不学,若出一途,稍有事故,尽如盲痴"。唯有肃顺,在国事日亟的形势下,"上知宰执无能为,颇任宗王及御前大臣",不避谤怨,敢于任事。如此一来,肃顺独受帝眷也就不足为怪了。

以八旗劲旅入主中原的清朝统治者,在其统一全国后极力保持满族的特权地位,满族平民要比汉族平民政治地位高,满族官吏要比汉族官吏升迁快。各地督抚大多数为满人,而军权更是"不轻假汉人"。

然而,优越的地位、生活却使八旗军日趋腐化,"唯知鲜衣美食,荡费赀财","得见旧日风景者,已无其人;而能记忆祖父之遗训者亦少,以至风俗日奢,人心不古",毫无战斗力可言,先辈们的尚武传统和骁勇雄风已荡然无存。面对太平军的进攻,腐败的清军"文武以避贼为固然,士卒以逃死为长策"。倒是一些汉族地主士绅从其利益出发,举办团练,协助清军围剿"发捻","江忠源以三百人从乌兰泰进军……屡奏奇功,楚勇之名大著"。严酷的事实说明满洲贵族已腐朽不足恃,唯有依靠汉族地主才能保住清代江山。

然而那些昏聩的满洲贵族,"不曰汉儿庸懦喜名誉,即曰吾满勿沾染汉人习气"。唯有大学士、军机大臣文庆和肃顺主张破除满汉藩篱,重用汉人。

文庆以为:"欲办天下事,当重用汉人,彼皆从田间来,知民疾苦,熟谙情伪,岂若吾辈,未出国门一步,懵然于大计者乎?"他称曾国藩"负时望……终当建非常之功"。文庆还识拔了胡林翼,一年之内将其由贵州道员擢为湖北巡抚。

而出身于满族世家,深知满人毛病的肃顺,更是尊敬汉人,优礼贤士。他曾毫不掩饰地说:"咱们旗人浑蛋多,懂得什么?汉人是得罪不起的,他那支笔厉害得很!""满人糊涂不通,不能为国家出力,唯知要钱耳。国家遇有大疑难事,非重用汉人不可。"因此,有清人笔记记载:"肃顺秉政时,待各署司官,眦睚暴戾,如奴隶若,然惟待旗员则然,待汉员颇极谦恭。""其待满人不如其待汉人之厚,满人深恶之。"

肃顺极喜延揽人才,"汉人有才学者,必罗而致之,或为羽翼,或为心腹"。故其府邸经常名士满座,高谈阔论,意气风发,"一时名士咸从之游"。被肃顺延至门下的时贤,有所谓"湖南六子"或"湘中五子",如王闿运、高心夔等人,均过从甚密。

而肃顺最具见识之处,则是他对湘军将帅的信任与照顾。曾国藩、胡林翼等汉将能掌兵权,肃顺起了很大作用。"然是时粤寇(指太平天国军)势甚张,而将帅之有功者皆在湖南。朝臣如祁文端公(祁寯藻),彭文敬公(彭蕴章)尚瞢焉不察,惟肃(顺)知之深,颇能倾心推服。平时以座客谈论,常心折曾文正公(曾国藩)之识量,胡文忠公(胡林翼)之才略。"

咸丰九年,湖广总督官文指使下属参劾湖系重要人物左宗棠,咸丰帝密谕官文:"如左宗棠果有不法情事,可即就地正法"。左宗棠此时以在籍举人、四品卿衔在湖南巡抚骆秉璋幕中,策划主持一切。肃顺以为左氏一去,湖南必动摇,湘军的后方将会不稳,遂决心保左。在他的策划下,大理寺少卿潘祖荫三次上奏,说"国家不可一日无湖南,湖南不可一日无宗棠。"湖北巡抚胡林翼上奏称左宗棠才可大用,并云:"名满天下,谤亦随之"。咸丰帝一见,立即向肃顺询问左宗棠的情况,并说:"方今天下多事,左宗棠果长军旅,自当录用。"肃顺乘机荐曰:"闻左宗棠在湖南巡抚骆秉璋幕中,赞画军谋,迭著成效,骆秉璋之功,皆其功也。人才难得,自当爱惜。"

咸丰帝一听,原来左宗棠已有如此大名,不久即将其派为"四品京堂候补,随同曾国藩襄办军务",左宗棠从此得以领兵出湘,成为湘军的统帅之一。

咸丰十年,两江总督之职因失守苏、常的何桂清被革职而出缺,当时备选出任此职的有两人:曾国藩和胡林翼。但咸丰帝对曾国藩一直不放心。咸丰四年,曾国藩率湘军攻占武昌,咸丰帝闻报深受鼓舞,立刻任命曾国藩为湖北巡抚,并眉飞色舞地对军机大臣说:"不意曾某一书生,乃能建此奇功!"不料首席军机大臣祁寯藻的一席话,使咸丰帝的高兴劲儿荡然无存,他说:"曾某以匹夫居闾里,一呼蹶起,从之者万余人,恐非国家之福。"咸丰帝听罢,"默然变色者久之",随即收回成命,仅赏给一个兵部侍郎衔,办理军务,使曾国藩六七年间"不获大行其志",始终与督抚大权无缘。直到此时,咸丰帝戒心未除,因而准备调湖北巡抚胡林翼为两江总督。肃顺见此,及时进言曰:"胡林翼在湖北措施尽善,未可挪动,不如用曾国藩督两江,则上下游俱得人也。"

咸丰帝听从了这一意见,曾国藩从此有了督吏筹饷之权,不再空名督师了。对此,王闿运曾说:"曾侯始由穆鹤舫,大用自肃豫庭。"

由于肃顺的极力推荐,使得曾、左等人被朝廷重用,从而镇压了太平天国革命,维护了清朝的反动统治,为"同治中兴"局面的形成奠定了基础。正如刘体智所说:咸丰用人,"惟贤是尚,不分满汉,皆肃顺匡辅之功。秋弥热河,以军符予曾文正,实开中兴之业。"

欧洲的头号敌人

咸丰八年,屈服于沙俄恫吓与威胁的黑龙江将军奕山,擅自签订了《中俄瑷珲条约》,不但将黑龙江以北、外兴安岭以南六十六万平方公里的国土让与俄国,而且还将乌苏里江以东的中国领土,改为中、俄两国共管。此后,沙俄便以此为借口,不断向乌苏里江以东地区进军。到咸丰十年春,中国东北东部沿海往南直到朝鲜地方,实际已在俄国的陆、海军手中。

咸丰九年五月,俄国派伊格纳提耶夫到北京,第二年正式任命他为驻华公使。他来华的主要使命就是迫使清政府割让乌苏里江以东的广大领土。咸丰九年六月,英法联军在大沽口惨败之后,咸丰帝命户部尚书管理理藩院事务肃顺、刑部尚书瑞常与伊格纳提耶夫定期相见。

咸丰九年六月十一日(1859年7月10日),肃顺与伊格纳提耶夫首次会晤,即采取了非常坚定的立场,他严正地通知俄使:"皇帝听到有新的俄国代表前来感到很奇怪,《天津条约》业已批准,《瑷珲条约》皇帝并没有钦准,所以无效。"并认为俄国的问题已经解决,没有必要再进行谈判,实际上等于下了"逐客令"。伊格纳提耶夫恼羞成怒,对中国代表威胁说:"中国和俄国交界长达七千俄里,俄国比任何一个别的海军强国,都可以随时随地给中国以更有力的痛击。"会谈不欢而散。

六月二十三日(7月22日),中俄代表第二次会谈。肃顺声明:奕山将黑龙江空旷地方借与俄国居住,并非将乌苏里江包括在内,因为"其乌苏里江等处,系属吉林将军管辖,本不与黑龙江地方连涉,并非奕山所管之地界。"他强调两国相交"必须和平办事,不相侵占"。在长达五个多小时的会谈中,肃顺等人的态度始终如一。当俄方对中方进行恐吓时,肃顺等则以"中国将可能中断中俄贸易"相回敬,谈判仍无进展。

过了两天,俄国公使照会肃顺、瑞常,强词夺理,要求承认"以乌苏里江为两国交界",并对清政府进行威胁,声称:"不然,焉能得免侵占?"活脱脱一副强盗嘴脸。肃顺、瑞常在复照中驳斥俄方的无理之言,郑重表示:"绥芬、乌苏里江等处,是断不能借之地,贵国不可纵人前往,亦不必言及立界。"同时警告俄国,如果侵占乌苏里江地区,中国将以"闭关停市"相待;如有必要,中国愿意同俄国交锋。

八月四日的第三次会谈火药味更浓。伊格纳提耶夫拿着《瑷珲条约》文本,硬要中方接受他的侵略要求。肃顺大怒,将未经批准的《瑷珲条约》文本掷在桌上,告诉他:"这是一纸空文!毫无意义。"俄国公使顿时起立,大吵大闹,指责肃顺"蔑视国际文件",径自退出会场。之后,伊格纳提耶夫行文军机处,要求更换谈判大臣。军机处立即复文,称肃顺所为"皆系据理直言",代表断不能更换。

从1859年6月至1860年5月,肃顺与伊格纳提耶夫的谈判断断续续,持续了近一年。在整个中国近代史上,恐怕没有一个中国外交代表敢于在谈判桌上表现如此强硬。没有达到目的伊格纳提耶夫只得灰溜溜地离开北京,登上"德日基特号"军舰前往上海,去挑动英法联军扩大侵华战争去了。

尽管肃顺在谈判桌上取得了暂时胜利,最终却没能改变沙俄强占乌苏里江以东地区的事实。

在侵略者眼中,肃顺成了"欧洲人的主要敌人","有权势的肃顺是与欧洲人为敌的头号坏蛋"。

名满天下,谤也随之

肃顺治事,惟严是尚,面对清廷内外臣工一片废弛松懈的景象,他"袭申法家的余诸,主张严刑峻法,以求起积弊于衰靡之世"。

咸丰八年四月,英国兵舰侵入天津,咸丰帝急派大学士桂良、户部尚书花沙纳"驰往查办"。同时又派耆英以侍郎衔"前往办理洋务"。耆英这个因签订《中英江宁条约》、《中法黄埔条约》、《中美望厦条约》而遭到处分的大员,面对英法联军的武力威胁,贪生怕死,"同桂良、花沙纳商允照会,相对泣于窗下"。他"借称面陈极要",不候谕旨,即擅离职守,私自回京。

对这个临阵脱逃的耆英,有的大臣拟请判处为"绞监候",肃顺则奏请将其正法,"以儆官邪而申国法"。咸丰皇帝"不忍弃之于市","著派左宗正仁寿、左宗人绵勋、刑部尚书麟魁迅即前往宗人府空室,令耆英看朕朱渝,传旨令伊自尽",以尽"情法两全之道"。耆英受到了应得的惩罚。

连年的战争闹得清政府国库空虚,财政窘迫。不得已,咸丰帝"议停文武官俸,议减外吏养廉,议暂停各衙公费,议暂收铺租房屋税,议征借山西、陕西、四川三省钱粮一年,议铸大钱、开官钱局,其所以撙节之而筹计之者,几微不至矣。"其中,咸丰帝始终把大量发行货币视为生财之道。咸丰三年,咸丰帝批准通行官票,后又批准印制宝钞、铸造铜大钱、铁大钱,甚至铅钱等。但因缺乏信用,军民都不愿收用。

为了强制推行票钞,户部先奏准设立了"四乾官号",后又批准由几个商人设立"五宇官号"。这样官商勾结,强迫推行,闹得官民交累。正所谓"钞币大钱无信用,以法令强行之,官民交累,徒滋弊窦。"

咸丰八年九月,肃顺调任户部尚书,发现"宝钞处所列'宇'字号欠款与官钱总局存档不符,奏请究治"。结果从中查出巨额贪污舞弊案赃款总数高达数千万两。在咸丰帝的批准和支持下,肃顺先后将司员荣溥、王正谊等十余人及商人胥吏等数十人的家产一律抄查。其中,不仅仓场侍郎崇伦、科布多,参赞大臣熙麟被籍没家产,恭亲王奕䜣的家人受到牵连,由怡亲王载垣奏请查抄,而且与肃顺交往甚厚的"肃门七子"(即郭嵩焘、龙湛霖、王闿运、邓辅纶、尹耕云、高心夔、李篁仙)之一,户部主事李篁仙也被逮入狱。案件正在审理之时,户部突然发生火灾,"宇廨尽焚,延及礼部署"。咸丰帝怀疑吏部司员故意放火,以求灭迹,诏谕户部堂官严加议处,当月司员革职听讯,司务及书吏二十余人皆交刑部,由怡亲王载垣等办案王、大臣严讯。总计此案先后牵连数百人,时间长达两三年,户部尚书周祖培、大学士翁心存因此受到革职留任的处分。

《清史稿》对肃顺有比较客观的评论:"肃顺以宗潢疏属,特见倚用,治事严刻。其尤负谤者,杀耆英、柏葰及户部诸狱。以执法论,诸人罪固应得,第持之者不免有私嫌于其间耳。"

肃顺思维敏捷,作风雷厉风行,他"治事之猛,识别之精,不避权贵,尤不顾八旗贵胄,故宗室旗人,恨之尤甚。"肃顺坚持严猛的治事态度,不避嫌怨,加之平时"恃宠而骄,凌轹同列",他受到各方的嫉恨与毁谤也就不足为奇了。

"名满天下,谤也随之"。

咸丰帝的如意算盘

> 北狩经年跸路长,鼎湖弓剑黯滦阳;
> 两宫夜半披封事,玉玺亲钤同道堂。

此诗名曰《咸丰之死》。在这短短的四句话中,蕴含着咸丰皇帝临终前的苦恼与抉择,揭示了咸丰皇帝去世后的一场惊心动魄的斗争。

"绛节飘摇宫国来,中元朝拜上清回"。七月十五是中国传统的中元节,民间百姓人家或备素食、设果品以供奉祖先,或制冥钱,做纸衣到坟前扫墓。而在咸丰十一年,身体极度虚弱的咸丰帝此时已无力祭祀先人,他仿佛觉得自己正向黄泉路上走去,耳旁似乎听到了祖宗们的呼唤。懿贵妃把爱子载淳送到他的身边,朝夕侍侧。望着活泼可爱的孩子,想到洋人已驻京师,沿海处处风波;半壁江山未复,内地百孔千疮……撒手西归后,这六岁的儿子该托付给谁?

他首先想到恭亲王奕䜣。

这个从小一起长大的兄弟,精明干练,才气过人。咸丰五年因事斥革后,奕䜣并没有一蹶不振,咸丰七年复授都统后,对外强硬。但自咸丰帝北狩,奕䜣被任命为北京留守大臣之后,他的表现却令咸丰帝心忧。那就是奕䜣与洋人的关系越来越密切。而奕䜣和他老丈人桂良还有文祥三人的几次联名上书,更使咸丰帝隐隐感觉到,在恭亲王的周围,似乎形成了一个势力。而且这股势力正在逐渐与洋人接近。或许肃顺所密陈之事,如英国参赞巴夏礼在开释前劝奕䜣自登大位;《北京条约》画押前,英夷又居心叵测地提出让王公大臣跪迎奕䜣,"以觇人心之向背"等都是真的。怪不得连惇亲王奕誴都说,"恭王欲反"。想到这里,咸丰帝不禁摇了摇头。

环顾左右,能够敬天法祖,保住大清江山不致落入洋人手中的,唯有咸丰帝最信任的股肱之臣——肃顺。肃顺有才有识,对清王朝和咸丰帝始终不避劳怨,忠心耿耿,对外态度强硬,颇能维护大清王朝的尊严。而且他此时可谓"炙手可热势绝伦",足堪与奕䜣相抗衡。然而肃顺气势凌人、刚愎自用的一面又使咸丰帝深感不安。万一肃顺等人把持朝政,不知敬主,如睿王之苛待世祖章皇帝,那不是大权旁落了吗?

想到这儿,咸丰帝不禁喟然长叹。

他思前想后,左右为难。在头脑清醒之际,咸丰帝终于想出了一个既可得赞襄政务之实,又可避免皇权下移的两全之法,这便是扩大母后的权力,虽然有悖于祖宗家法,但如果真能齐心合力,收拾这一片残破江山,大清王朝或许还有希望。

七月十六日(8月21日)早晨,咸丰帝在寝宫烟波致爽殿用餐,传了鸭丁粳米粥。这天中午又点了羊肉片白菜、脍伞单(牛肚)、炒豆腐、羊肉丝炒豆芽等。这是皇帝最后的一餐。餐后，咸丰帝感到身体格外不适，他知道自己的生命行将结束，眼前一片漆黑。

一直到晚上，咸丰帝才苏醒过来，这已是他的最后一刻了。他立即召宣大臣入内，在场的大臣有御前大臣怡亲王载垣、御前大臣郑亲王端华、御前大臣一等公爵景寿、御前大臣协办大学士肃顺、首席军机大臣兵部尚书穆荫、军机大臣吏部左侍郎匡源、军机大臣礼部右侍郎杜翰、军机大臣太仆寺少卿焦佑瀛等人。此时的咸丰帝已气息奄奄，不能执笔了，遂面谕：

皇长子载淳现立为皇太子，著派载垣、端华、景寿、肃顺、穆荫、匡源、杜翰、焦佑瀛尽心辅弼，赞襄一切政务。

咸丰帝临终前将一切政务交给肃顺等人"赞襄"，而没有将六弟奕䜣列入，他害怕出现第二个多尔衮。

廷臣退出后，咸丰帝吃力地睁开眼睛，示意皇后拿出他已准备好的两方随身印章。一方文曰"御赏"，赐给皇后；一方文曰"同道堂"，赐给载淳，由懿贵妃代为保管，作为嗣皇帝下达诏谕的符信。"御赏"章为印起，"同道堂"章为印讫。咸丰帝最后望了一眼可怜的儿子，以为如此这般，他可以放心地去了。

咸丰十一年七月十七日寅时（1861年8月22日凌晨），清朝第七代皇帝咸丰病逝于承德避暑山庄，卒年三十一岁。

然而历史是无情的，咸丰帝所精心设计的顾命制度仅仅存在了73天就被推翻了。

他低估了奕䜣和慈禧对最高权力的渴望。

叶赫那拉氏慈禧,小名兰儿,十七岁被选入宫,很快以其天生丽质、美丽超群而得到咸丰帝的宠幸,地位不断升迁。咸丰四年,晋封为懿嫔。咸丰六年,当她为咸丰帝生下大阿哥载淳后,马上由嫔晋升为懿妃,次年又升为懿贵妃,成为皇后之下、众妃嫔之上的后宫二号人物。

但慈禧不是个寻常的女子,她有着强烈的权力欲望。咸丰帝在内忧外患的连连打击下,身体虚弱,懒于理事,慈禧乘机"时时披览各省奏章"。英法联军侵犯北京,咸丰帝欲北狩热河,她极力谏阻:"皇上在京,可以震慑一切,圣驾若行,宗庙无主,恐为夷人踏毁。昔周室东迁,天子蒙尘,永为后世之羞。今若遽弃京城而去,莫甚焉。"后来,《北京条约》签字,慈禧又"深以为耻,劝帝开衅端"。所有这些,都可以说是懿贵妃初谋干政的典型事例。

咸丰皇帝对那拉氏早有不满,听说她在圆明园因为争风吃醋,令人活活打死了一个南方女子,便对她日渐疏远。但"以其有皇子故,未废黜也,然常思为防范,以限制其权力"。"已而,那拉氏渐放纵,奕𬣞(咸丰帝)因不喜其为人,每与肃顺言,欲废之,而卒未忍。"到了避暑山庄,咸丰帝病情加重。他最担心的是在他去世后,那拉氏会控制朝政,因而想趁早把后患除掉。

肃顺也对那拉氏干政不满,而且"以肃顺之才识论之,亦必早知西后之不相容,而有先下手之意"。于是向咸丰皇帝密疏,请用钩弋故事将那拉氏除掉。

"钩弋故事"是西汉武帝后天元年的事情(公元前88年),据司马光的《资治通鉴》记载:

> 时钩弋夫人之子弗陵,年数岁,形体壮大,多知,上奇爱之,心欲立焉;以其年稚,母少,犹与久之。欲以大臣辅之,察群臣,唯奉车都尉、光禄大夫霍光,忠厚可任大事,上乃使黄门画周公负成王朝诸侯以赐光。后数日,帝谴责钩弋夫人;夫人脱簪珥,叩头。帝曰:"引持去,送掖庭狱!"夫人还顾,帝曰:"趣行,汝不得活!"卒赐死。顷之,帝闲居,问左右曰:"外人言云何?"左右对曰:"人言:且立其子,何去其母乎?"帝曰:"然,是非儿曹愚人之所知也。往古国家所以乱,由主少、母壮也。女主独居骄蹇,淫乱自恣,莫能禁也。汝不闻吕后邪!故不得不先去之也。"

钩弋夫人乃汉武帝之子汉昭帝弗陵的母亲赵健伃。为了防止母后乱权,武帝生前将其赐死,从而成为历史上的典故"钩弋故事"。

然而,咸丰帝却又"濡濡不忍,亡何,又以醉恚漏言"。那拉氏妹妹与妹夫醇郡王奕𫍽夫妇急以身家性命担保,向咸丰皇帝求情,事情不了了之。

慈禧早就对肃顺心怀不满,在逃往热河的途中,慈禧因所乘之车敝旧,三次要求肃顺予以更换,肃顺不但不给换,还厉声说:"危难中哪比承平时,且此间何处求新车,得旧者已厚幸矣,尔不观中宫亦雇街车,其羸敝亦与尔车等耳,尔何人?乃思驾中宫上耶?"这深深刺伤了那拉氏的自尊心。

逃亡途中,肃顺主管饮食供给。"自都启行,供张无办,后妃不得食,惟以豆乳充饭。而肃顺有食担,供御酒肉。后御食有膳房,外臣不敢私进。孝贞、孝钦两后,不知其由,以此切齿于肃顺。"因此,后人说:"灭门之祸,起于饮食之微,可为叹息。"

对肃顺心存成见的那拉氏听说肃顺竟建议咸丰帝将自己除掉,遂"衔肃刻骨",发誓要与肃顺斗争到底,必除之而后快。

祖制重顾命,姜姒不佐周。

谁与同道堂?翻怪垂帘疏。

王闿运可谓一语中的。正是咸丰帝赐给同治帝,而由慈禧保管的"同道堂"印章,为慈禧提供了日后"垂帘听政"的机会。

咸丰帝病逝后,慈禧的权利欲急剧扩张,而以肃顺为核心的八大顾命大臣成了她独掌朝中大权的严重障碍,慈禧与肃顺之间的矛盾迅速激化。但慈禧明白,单凭她自己是难以推翻顾命制度的,于是她便派人联系在北京的恭亲王奕䜣。奕䜣在咸丰帝病重期间,曾请求赴承德探望,结果为肃顺等人所阻,遂恨之。而此时的他也明白,若由与自己政见不和的肃顺掌握大权,自己就没有任何前途。于是,慈禧与奕䜣便结成了反肃顺联盟。

咸丰十一年八月一日,奕䜣以叩谒梓宫为名到达热河。他在咸丰帝灵前失声痛哭,"闻者无不下泪"。当奕䜣见到载垣、端华、肃顺时显出一副谦逊的样子。肃顺等人本对奕䜣的到来有所戒备,但见到奕䜣如此,就不再将他放在心上。"肃顺颇蔑视之,以为彼何能为?不足畏也。"

在此之后,两宫太后提出召见恭亲王奕䜣。对此,肃顺不以为然,但杜翰却很精明,看出事情不那么简单,于是拱手道:"叔嫂当避嫌疑,且先帝宾天,皇太后居丧,尤不宜召见亲王。"

奕䜣闻此,心里一凉,认为只有另作打算了。就在这时,两宫太后的懿旨又到,特别说明慈禧要问一问娘家情况。肃顺见若固执下去,恐众论不服,况且让他们见上一面又有何妨,于是说道:"老六,既然懿旨频传,屡欲召见,那就请辛苦一趟吧!"

奕䜣却故意对站在对面的端华拱手道:"还请郑亲王奉陪,一同进见为好!"

端华一时不知所措,于是将目光转向肃顺。肃顺笑曰:"老六,你与两宫是叔嫂,何必我辈相陪?"于是,恭亲王乃得一人独进见慈禧,约一时许方出。

肃顺的目空一切,使得慈禧与奕䜣有了一次密谋的机会。

八月十四日,两宫太后冲破肃顺等人的阻挠,选定九月二十三日辰时,"恭奉皇考大行皇帝梓宫回京"。侍郎黄宗汉曾"以京城情形可虑遍告于人,希冀阻止",但载垣、肃顺等过于轻视对手,没有重视他的劝告。

九月初四日,载垣、端华、肃顺面奏太后、皇上:"因差务较繁,请将管理处所,恳恩酌量改派。"意在彰其劳勋,或为表明他们专心致力于摄政事务,不敢包揽一切,以取得太后对他们的信任和支持而做出的一个姿态。这在政治上只能是一个十分幼稚的举动。慈禧乘机"著照所请":"载垣著开銮仪卫、上虞备用处事务,端华著开步军统领缺,肃顺著开管理理藩院并向导处事务。"解除了八大臣的兵权。同时任命自己的亲信掌管这些职位。到了如此紧要的关头,肃顺等还不注意抓住仅有的一点兵权,这是他们最大的失策。

可悲的是,肃顺等人不但对此浑然不晓,反而奏请皇帝由间道先行,以"庶圣体不至过劳"。这又正中西太后下怀,乘机令肃顺护送梓宫,把他同其他赞襄政务王、大臣分开,使随皇上先行的七人离开肃顺,变得群龙无首;肃顺一人在后,则又孤掌难鸣。据说,肃顺等人在回京途中也曾密谋过兵变,让怡亲王载垣以其侍卫兵护送后妃一行,途中将西太后杀掉。但西太后早有准备,命荣禄率兵迎驾,预防载垣暗下毒手,结果载垣"遂不敢动",原计划落空。

当肃顺护送梓宫在路上艰难而进之时,西太后已提前四天进入北京城,和奕䜣一起从容筹划和布置政变了。肃顺行至京郊密云,被睿亲王仁寿、醇郡王奕𫍯奉诏率兵拿获。"逮者至,门已闭,乃毁外户而入"。肃顺咆哮骂詈,被押往宗人府,投入狱中。在监狱里,肃顺发现载垣、端华早已被关在这里了。他怒斥二人:"若早从吾言,何至有今日!"二人说:"事已至此,复何言!"

肃顺不再说什么,他只能抱恨九泉了。

胜者王侯败者贼

"胜者王侯败者贼",在权力的争夺中,其结果只能如此。

而胜利者对于自己的死对头是从来不手软的。慈禧不仅要把肃顺置于死地,还要发动舆论的攻势,使他身败名裂。

在政治高压之下,良者沉默,奸者迎合统治者意向,罗织罪名,强加于肃顺等人的身上。

而肃顺的严猛之风也使对他不满的人遍布朝野。据说肃顺行刑之日,"其怨家皆驾车载酒驰赴西市观之。肃顺身肥而白,以大丧故,白袍布靴,反按置牛车上过骡马市大街,儿童欢呼曰:'肃顺亦有今日乎?'或拾瓦砾泥土掷之。顷之,面目遂模糊不可辨云。"

在这种形势下,人们将柏葰之死归于肃顺等为"快私憾而张权势",就不足为怪了。

其实,在戊午科场案中,肃顺充其量不过是个监斩官,而载垣、端华等人也只不过在秉承皇帝旨意行事,并非擅作主张。

光禄寺少卿范承典在其奏折中说:

> 柏葰科场案,其情节颠末,非案外诸人所能深悉,特以先皇帝明慎用刑,于此案尤加详审,迟之又久。
>
> 柏葰临刑之日,犹复遍召群臣,上自亲王,下逮卿贰,询以有无屈抑,声泪俱下,彼时诸臣默无一言。两年以来,亦未有显讼其冤者。事君之义有犯无隐,岂满朝臣宰未之前闻,直待今日三人正法后,始为置办耶?

这段评论是有道理的。肃顺当时只是个户部尚书,如果柏葰之死真是他构陷而成,在咸丰帝声泪俱下地询问此案有无冤抑之时,岂能没有人站出来为柏葰说话?

柏葰当时在仕途上正看好,即使是平龄案发后,咸丰帝还曾命他继续任职,足见咸丰帝对他的信任。肃顺岂能使本不想杀柏葰的咸丰帝改变主意?显然,柏葰不是肃顺所杀。

然而,有一个事实却不容否认,即对柏葰有点量刑过重,按其罪,确不当死。

那么,究竟是谁杀死了柏葰?

是咸丰帝。

回 天 无 力

天朝与天国

道光三十年正月二十六日(1850年3月29日),奕詝升太和殿宝座,即皇帝位。阶下鸣鞭,王公百官行三跪九叩首大礼。颁即位诏如仪,以明年为咸丰元年。

中国最后一个封建王朝的历史,又翻开了新的一页。这一页充满了抗争的呐喊,也饱含着屈辱的血泪。

没等咸丰帝的即位诏誊黄天下,侍读学士董瀛山的奏折就放到了御案之前:

江苏、直隶、山东邪教以盗匪为生业；广西、贵州均有打伙抢劫者；山西、河南、安徽、湖北、陕西、四川、江西、湖南、广东等省水陆交界之区盗贼公行。

而中国历史上最大的农民起义——太平天国起义，已于是年七月开始在广西金田团营了。一场大革命的风暴即将来临。

道光三十年九月十三日(1850年10月17日)，咸丰帝起任林则徐为钦差大臣，命其自福州起程，驰驿迅赴广西。

不料，林则徐动身17天后，竟病殁于广东潮州普宁县。

"未效一矢之劳，实切九原之憾"。这是林则徐临死前最大的遗憾。但更遗憾的却是咸丰帝自己，他曾幻想林则徐在这场席卷神州的风暴当中，能挽救大清的命运，"迅扫边氛，以绥南服"。他悲痛失去这样一个有胆有识的忠臣，遂亲制挽联以祭之：

答君恩，清慎忠勤数十年，尽瘁不惶，解组归来，犹自心存军国；殚臣力，崎岖险阻六千里，出师未捷，骑箕化去，空教泪洒英雄。

林则徐死后，咸丰帝又急命前两江总督李星沅为钦差大臣，接办广西军务，以前任漕运总督周天爵署理广西巡抚。结果将帅不和，互相攻讦推诿。忧虑之中，咸丰帝以为绿营汉将无用，如沿袭祖制，遇事遣满蒙将帅出征，或许捷音立至。咸丰元年三月十日，咸丰帝以蒙古贵族大学士赛尚阿为钦差大臣，疾驰湖南、广西，复派镶黄旗蒙古都统巴清德、镶白旗满洲副都统达洪阿等十余名满蒙将弁,统领八旗兵丁,另调各省绿营,企图厚集兵力,一举消灭太平军。赛尚阿行前,咸丰帝特赐他"遏必隆刀",以壮其行。并拨给库帑二百万两作军饷,授其节制各路兵马之权。

但翰苑出身的赛尚阿,于部勒之规,按扼之方,懵然不知为何事。而八旗贵胄又骄横贵倨,抗不从命。所带之兵,全是游惰之夫,勇于私斗,怯于临敌。结果,在太平军面前一败涂地。

太平军攻桂林、围长沙,所过郡县,望风溃败。咸丰帝于愤懑当中,急将赛尚阿褫职拿问,另简两广总督徐广缙为钦差大臣,统兵追剿。复起用琦善署河南巡抚,命两江总督陆建瀛等三路清军前堵后追,妄图保住武昌。同时,为防止太平军北上,清廷慌忙抽调黑龙江、吉林等地驻防八旗,以及直隶、陕甘等地绿营两万余人,赶赴琦善大营,屯兵江北。

但这些临时杂凑的各种清军,或远在千里之外,军行迟缓;或犹豫观望,闻警先遁。太平军如同秋风扫落叶一般,所向披靡。咸丰二年十一月初七(1852年12月7日),太平军水陆两军"从岳州起程,千舸健将,两岸雄兵,鞭敲金镫响,沿路凯歌声,水流风顺",直趋武汉。

接着,旬月之间,太平军连克汉阳、汉口和武昌三镇,威胁苏皖,震撼豫蜀,清廷极为震惊。愧恨交加的咸丰帝立即将钦差大臣徐广缙革职拿问,命向荣为钦差大臣,专办两湖军务。并破例增设两个钦差大臣:一个是署河南巡抚琦善,率军进防信阳、新野一带;一个是两江总督陆建瀛,督师扼守江皖,以图保住江南重镇——南京。

咸丰二年十二月(1853年2月)三十日,正是太平天国壬子二年的除夕,兴高采烈的太平军张灯结彩,击鼓奏乐。和武昌人民一道大庆三天之后,太平军又离开武昌,直捣南京。水陆两军,顺流东下,帆幔蔽江,黄旗遮日,锐不可挡。

而与此同时,纷纷扬扬的大雪笼罩着沉闷的紫禁城。除夕夜过,养心殿东暖阁内仍旧是烛火通明,年轻的咸丰帝正兴致勃勃地举行明窗开笔之典。他按照祖宗传下来的例典,先御朱毫,后染墨翰,用"万年青"御笔,写下了一首祈盼捷音、国泰民安的吉祥诗。

咸丰帝望着自己清秀、遒劲的墨宝,暗自得意,他相信自己的才华不仅能迅速剿灭太平军,而且也一定会巩固大清朝的社稷江山,做一代中兴之主。

然而,事与愿违。

咸丰帝脸上的得意之情尚未消失,二月初十日,南京城破的败讯便传入宫内。当他得知,钦差大臣陆建瀛、前广西巡抚邹鸣鹤、江宁将军祥厚、副都统霍隆武以下满蒙将弁全行阵亡,太平天国定都南京(时称天京)的消息后,不禁五内俱焚。

盛怒之下,咸丰帝一面拿问失职将帅,一面调兵遣将,诏催各地清军驰赴大江两岸。长江以南,以向荣为首扎营于紫金山一带,称为"江南大营";长江以北,钦差大臣琦善等人领兵驻扎扬州城外,称为"江北大营"。南北两路,防剿兼施,以遏制太平军北上。

同年四月,惶恐不安的咸丰帝下诏罪己:

> 朕以薄德,敬承考命,抚育万方,兢兢业业,已三年矣。深惭治理乖方,怨尤丛集,溯自道光三十年秋,逆丑跳梁,征

调频仍,迄无成效。将士疲于甲胄,黔黎苦于差徭。当今之时,司牧者何事,而吾民涂炭未复,吾一人辜恩咎重,失复何辞。朕惟有虔恳昊天,速消民劫,期与军营诸将士,共奋安民之志,扫荡此贼,以苏民困。因志吾之过以自警焉。

咸丰帝并命礼部及各地封疆大吏将这《罪己诏》刊刻誊黄,宣示中外。

就在咸丰帝调兵遣将,屯兵大江南北之际,太平天国天王洪秀全命天官副丞相林凤祥、地官正丞相李开芳率领精锐将士万余人,自扬州出师北伐。随后,春官正丞相吉文元自浦口、殿左检点朱锡琨自天京经六合相继统军北上。太平天国投入北伐的兵力三批约有四万余人,其目标是袭取北京。他们采取师行间道、避实就虚的战略战术,攻入安徽后,一路势如破竹,连克滁州、临淮关、凤阳、亳州等地。咸丰三年五月,北伐军冲破了河南巡抚陆应谷的防御后,进逼开封城下,各地羽书告急。此时几乎无兵可调、无款可筹的咸丰帝仓皇无措,他在陆应谷告急的奏折上,挥笔哀叹:"汴省能守与否,惟在天也,非人也。"五月二十一日至二十六日,太平军大队人马在巩县附近突破黄河天险,然后乘胜进围豫北重镇怀庆。

咸丰帝闻讯,急派直隶总督纳尔经额为钦差大臣,理藩院尚书恩华和江宁将军托明阿为帮办大臣,调集重兵防堵。北伐军同清军展开了激战,"锁阴邦畿重,岩岩峙巨关",纳尔经额带兵刚到临铭关,北伐大军已兵临城下,清军仓皇失措,车驰卒奔,万余人溃散。太平军乘胜克沙河,继续北上,前锋一度逼近保定。在太平军势不可挡的攻势下,清廷惊恐万状,京城大员家眷及官绅人等无不作鸟兽散,连正阳门外也如荒郊旷野,杳无人迹。咸丰帝急忙召集王公大臣商讨对策。而习惯于歌舞升平的王公贵族们并拿不出什么高明的办法,一个个"皆涕泣丧胆,眼眶肿若樱桃。"

统治者是绝不会轻易放弃他们的"社稷江山"的。

危难当头,以咸丰帝为首的满洲亲贵们立即进行了地主阶级的总动员,要和太平天国农民起义军殊死一战。

出鞘的宝刀

九月初九,乾清宫上下刀光剑影、杀气腾腾,咸丰帝在这里举行遣将出征大典。任命其叔父惠亲王绵愉为奉命大将军,科尔沁郡王僧格林沁为参赞大臣,并分别授予两人锐捷宝刀和纳库尼素宝刀,命两人"即日统领健锐营、外火器营、两翼前锋营、八旗护军营、巡捕五营,及察哈尔各官兵并哲里木、卓索图、昭乌达乐三盟蒙古诸王劲旅,由京前往合剿。"

几乎是倾巢出动。接着,京师戒严,添派恭亲王奕䜣署领侍卫内大臣,并准其佩带金桃皮鞘白虹刀,办理京城巡防事宜。其后,又命奕䜣入值军机,赞襄军务,全力围剿太平天国北伐军。

"夙夜所筹枢务重,勖勷有赖是诸卿。"

锐捷宝刀和白虹刀,是道光二十九年道光皇帝赐给他的两个爱子奕詝和奕䜣的两把传世宝刀,希望兄弟二人毋忘弓马骑射,棣华协力重振朝纲。危急时刻,咸丰帝以此激励将帅,他的最后赌注完全押在这些满蒙亲贵的身上。当时,守卫京师的各旗营官兵约有十五万人。

九月下旬,北伐军转战至天津附近,天津知县谢子澄带兵拼命顽抗,并掘开芥园大运河堤,使天津城南一片汪洋,倏成巨浸,以阻挡北伐军攻城。时届寒冬,北伐军在饥寒交迫中停驻待援。

咸丰四年初,北伐军放弃静海、独流南撤,二月退守阜城,平胡侯吉文元阵亡。四月,北伐军退至东光县连镇待援。其间,洪秀全两次派兵北援,均未成功。北伐军首领林凤祥率军固守连镇,与僧格林沁大军相持数月之久。时英、美两国屡次向清政府提出修约交涉,咸丰帝惟恐夷人北上天津,内外相逼,大局更不堪设想,于是严谕僧格林沁"速将连镇'贼匪'克日剿除,俾我数万重兵,不致为其牵掣,于防守(外夷)大有关系"。僧格林沁围绕连镇筑短墙二十公里,外掘深壕,紧逼围困,并引运河水淹灌连镇。咸丰五年一月,林凤祥率众突围,不幸受伤被俘,部众半死刀枪之下。

北伐军另一首领李开芳率骑兵二千余人南下接应援军,被清军围困在山东南唐,与胜保对峙。后僧格林沁移军高唐,李开芳率部突围南下,退守冯官屯。清军故伎重演,筑围墙,掘长壕,引运河水灌冯官屯,屯中水深数尺。北伐军粮草火药尽湿,守御不成,突围无望,最后李开芳亦被清廷凌迟处死。

红旗报捷的快马驰入北京后,咸丰帝喜出望外,连忙奔入寿康宫向皇贵太妃贺喜,并命人笔墨伺候,激动地写下了"喜报红旌"四个字。

阅历未深的咸丰帝以为太平天国不过如此,他收复江南大有希望。然而,他得意得太早了。

这场血与火的较量并没有完结,中国历史上残酷的阶级大厮杀鏖战正酣。

"天下大局尚有转机否"

咸丰六年二月,太平天国燕王秦日纲等人在扬州城外大败清钦差大臣托明阿等,再克扬州,清江北大营溃败。接着,江苏巡抚吉尔抗阿兵败自杀。同年五月,太平天国翼王石达开和秦日纲又合军夹攻清军江南大营,钦差大臣向荣败走丹阳,自缢而死。这样,太平天国解除了威胁天京的肘腋之患,自上游武汉至下游镇江的千里大江上太平军畅行无阻,形成了太平天国军事史上的全盛时期。

英法联军的刺刀把咸丰帝一步步逼向回天无力的苦难深渊时,以太平天国为主的反清烈火却越烧越旺。

咸丰八年八月,太平天国前军主将陈玉成、后军主将李秀成大败钦差大臣德兴阿,夺回浦口,再破江北大营。接着,李秀成攻占江北重镇扬州,陈玉成连克江苏六合,击毙候补道温绍原,解除了天京北面的威胁。十月,陈玉成、李秀成部又大败湘军于安徽三河,消灭湘军精锐六千多人,浙江布政使李续宾和曾国藩的弟弟曾国华等文武官员四百余人均被击毙。江北大营的溃败,不仅使清廷经营五年之久,用以遏制太平军北上的劲旅伤亡过半,从此一蹶不振,而且亦使清王朝镇压太平天国的战略格局发生重大变化。同时,太平军的三河大捷,又使湘军元气大伤。所谓"敢战之才,明达足智之士,亦凋丧殆尽"。咸丰帝闻讯,面如死灰。他感到脚下的大地在旋转,感到自己极力支撑的"天"真是要摇摇欲坠了。他不禁多次征询身边的谋士翰林院编修郭嵩焘说:

"汝看天下大局,尚有转机否?天下大局,宜如何办理?"

在西方资本主义大潮的冲击下,这日薄西山的封建王朝的本能呼唤,也是中国封建帝王无法统治下去的痛苦哀鸣。

面对这数千年中国历史上从未遇过的内忧外患,身微言轻的翰林院编修,自然不会道出令咸丰帝满意的回答。

如此官场

乾隆后期,清王朝已衰象四伏,待道光、咸丰之际,这部封建统治机器已是破烂不堪,弊病百出。当时官场的恶习,时人总结道:

> 京官之办事通病有二:曰退缩,曰琐屑。外官之办事通病也有二:曰敷衍,曰颟顸。退缩者,利析锱铢,不顾大体,察及秋毫,不见舆薪是也。敷衍者,装头盖面,但计目前剜肉补疮,不问明日是也。颟顸者,外表完整,而内中已溃烂,章奏粉饰,而语无归宿是也。有此四者习俗相沿,但求苟安无过,不求振作有为。十余年间,九卿无一人陈时政之得失,司道无一折言地方之利病,相率缄默,一时之风气,有不解其所以然者。

这就是当时清朝吏治的内幕。

尸位素餐的各级官僚们为粉饰太平,逃避大量的奏章文案,假手幕宾,寄权胥役,以致职责不清。当时市井中流传着这样一首歌谣:"堂官(指部院大臣)车,司官(指部院各司的官员)驴,书吏仆夫(指具体办事人员)为之驱。"本末倒置,整个权力机构失去了正常的行政功能。同时,封建王朝的最高统治者,要实行对全社会的管理,不得不把一定的权力和特权赋予大大小小的封建官吏,而在赋予他们权力的同时,又不能控制各级执政者的倚权谋私,鱼肉人民。于是,权力本身在剥削者的手里便成了谋取私利的工具,整个官僚体系变成了培养贪官污吏的温床。大大小小的漏洞,给各种贪欲者以疯狂掠夺和发泄的机会。

对此,咸丰帝在做皇子时已略知一二。到即位以后,对吏治腐败、粉饰因循的状况更了如指掌。但他却没有料到,这种可以腐蚀一切的贪风,竟刮到了他自己的身上。

咸丰帝亲政之初,仍还记得皇父崇俭去奢的圣训:"大凡人君之治一国也,必先以节用爱人为贵。"创业不易,守业维艰,要保住祖宗的江山,就要知稼穑之艰,"永守淳朴家风"。一日,上书房的门轴坏了,左右请易门,咸丰帝不许,命修之。照例下工部,招商承办。没想到修好后,报销竟高达五千两,咸丰帝闻之大怒,传旨问有司罪。结果有司以五十两之误上奏,私下另罚厂商,以寝其事。

又有一次,咸丰帝刚穿上身的杭纱套裤。不小心烧了一个窟窿,约蚕豆瓣大小。近侍请弃置不用,咸丰帝再三惋惜说:"物力艰难,弃之可惜,宜酌量补缀之。"咸丰帝便交给近侍去办理。到第二年,尚衣又将此裤进御。咸丰帝视之,虽完好如初,但补缀之痕仍可辨认。一问,始知系由内务府发交苏州织造局承办。然补此区区一个窟窿,竟报销银数百两有奇。咸丰帝抚裤慨然叹曰:"为人君者,俭犹不可,而况奢乎!"从此不敢再以此类小事谕近臣,恐益增烦费也。

虽是身边两件小事,却深深刺痛了少有大志的咸丰皇帝,他深知要中兴皇朝,光大祖业,就必须像皇父所说的那样:"为政首在得人,安民必先察吏","整饬吏治,为第一要事"。

道光三十年五月,咸丰帝谕内阁曰:

> 近年以来,登进冒滥,流品猥杂,短于才者,恃胥吏为腹心,急于利者,朘闾阎之膏血,以致政治坠坏,民生穷蹙,不可不极加整饬,以儆官邪。著各该督抚等留心察访,严加考核,廉能称职者登诸荐剡,以为激扬之阶。贪鄙阘茸者给予罢斥,以绝夤缘之路。牧令得人,则官方自饬,而民困渐苏,吏治蒸蒸日上,朕实有厚望焉。

然而,年轻皇帝的厚望始终没有实现。尽管他屡屡颁诏,整顿吏治、营伍、海防、河工、漕务、盐政、财政、学务、刑务、捕务,几乎涉及统治机构的各个角落。要求"上以实求,下以实应",直至笔舌生厌,但朝廷内外依是相率苟安,不思振作。

望着案牍上堆积如山的奏折,一半是弹劾劣绩,指陈弊端,一半是曲意弥缝,多方讳饰,年轻的皇帝不禁哀叹道:

"弊习相沿,几难挽救,一经官手,百弊丛生,冗官不职之员,留之无益,黜之不胜其参,日趋日下,何时才可挽回?"

> 惩戒因循莫用宽,岂无善法得人难,
> 任他披露终招谤,且自模棱忍素餐。
> 念重一身原甚易,心扪五夜果皆安,
> 听予濡泪挥毫升,返尔良知尽效丹。

这是咸丰五年,咸丰帝用以替代朱谕的一首《开诚痛戒因循诗》。历史上,每个明智的封建帝王都懂得贪官污吏是自毁长城的最大蠹虫。所以他们不断提出兴利除弊、整顿吏治的各种措施,以维护封建国家的久安长治。

咸丰帝奕詝在紫禁城内长大的,也是在道光皇帝的叹息中日渐成熟的。从他记事时起,在皇父、师父和所见到的大人们脸上,便常常看到愁容和不快。他五岁典字,正是白银大量外流,烟毒猖狂泛滥之际,鸦片入口一年竟多达四万余箱,朝野内外,上至王公大臣,下至兵丁妓女都终日昏昏,吞云吐雾。鸦片战争的大炮,并没有惊醒那些昏聩的臣民,而皇父恭俭宵旰,守成一世,到头来只能忍悲含疚,痛苦签约。据说,当中英《南京条约》的文本送呈道光帝,要他批准时,道光帝"负手行便殿阶上,一日夜未尝暂息,侍者但闻太息声",最后"实出于不得已","以朱笔草草书一纸",予以批准。其后,道光帝对洋人虽仇恨厌恶无以复加,但终没有废除条约的能力和勇气。郁郁不乐中,深愧对不起列祖列宗,死后也没有颜面进入祖庙。这种饮恨而亡的悲剧,世人知之者并不多。

奕詝哀自己,则是他在道光的叹息和"代阅奏章"中(道光病重期间,曾由奕詝帮其批阅奏章),早已深知,如日中天的大清朝一去不返,祖宗留下的江山已是"盗贼遍地",百孔千疮,加之外侮相逼,国库如洗。这一切,对他这个从未出过禁宫一步的弱冠之人,又该如何承受呢!

乐极生悲,哀极生怨。

奕詝哀皇父亦怨皇父。衰微之世,宜用重典,怎么能让"多磕头,少说话"的庸臣曹振镛尸位素餐?穆彰阿妨贤病国,保位贪荣,皇父英明睿智,怎么就看不出其小忠小信,阴柔以售其奸呢? 至于耆英、琦善之流,畏葸无能,抑民媚外,皇父何不早申国法,肃纲纪而正人心!

奕䜣恨穆彰阿之辈,早在上书房读书时便"深恶之",但他更疾恶如仇的是那些依仗船坚炮利而辱没天朝的西方蛮夷。从小读烂了"普天之下,莫非王土,率土之滨,莫非王臣"的真龙天子,无法接受《南京条约》割地赔款的奇耻大辱。而今英夷丑类又在沿海生事,骚扰不休,我大清难道就无人了吗?

一股立志中兴,以雪国耻的腾腾烈焰,在血气方刚的奕䜣心中油然升起。

他想挽狂澜于即逝,他欲扶大厦于将倾。

真正的"杀手"

咸丰帝继位后,对政治败坏,民生穷蹙,凡事一经官手就百弊丛生的状况十分痛恨。为整顿朝纲,振兴祖业,他屡谕天下臣工"上以实求,下以实应,破除积习,痛惩其弊,务始吏治蒸蒸日上"。

穆彰阿字鹤舫,是满洲镶蓝旗人。嘉庆十年进士,道光时初任内务府大臣、理藩院尚书,后晋升为太子太保,拜武英殿大学士,管理工部兼首席军机大臣,终道光朝,恩眷不衰。自嘉庆以来,典乡试三,典会试五;凡复试、殿试、朝考等无不参与;国史、玉牒、实录诸馆,皆为总裁。门生故吏遍天下,一时号曰"穆党"。穆彰阿在鸦片战争中一意主和,对主张积极抵抗外侮的林则徐等人多方掣肘。当咸丰帝准备起用林则徐之时,他深知林则徐如出山,于己十分不利,故屡在咸丰帝面前进言:林则徐"柔弱病躯,不堪录用"。但咸丰帝不顾穆彰阿的阻挠,坚决起用林则徐,命福建总督刘韵珂"务即传旨,饬令该员迅速北上,听候简用,毋稍延缓"。同时,起用鸦片战争中坚决抗英的前台湾道台姚莹和总兵达洪阿。

林则徐死后,被同治、光绪两朝倚为柱石的协办大学士左宗棠,写了这样一幅挽联,传颂一时:

附公者不皆君子,间公者必是小人,忧国如家,二百余年遗直在;
庙堂依之为长城,草野望之若时雨,出师未捷,八千里路大星颓。

左宗棠斥穆彰阿等为小人,咸丰帝对之更衔恨入骨。恰在穆彰阿阻挠咸丰帝重用林则徐之时,英国驻华公使文翰再次提出广州入城一事,并咨文穆彰阿、耆英,要求履行条约内容。

这正触及咸丰帝的疼处。眼下他大力整顿吏治营伍,招揽天下贤才,如果再让穆彰阿之流抑民媚外,横行朝野,怎么能稳定人心,制服洋人!于是,他断然朱笔颁诏罪穆彰阿、耆英曰:

任贤去邪,诚人君之首务。去邪不断,则任贤不专。方今天下,因循废坠,可谓极矣。吏治日坏,人心日浇,是朕之过。然献替可否,匡朕不逮,则二三大臣之职也。穆彰阿身任大学士,受累朝知遇之恩,不思其难其慎,同心同德,乃保位贪荣,妨贤病国;小忠小信,阴柔以售其奸,伪学伪才,揣摩以逢主意。从前夷务之兴，倾排异己，深堪痛恨！如达洪阿、姚莹之尽忠尽力，有碍于己，必欲陷之。耆英之无耻丧良，同恶相济，尽力全之。似此之固宠窃权者，不可枚举。至若耆英之自外生成，畏葸无能，殊堪诧异。伊前在广州时，惟抑民以媚外，罔顾国家，漫许英人入城（指入广州城），几致不测之变。今年耆英于召对时，又数言英人如何可畏，如何必应事周旋，欺朕不知其奸，但图常保禄位。穆彰阿暗而难知，耆英显而易著，然贻害国家，厥罪维钧。若不立申国法，何以肃纲纪而正人心？又何以不负皇考付托之重？穆彰阿即行褫职，永不叙用。耆英着从宽降为五品顶戴，以六部员外郎候补。办理此事，朕熟思审度，计之久矣，实不得已之苦衷，尔诸臣其共谅之！

诏下，天下称快。

其后，在鸦片战争中擅自与英人达成《穿鼻草约》、割让香港的两广总督琦善，咸丰帝也借其苛待当地百姓而将其革职逮问，于咸丰二年将他流放吉林。

至此，鸦片战争中妥协投降、众口交谤的三人均受到咸丰帝的严处。

惩办穆彰阿、耆英之后，咸丰帝告诫天下说："嗣后京内外大小文武各官，务当激发天良，公忠体国，俾平素因循取巧之积习，一旦悚然改悔，毋畏难，毋苟安！"但文武百官对这道上谕却都视而不见，依旧因循不振，只贪禄位，不问国事。太平军攻克武昌后，咸丰帝深感辜负了皇考重托，故一面下诏罪己，一面再训臣工亦戒因循："自今日始，仍有不改积习，置此谕于不顾者，朕必执法从严惩办,断不姑容。"并提出了"以猛济宽"、"贵严不贵宽"的治国思想。

所谓"以猛济宽",就是要通过严刑峻法,来整肃朝纲。因为咸丰帝深知"以言感人,其感甚浅",只有用重典以治乱世,才能够改变朝廷上下因循疲沓的局面。而要推行这一套从严治国的方针,就不能拘于成法,依靠那些因循守旧的前朝老臣。"昕夕时渴望,渴望在得人",咸丰帝不顾某些大臣的反对,坚决提拔一些资历较浅、年富力强的官员。

咸丰八年,清军对太平军作战的失利以及《天津条约》的签订,都深深刺痛了咸丰帝的心。三年一度的顺天乡试恰于这一年举行,咸丰帝便想借此机会整肃场闱,重治舞弊,以图振衰起弊,儆醒世人。

对于科场中的种种不正之风,咸丰帝是有所了解的。一次,他去南书房,看到一名官员貂褂破旧,第二天便送了一件。后来这名官员外放云南学政期满归京,咸丰帝特意让他兼署顺天府丞,召见时特意关照说:"朕闻顺天府丞,每逢考试,卖卷可得千金,聊偿汝在滇之清苦。"

这则记载虽未必可信,但起码能证明咸丰帝知道科场弊端丛丛,这也是他选择科场作为树威之点的原因。

咸丰帝不想杀柏葰。

按"失察"罪名,柏葰罪不当死,只能给予革职的处分。

柏葰当时以"有风骨"著称,人们不会忘记,道光二十三年(1843年)柏葰出使朝鲜,朝鲜国王赠银五千两,柏葰坚拒未成,归国后全部上交了朝廷。

咸丰帝此时正想重用柏葰,八年九月刚刚授予他大学士之